UWE KLAUSNER

Walhalla-Code

GEHEIME REICHSSACHE Berlin, 07.06.1942. Auf einer Parkbank in der Nähe der Siegessäule wird eine Leiche entdeckt. Zunächst deutet alles auf Selbstmord hin. Kommissar Tom Sydow will jedoch nicht so recht daran glauben. Zumal es sich bei dem Toten um ein »hohes Tier« der Gestapo handelt.

Der befürchtete Ärger stellt sich auch prompt ein, denn Sydow beharrt auf einer genauen Obduktion. Eine Maßnahme, die sein Gegenspieler, Gestapo-Obersturmführer Moebius, mit allen Mitteln zu verhindern versucht. Ihm geht es nur um eines: Wieder in den Besitz der Akten zu gelangen, die der Tote auf Geheiß von Geheimdienstchef Reinhard Heydrich beiseite geschafft hat.

Doch nicht nur die Gestapo und Sydow sind hinter den brisanten Dokumenten her. Ein gnadenloser Wettlauf um den Besitz von Heydrichs »Giftschrank« beginnt …

Uwe Klausner, Jahrgang 1956, hat Geschichte und Anglistik in Heidelberg studiert. Heute lebt er in Bad Mergentheim. Im Gmeiner-Verlag hat er bereits mehrere historische Kriminalromane veröffentlicht. »Walhalla-Code« war der erste Kriminalroman in der zeitgenössischen Reihe.

Bisherige Veröffentlichungen im Gmeiner-Verlag:
Bernstein-Connection (2011)
Die Bräute des Satans (2010)
Odessa-Komplott (2010)
Pilger des Zorns (2009)
Die Kiliansverschwörung (2008)
Die Pforten der Hölle (2007)

UWE KLAUSNER

Walhalla-Code

Kriminalroman

GMEINER *Original*

Besuchen Sie uns im Internet:
www.gmeiner-verlag.de

Im Ehnried 5, 88605 Meßkirch
Telefon 07575/2095-0
info@gmeiner-verlag.de

5. Auflage 2010

Lektorat: Claudia Senghaas, Kirchardt
Herstellung: Katja Ernst
Korrektorat: Susanne Tachlinski, Katja Ernst
Umschlaggestaltung: U.O.R.G. Lutz Eberle, Stuttgart
unter Verwendung eines Fotos von Getty Images, Busy Berlin,
by Hans Hartz, Hulton Archive
Druck: Fuldaer Verlagsanstalt, Fulda
Printed in Germany
ISBN 978-3-89977-808-3

Die als ›fiktive Hauptpersonen‹ aufgelisteten Charaktere sind frei erfunden.
Ähnlichkeiten mit lebenden oder toten Personen sind rein zufällig und nicht beabsichtigt.

Reale Hauptfiguren

Reinhard Heydrich (1904–1942), Oberleutnant der Reichsmarine, SS-Obergruppenführer, Leiter der Sicherheitspolizei und des Sicherheitsdienstes (SD) der NSDAP, Chef des Reichssicherheitshauptamtes (RSHA), Organisator des Massenmordes an den europäischen Juden, geschäftsführender Statthalter für das ›Protektorat Böhmen und Mähren‹

Adolf Eichmann (1906–1962), ›Judenreferent‹ im RSHA, ab 1939 für Deportation und Ermordung zuständiger Referatsleiter im RSHA, 1962 in Jerusalem hingerichtet

Heinrich Müller (1900–1945?), Chef des Amtes IV im RSHA (Gestapo), 1945 in Berlin verschollen

Jozef Gabčík (1912–1942), **Jan Kubiš** (1913-1942) und **Josef Valčík** (1914–1942), am Attentat auf Heydrich beteiligte Widerstandskämpfer

Karl Hermann Frank (1898–1946), Heydrichs Stellvertreter in Prag, 1939 Polizeichef und Staatssekretär, 1946 in Prag gehängt

Winston Churchill (1874–1965), britischer Premierminister von 1940–1945 bzw. 1951–1955

Stewart Menzies (1890–1968), Chef des britischen Auslandsgeheimdienstes MI6

Edvard Beneš (1884–1948), Mitbegründer, Außenminister, Regierungschef und Präsident der Tschechoslowakei

Josef Stalin (1878–1953), Generalsekretär der KPdSU und sowjetischer Diktator

Lawrenti Berija (1899–1953), sowjetischer Geheimdienstchef, 1953 exekutiert

Fiktive Hauptfiguren

Rebecca Kahn, 22 Jahre, Tochter eines jüdischen Arztes aus Berlin

Tom von Sydow, 29, Hauptkommissar der Berliner Kripo

Erich Kalinke, 27, genannt ›Klinke‹, sein Assistent

Friedemann Bonin, 56, untergetauchter Sozialdemokrat und ehemaliges Mitglied der Berliner Philharmoniker

Kruppke, 28, Untersturmführer und Gestapo-Agent

Carl Gustav Moebius, 41, Obersturmführer und Gestapo-Agent

Irene von Möllendorf, 35, Witwe von SS-Sturmbannführer Alfred von Möllendorf

›Der Marder‹, 29, Agent des britischen MI6

Magda Jannowitz alias ›Natascha‹, 30, Agentin des NKWD

Veronika Vehrenkamp, 25, Telefonistin im RSHA

Jason McLeod, 29, Wing Commander der Royal Air Force

GUNTHER UND BRÜNNHILDE So soll es sein! Siegfried falle! Sühn er die Schmach, die er mir schuf! Des Eides Treue hat er getrogen: mit seinem Blut büß er die Schuld! Allrauner, rächender Gott! Schwurwissender Eideshorst! Wotan! Wende dich her! Weise die schrecklich heilige Schar, hierher zu horchen dem Racheschwur!

HAGEN *Sterb er dahin, der strahlende Held! Mein ist der Hort, mir muss er gehören.* Drum sei der Reif ihm entrissen. Alben-Vater, gefallner Fürst! Nachthüter! Nibelungenherr! Alberich! Achte auf mich! Weise von Neuem der Nibelungen Schar, dir zu gehorchen, des Ringes Herrn!

(Richard Wagner: Die Götterdämmerung, II. Akt, 5. Szene)

Für alle, die das gleiche oder ein ähnliches Schicksal durchleiden mussten wie die Heldin dieses Romans.

»Heydrich durchschaute die Geheimnisse des Dritten Reiches. Er wusste von Hitlers Krankheiten und Jugendsünden, hatte sogar seine Bekanntschaften um 1910 und den mysteriösen Selbstmord seiner ›Lieblingsnichte‹ Geli Rauball 1931 untersuchen lassen. Auch die Sünden der übrigen Mitglieder der Naziführungsriege kannte Heydrich.«

(Mario Dederichs: Heydrich. Das Gesicht des Bösen. München 2006, S. 101)

OUVERTÜRE

Berlin

(Montag, 19.01.1942/Dienstag, 20.01.1942)

1

Bahnhof Grunewald *19.01. | 9.00 h*

Sie wollte leben. Einfach nur leben. Und nicht abtransportiert werden wie ein Stück Vieh.

Rebecca schlug den Mantelkragen hoch und trat frierend auf der Stelle. Es war kalt an diesem Morgen. So bitterkalt, dass jeder Atemzug schmerzte und sich ihre Schritte auf dem vereisten Bahnsteig wie ein Gang über ein Meer von Glassplittern anhörten.

»Name?«, bellte der SS-Oberscharführer und baute sich breitbeinig vor ihr auf.

»Rebecca Kahn.«

»Alter?«

»22.«

»Wohnhaft in?«

Rebecca fröstelte. Ausnahmsweise jedoch nicht wegen der Kälte. Es lag an der Art und Weise, wie sie dieser Kerl taxierte. Der klirrende Frost war nichts dagegen.

»Berlin-Schöneberg, Hohenstaufenstraße …«

»Schon gut! So genau will ich es gar nicht wissen!«, kanzelte sie der Uniformierte mit dem vorspringenden Kinn ab. Dann strich er ihren Namen durch. »Hauptsache, eine arisierte Wohnung mehr! Und jetzt mach, dass du weiterkommst!«

Doch Rebecca rührte sich nicht vom Fleck. Sie konnte einfach nicht anders. »Was macht Sie so sicher, Herr

Oberscharführer?«, antwortete sie und strich eine störrische dunkle Haarsträhne aus dem Gesicht.

Für den Bruchteil einer Sekunde geriet die stramme Haltung des SS-Mannes ins Wanken. Die Augen dieses Prototyps eines nordischen Recken wurden größer, nur um sich kurz darauf zu schmalen Schlitzen zu verengen.

»Was war das gerade eben, Judenbalg?«, knurrte er und wippte auf den Absätzen seiner blankpolierten Stiefel hin und her.

Rebecca setzte zu einer Erwiderung an. Es wurde jedoch nichts daraus. In das Menschenknäuel hinter der Absperrung kam Bewegung, und ihre Mutter tauchte auf. Grauhaarig, Mittelscheitel, Silberbrosche. Berlinerischer als die Berliner und preußischer als die Preußen. Sozusagen die Disziplin in Person. Und das, obwohl Vater anno 1938 von der SA wie ein räudiger Hund totgeschlagen worden war. Ein wehmütiges Lächeln trat auf Rebeccas Gesicht. Mutter war einfach nicht klein zu kriegen. Vaters Arztpraxis hatte sie per Strohmann einfach weitergeführt. Als ob nichts gewesen wäre. Bis gestern Abend. Da war selbst sie mit ihrer Weisheit am Ende gewesen.

»Rebecca, mein Kind, wo bleibst du denn?«, ereiferte sich die stattliche Matrone und zog sie mit sich fort. Dem SS-Mann blieb glatt die Luft weg. »Na, komm schon, oder willst du etwa hier Wurzeln schlagen?«

Ja, das wollte sie. Wurzeln schlagen. Und wenn, dann in Berlin. Selbst auf die Gefahr hin, untertauchen zu müssen. Zwei Jahre, höchstens drei. Dann wäre der Krieg sowieso vorbei. Rebecca setzte eine entschlossene Miene auf. Lieber ein Leben in Angst als Deportation. Lieber auf der Flucht vor der Gestapo als eine ungewisse Zukunft. Lieber frei sein als Freiwild für die SS.

So sie denn überhaupt in Riga ankommen würde.

In diesem Moment stand Rebeccas Entschluss fest. Daran konnte selbst ihre Mutter nichts ändern.

Sie riss sich los und blieb stehen. Das Gedränge auf dem Bahnsteig nahm zu. Es mussten Hunderte sein, wenn nicht mehr. Alles bekannte Gesichter. Leute aus der Nachbarschaft, aus demselben Viertel. Und immer wieder diese Kommandorufe. Scharf, durchdringend, gnadenlos. Rebecca hielt es nicht mehr aus.

Sie wollte leben. Einfach nur leben.

Was folgte, geschah mit rasanter Geschwindigkeit. Ohne dass Rebecca groß zum Nachdenken gekommen wäre. Für sie, die sie dem Tod zu entrinnen versuchte, bewegte sich die Welt jedoch wie in Zeitlupe voran.

Rebecca stellte ihren Koffer ab und sah sich um. SS-Männer, Polizei und Bahnbeamte in rauen Mengen. Trotzdem. Sie musste es riskieren. Etwas anderes blieb ihr nicht übrig.

Während sie sich die Hände in der Manteltasche wärmte, stieß sie auf etwas Kaltes, Metallisches. Das EK I ihres Vaters. Mit das Einzige, was sie in der Hektik hatte mitnehmen können.

Als sei dies ein Zeichen für sie, wanderte ihr Blick hinüber zu ihrer Mutter, die soeben in einen Güterwaggon stieg und den Blick über die Köpfe der wartenden Menge schweifen ließ.

Ihre Blicke trafen sich. Und ihre Mutter nickte ihr zu. Als wisse sie genau, was in ihrem Kopf vor sich ging.

Rebecca erwiderte ihren Blick und hob die Hand zum Gruß. Zeit, Abschied zu nehmen. Für immer. Der Schmerz war wie ein Keulenschlag für sie, ging durch Mark und Bein. Aber weinen konnte sie trotzdem nicht. Sie würde es nachholen. Später einmal, wenn sie der Hölle entronnen war.

Nur wie, das war die Frage.

Rebecca wandte sich ab und bewegte sich so unauffällig wie möglich auf die Bahnsteigkante zu. Das fiel zunächst nicht weiter auf, weil es an Gleis 17 von Menschen nur so wimmelte. Die Lokomotive stieß einen schrillen Pfiff aus. Kurz darauf stieg eine schmutziggraue Dampfwolke in die Luft und hüllte den Bahnsteig ein.

Das war ihre Chance. Jetzt oder nie. Jetzt oder dem sicheren Tod entgegengehen.

Sie wollte leben. Einfach nur leben.

Deshalb zögerte Rebecca keinen Augenblick. Sie sprang auf das gegenüberliegende Gleis, kletterte an der anderen Seite wieder hoch und begann zu rennen. Rannte, was das Zeug hielt.

Kurz darauf ein Schrei. Und Hunderte entgeisterte, zwischen Furcht und Hoffnung schwankende Blicke. So intensiv, dass sie sich ihr wie Nadelstiche in den Rücken bohrten.

Da ließ der Herr Schwefel und Feuer regnen vom Himmel herab auf Sodom und Gomorrha und vernichtete die Städte und die ganze Gegend und alle Einwohner der Städte und alles, was auf dem Lande gewachsen war. Und Lots Weib sah hinter sich und ward zur Salzsäule. Rebecca geriet ins Straucheln, rappelte sich auf und rannte weiter. Das nächste Gleis. Und kurz darauf wieder das nächste. Was hinter ihr vor sich ging, konnte sie nicht sehen. Wollte es auch nicht. Aber dann geschah etwas Seltsames. Plötzlich war sie nicht mehr sie selbst, sondern steckte im Körper ihrer Mutter. Sie sah sich über die Gleise rennen, sah die Blicke der Umstehenden, den SS-Mann, der sein MG 42 in ihre Richtung schwenkte. 1.500 Schuss pro Minute. Er ließ sich Zeit, seiner Sache absolut sicher. Von der herannahenden S-Bahn nahm er kaum Notiz.

Als er abdrücken wollte, war es jedoch zu spät. Der Zug ratterte vorbei und nahm ihm die Sicht. Der SS-Mann fluchte. Der Zug schien überhaupt kein Ende zu nehmen. Ein rot-gelber Waggon nach dem anderen. Und dann, als sein Blickfeld endlich wieder frei war, von der Geflüchteten keine Spur.

Es war zu spät. Rebecca war ihm entwischt. Daran konnten selbst die Hunde nichts ändern, die von der Leine gelassen wurden. Vor dem Stacheldrahtzaun, unter dem sich ihr vermeintliches Opfer soeben hindurchgezwängt hatte, war Endstation für sie.

Rebecca nahm das wütende Gekläffe kaum wahr. Eine Atempause, mehr nicht, fuhr es ihr durch den Sinn. Nur weiter, immer weiter. Durch die Unterführung, den Feldweg entlang und ins nächstbeste Gebüsch.

In dem Maße, wie sich das Gestrüpp ringsum verdichtete, wuchs Rebeccas Zuversicht. Sie hatte es tatsächlich geschafft, ihren Bewachern zu entkommen. Jetzt nur nicht schlappmachen, hämmerte sie sich ein. Und hastete unverdrossen weiter. Weder Dornen noch Hecken noch irgendwelche anderen Hindernisse konnten ihr etwas anhaben. Wie lange sie durch das Unterholz rannte, wusste sie schon bald nicht mehr.

Erst als die Dunkelheit hereinbrach, blieb Rebecca schwer atmend stehen. Sie hatte keine Ahnung, wo genau sie sich befand. Aber das war auch nicht wichtig. Wichtig war allein, dass sie am Leben war.

Dem Tode entronnen. Fürs Erste jedenfalls.

Keuchend vor Anstrengung ließ sich die junge Frau mit dem südländischen Teint und den ausdrucksstarken dunklen Augen auf einen Baumstumpf nieder. Die Temperatur lag weit unter null, und der Himmel war vollkommen klar. Myriaden von Sternen funkelten auf sie herab, und als sich ihr Blick wieder der Erde zuwandte, brach Rebecca Kahn in hemmungsloses Schluchzen aus.

Dann riss sie den gelben Stern von ihrem Mantel ab und schleuderte ihn wütend ins Gebüsch.

Alles, was sie wollte, war leben. Einfach nur in Frieden leben.

2

Villa Marlier, Am Großen Wannsee 56–58

20.01. | 14.00 h

»Das Protokoll, Obergruppenführer!«

Der Todesgott des Dritten Reiches lächelte, aber die blauen Wolfsaugen blickten kalt und starr.

»Danke, Sie können gehen.« Als die spinnenbeinförmigen Finger die Akte mit der Aufschrift ›Geheime Reichssache‹ umschlossen, verzog der knapp 38-jährige Hüne in der SS-Uniform keine Miene. Er war 1,89 m groß, blond und durchtrainiert, ein Mann nach Hitlers Geschmack. Und zum Fürchten. Selbst Himmler, Reichsführer-SS, traute ihm nicht über den Weg. Er kannte kein Pardon, und das Wort ›Skrupel‹ existierte für ihn nicht.

Die Akte war dünn, nur wenige Seiten lang. Aber sie hatte es in sich. Reinhard Heydrich, Leiter des Reichssicherheitshauptamtes und Hitlers Mann in Prag, nahm sich Zeit damit. An der gelösten Stimmung im Speisezimmer der Nobelvilla änderte dies jedoch nichts. Die anwesenden Spitzenbeamten, SS-Leute und Parteibonzen amüsierten sich glänzend. Kaviar von der Krim, französischer Champagner und Lachs aus Norwegen. Alles vom Feinsten. Heydrich ließ sich eben nicht lumpen. Mit jeder Minute stieg der Alkoholkonsum, und das Speisezimmer, das einen ungestörten Blick auf die Winteridylle rund um den Wannsee bot, war in dichten Zigarrenrauch gehüllt.

»Zufrieden?« Wenn es jemand wagen konnte, Heydrich bei seiner Lektüre zu unterbrechen, dann der 35-jährige SD-Mann, der ihm neugierig über die Schulter sah.

Aber Heydrich war nicht in Stimmung, und das bekam Adolf Eichmann umgehend zu spüren.

»Zufrieden? Was soll das heißen?«, blaffte die Fistelstimme seines Herrn, worauf der servile Judenreferent im RSHA instinktiv Haltung annahm. »Apropos Zufriedenheit – wie geht es mit den Deportationen voran?«

»Bestens!«, antwortete Eichmann, schenkte sich einen Rémy Martin nach und stellte die Flasche auf dem Kaminsims ab.

»So gut, dass eine der zu Deportierenden seit gestern flüchtig ist?«

Eichmann fiel vor Schreck fast das Cognacglas aus der Hand. »Die Fahndung läuft bereits auf vollen Touren!«, versuchte er erst gar nicht, sich herauszureden.

»Das will ich hoffen! Sonst noch irgendwelche Hiobsbotschaften?«

Eichmann zog ein Taschentuch aus der Uniformjacke und betupfte sich die Stirn. »Nein, Obergruppenführer!«, schnarrte er und schlug instinktiv die Hacken zusammen. »Alles läuft nach Plan!«

»Das will ich hoffen, Eichmann. Um *Ihretwillen.*«

»1002 Juden auf einen Schlag nach Riga zu verfrachten ist eben kein Pappenstiel.«

»1001, mein lieber Eichmann, 1001.«

»Ich denke, wenn wir unsere Anstrengungen verdoppeln …«

»Verdoppeln?« Heydrich klappte den Aktendeckel zu und trat bis auf Armlänge an Eichmann heran. »Habe ich da eben richtig gehört? Der Führer verlangt Ergebnisse, und zwar nicht erst in ein paar Jahren! Die Endlösung der Judenfrage muss weiter vorangetrieben werden. Effizient und mit rationalem Kalkül. Bar jeglicher Humanitätsduselei. Schon vergessen, worüber wir vorhin gesprochen haben?« Heydrich nahm die Akte und schlug mit dem Handrücken dagegen. »Das besetzte Europa muss judenfrei werden. Besser heute als morgen. Wir müssen und werden es von Westen nach Osten durchkämmen. Stück für Stück, Kilometer für Kilometer. Selbstverständlich ist zuerst das Reichsgebiet dran. Und da gibt es bedauerlicherweise erheblichen Nachholbedarf. Vor allem hier in Berlin. Die Zahl der zu Deportierenden geht in die Millionen. Und das genau ist der Punkt. Um eine reibungslose Durchführung der Endlösung zu gewährleisten, reicht eine Verdoppelung unserer Kräfte nicht aus. Was nützen mir die paar Tausend Juden, die seit Kriegsbeginn per Bahn von Berlin aus deportiert worden sind?«

»3957, Obergruppenführer.«

Heydrich kniff die Augenlider zusammen und fixierte seinen Untergebenen mit missbilligendem Blick. »Wissen Sie was, Eichmann?«, dämpfte er seine Fistelstimme, bis er kaum noch zu verstehen war. »Allmählich frage ich mich, ob Sie Ihrer Aufgabe überhaupt gewachsen sind.«

Eichmann schluckte. »Keine Sorge, Obergruppenführer. Ich werde mein Bestes tun.«

»Ich fürchte, das wird nicht reichen. Die Züge müssen pausenlos rollen, nicht nur alle paar Tage. Bedenken Sie, wie viele Juden allein hier in Berlin untergetaucht sind.«

»So an die 5.000, habe ich mir sagen lassen.«

»Umso schlimmer. Aber keine Bange. Bis zum Endsieg werden wir auch mit ihnen fertigwerden.«

»Ganz ohne Zweifel, Obergruppenführer.«

»Wie schön, dass wir in diesem Punkt einer Meinung sind.« Über Heydrichs Gesicht huschte ein zynisches Lächeln, und die Wolfsaugen flackerten kurz auf. »Falls Sie es noch nicht bemerkt haben sollten, Eichmann. Wir stehen vor einem logistischen Problem, das in der Geschichte seinesgleichen sucht. Sollten Sie folglich an der Durchführbarkeit der Endlösung Zweifel hegen oder sich Ihrer verantwortungsvollen Aufgabe nicht gewachsen fühlen, muss ich Sie ersuchen, mir dies umgehend …«

»Na, Obergruppenführer, Nachschub für Ihren Giftschrank?«

Heydrich konnte ziemlich ungemütlich werden, wenn man ihn einfach unterbrach. Selbst wenn es der Gestapochef höchstpersönlich war. Sein Glück, dass Heinrich Müller bereits leicht angetrunken war.

Einen Wimpernschlag lang schien Heydrichs Wolfsblick seinen Mann fürs Grobe zu durchbohren. »Informationen über unsere Gegner zu sammeln, ist bekanntlich unser aller Pflicht, oder nicht?«, fuhr er Müller barsch an.

Der trat denn auch prompt den Rückzug an.

»Selbstverständlich!«, knickte er sofort ein. »Es ist nur wegen der Gerüchte, die in Parteikreisen im Umlauf sind.«

»Gerüchte?«

»In der Tat.« Müller riss sich die Cognacflasche unter den Nagel und schenkte Eichmann und sich nach. »Es scheint da einige Leute zu geben, die erhebliche Manschetten vor Ihnen haben, Obergruppenführer.«

Heydrich setzte ein hintergründiges Lächeln auf. »Und aus welchem Grund?«

»Nun ja«, druckste Müller herum, »es geht eben das Gerücht, Sie, Obergruppenführer, hätten praktisch gegen jeden etwas in der Hand. Sogar gegen Reichsführer Himmler. Und beileibe nicht nur gegen ihn. Selbst gegen Göring und Goebbels und wahrscheinlich sogar auch gegen den ...«

»Und selbst wenn es so wäre«, antwortete Heydrich gedehnt und fuhr mit seinen Spinnenbeinfingern an der Oberkante der Akte entlang, »wo läge dann das Problem?«

Der Gestapochef hüstelte und mied seinen Blick. Dann nahm er sich zusammen und sagte: »Das Problem, Obergruppenführer, liegt darin, was passiert, wenn Ihre Geheimunterlagen inklusive des heutigen Konferenzprotokolls in die falschen Hände geraten.«

»Ihre Fantasie in Ehren, mein lieber Müller, aber unter welchen Umständen sollte das geschehen?«

Der Angesprochene und Eichmann tauschten einen vielsagenden Blick. Da der Gestapochef keine Lust verspürte, sich weiter als nötig aus dem Fenster zu lehnen, nahm Eichmann den Ball vorsichtig auf. »Wir wollen nicht hoffen, dass dieser Fall eintritt, aber was passiert, wenn Sie, Obergruppenführer, unvorhergesehenerweise ... nun, wie drücke ich mich jetzt aus ...«

»Was passiert, wenn mir etwas zustößt, meinen Sie?«, fuhr Heydrich dazwischen und lächelte maliziös. »Keine Sorge, Eichmann. Für diesen Fall habe ich bereits vorgesorgt.« Dann fügte er hinzu: »Insofern es den sagenumwobenen Giftschrank überhaupt gibt.«

Der Gestapochef öffnete seinen Uniformkragen und schüttete ein weiteres Glas Rémy Martin in sich hinein. »Wobei wir alle hoffen, dass dieser Tag X niemals Wirklichkeit werden wird!«, sagte er und stand Eichmann in puncto Servilität in nichts nach.

»Hoffen?«, gab Heydrich kurz angebunden zurück. »Dessen bin ich mir absolut sicher!«

Er hatte noch vier Monate, zwei Wochen und einen Tag zu leben.

3

Großer Wannsee, Ostufer *20.01. | 14.10 h*

Tod durch Erfrieren. Das Beste in ihrer Situation. Besser, als der Gestapo in die Arme zu laufen.

Weshalb sie nicht schon längst aufgegeben hatte, war ihr ein Rätsel. Genauso wie die Frage, wie lange sie noch würde durchhalten können.

Rebecca konnte nicht mehr. Die Temperatur lag weit unter null, und ihr Körper war wie erstarrt. Sie bewegte sich mechanisch. Fast wie in Trance. Nicht einmal ihr Mantel hielt sie jetzt noch warm. Ein paar Stunden noch, und sie würde erfrieren.

Ein paar Stunden. Wenn überhaupt.

Und dann war da noch die Frage, wohin.

Zurück nach Hause? Keinen Sinn. Dort wartete doch schon längst die Gestapo auf sie. Das heißt, wenn sie überhaupt bis nach Schöneberg kommen würde.

Also nichts wie weg aus Berlin. Richtung Potsdam, wo sie Verwandte hatte. Eine vage Hoffnung. Aber das Einzige, was ihr anscheinend übrig blieb.

Rebecca torkelte mehr, als dass sie ging. Für die Schönheit der Winterlandschaft hatte sie keinen Blick. Ein Gutes hatte die Sache allerdings. Mit Ausnahme von einem Schwarm Graugänse, einem Fischreiher und ein paar Schwänen war sie das einzige Lebewesen weit und breit. Das konnte ihr nur recht sein. Rebecca beschleunigte ihren Schritt, blieb aber kurz darauf wie elektrisiert stehen.

Vor ihr lag der Wannsee, fast wie gemalt. Die Oberfläche glatt, in Ufernähe hie und da vereist. Darüber nichts als grauer Himmel. Von Blau keine Spur.

Wo genau sie sich befand, wusste Rebecca nicht. Sie wusste nur eines: Das Geräusch, das von irgendwoher aus der Nähe an ihr Ohr drang, passte nicht in die unwirtliche Szenerie.

Zuerst dachte sie, es seien die Nerven. Aber dann, in einem Moment blitzartiger Erkenntnis, schüttelte sie ungläubig den Kopf. Musik, weniger als 100 Schritt entfernt. Töne einer Violine, die ihr auf eigentümliche Weise vertraut vorkamen und die grimmige Kälte vergessen machten. Sanft und voller Melancholie.

›Ele chambda libi‹. Vaters Lieblingslied.

Trotz der Gefahr, in der sie schwebte, wirkte die Musik wie ein Magnet auf sie. Es gab nichts, was Rebecca dagegen tun konnte. Und so dachte sie nicht weiter nach, als sie in Richtung Seeufer abbog und den Tönen der Klezmer-Musik folgte.

Den Mann, den sie dort antraf, hatte sie noch nie zuvor gesehen. Er war mittelgroß, über 50 und bis auf einen opulent sprießenden Haarkranz völlig kahl. Sein hervorstechendstes Merkmal war ein roter Schal, den er über dem zerschlissenen Mantel trug. Als Rebecca durch den knöcheltiefen Schnee auf ihn zustapfte, lächelte er ihr kurz zu, ließ sich jedoch nicht stören.

»Friedemann Bonin, Berliner Philharmoniker!«, stellte sich der Violinist schließlich mit einer leichten Verbeugung vor und sah Rebecca erwartungsvoll an.

»Rebecca Kahn!«, antwortete sie ohne Zögern und schüttelte seine ausgestreckte Hand. Auf den Gedanken, dies könne ein Fehler sein, kam sie nicht. »Ein ungewöhnlicher Ort für ein Konzert, finden Sie nicht auch?«

»Unerträgliche Zeiten erfordern eben besondere Konzerte!«, antwortete Bonin, bettete die Violine in einen Kasten und wandte sich anschließend wieder Rebecca zu. »Hab ich recht?«

Rebecca nickte, wollte sich mit dieser Antwort jedoch noch nicht zufrieden geben. Das Fernglas, das Bonin um den Hals trug, machte sie stutzig. »Aber warum gerade hier draußen?«, hakte sie neugierig nach.

Bonin ließ sich nicht aus der Ruhe bringen. »Zum einen, weil man als geschasster Sozi reichlich Zeit für derlei Extravaganzen hat.«

»Und zum anderen?«

»Zum anderen, weil ich böse Geister vertreiben will.«

Für den Bruchteil einer Sekunde glaubte Rebecca, der gesetzte ältere Herr mit dem Violinenkasten in der Hand sei nicht mehr ganz richtig im Kopf. Aber dem war beileibe nicht so. »Sehen Sie die Villa dort drüben, mein Kind?«, schien er ihre Gedanken zu erraten und deutete mit ausgestrecktem Zeigefinger zum gegenüberliegenden Ufer.

»Welche denn?«

»Die mit der Terrasse, dem Riesengarten und den Steinfiguren drin.«

Rebeccas Blick folgte Bonins Finger. Sie nickte, obwohl mit bloßem Auge nicht übermäßig viel zu erkennen war. »Und was ist mit ihr?«, fragte sie.

»Der Hort des Bösen!«, antwortete der Violinist lapidar.

»Und wieso?«

»Das erkläre ich Ihnen später, mein Kind. Und zwar dann, wenn Sie wieder bei Kräften sind.« Bonin hakte sich bei Rebecca unter und zog sie mit sich fort. »Höchste Zeit, dass wir uns verdrücken!«, fügte er mit Blick auf ein paar ausgefranste gelbe Fasern an Rebeccas Mantel hinzu. »Bevor die da drüben Ihre Witterung aufnehmen!«

»Es ging das Gerücht, dass sein Geheimsafe umfangreiche Dossiers über die anderen führenden Nazis enthielt, deren Bloßstellung sich als äußerst peinlich hätte erweisen können.«

(Callum MacDonald: The Killing of Reinhard Heydrich. The SS ›Butcher of Prague‹. Da Capo Press, o.O. 1998, S. 6)

GÖTTERDÄMMERUNG

Prag

(Mittwoch, 27.05.1942/Dienstag, 02.06.1942)

4

Prag-Libeň, Klein-Holeschowitz-Straße

27.05. | 10.15 h

Sie waren zu dritt. Jan Kubiš, Josef Valčík und er. Es war *ihr* Tag. Der Tag, an dem sie Heydrich töten würden.

Falls nicht in letzter Minute noch etwas schiefging.

10.15 Uhr. Und heiß wie im Hochsommer. Jozef Gabčík atmete tief durch. Die Maschinenpistole vom Typ Sten Gun war schussbereit. Um keinen Verdacht zu erregen, hatte er sie erst in letzter Minute zusammengesetzt. Ohne hinzusehen. Eigentlich ein Kinderspiel. Handgriffe, die er im Schlaf beherrschte. Gabčík musste grinsen. Über die Briten konnte man sagen, was man wollte. Aber was die Fallschirmjägerausbildung anging, hatten sie eine Menge Ahnung. Die Sache mit dem Regenmantel als Tarnung war zwar keine besonders gute Idee von ihm gewesen. Aber immerhin eine erfolgreiche. Er war keinem der Passanten aufgefallen. Und nur darauf kam es im Moment an.

Gabčík warf einen Blick auf die Uhr. Fünf vor halb. Kein Wunder, dass Kubiš unter der Laterne da drüben langsam die Geduld verlor. Bei dem Attentat stand eben eine Menge auf dem Spiel. Wenn Heydrich draufging, würden es alle zu spüren kriegen. Die SS würde keine Gnade kennen. Und wenn nicht? In diesem Fall würde der allmächtige Protektor seinem Ruf als Henker einmal mehr gerecht werden. Gabčík machte ein nachdenkliches Gesicht. Die SS würde Vergeltung üben. So oder so. Trotzdem mussten sie es riskieren. Ein Fanal setzen. Hier und jetzt. Und nicht erst dann, wenn ihnen die Alliierten zu Hilfe kamen.

Das Aufblitzen von Valčíks Rasierspiegel holte den 30-jährigen slowakischen Schlosser aus seinen Gedanken. 10.29 Uhr. Endlich. Das lang erwartete Signal. Gabčík rannte zu Kubiš. Noch zwei, drei Minuten. Dann würde es Heydrich an den Kragen gehen.

Ein Fluch von Kubiš, fast gleichzeitig ein Rippenstoß. Gabčík stöhnte innerlich auf. Eine Straßenbahn. Und das ausgerechnet jetzt.

Doch es gab kein Zurück. Jetzt nicht mehr. Während Kubiš seine Aktentasche öffnete und den Sprengsatz klarmachte, rannte Gabčík ein paar Meter weiter. Um den Protektor aufs Korn zu nehmen, war seine Position jetzt nahezu ideal. Die Straße machte eine scharfe Biegung nach rechts. Was bedeutete, dass sein Wagen automatisch abbremsen musste.

Zeit genug, sollte man meinen.

Gabčík entsicherte sein MG. Der Mercedes 320 mit dem Kennzeichen ›SS-3‹ musste jeden Moment auftauchen. Zu dumm, das mit der Straßenbahn. Aber nicht zu ändern. Er würde die Sache durchziehen. Selbst auf die Gefahr hin, dass ein Unbeteiligter etwas abbekäme.

Er und Kubiš mussten es riskieren. So oder so. Eine Gelegenheit wie diese kam so schnell nicht wieder.

Und dann war es so weit. Fast im selben Moment, als die Straßenbahn rechts hinter ihm laut quietschend zum Stehen kam, tauchte Heydrichs Cabriolet auf, drosselte das Tempo und bog um die Kurve. Gabčík zögerte keine Sekunde. Er ließ den Mantel fallen, machte einen Schritt nach vorn und zielte.

Heydrich saß auf dem Beifahrersitz, keine drei Meter entfernt von ihm. Daneben sein Fahrer, ebenfalls von der SS. Ein offenes Cabriolet. Kaum zu glauben. Kein Begleitfahrzeug, kein Panzerglas. Keine Leibwächter. Ein nahezu perfektes Ziel.

Während sich Gabčíks Finger um den Abzug krümmten, hielt er für den Bruchteil eines Augenblicks inne. Täuschte er sich, oder hatte er die Wolfsaugen des Protektors höhnisch aufblitzen sehen?

Einerlei.

Wenn nicht jetzt, wann dann?

In Erwartung des Feuerstoßes, der Reinhard Heydrich, Protektor von Böhmen und Mähren, innerhalb von ein paar Hundertstelsekunden in Stücke reißen würde, winkelte Gabčík den linken Fuß leicht an und drückte ab.

Doch nichts geschah.

Die Sten Gun funktionierte nicht.

Weder bei diesem noch beim nächsten noch beim dritten Versuch.

Gabčík war wie erstarrt. Kaum fähig, klar zu denken. Er stand einfach nur da, die Panik in Person.

Was zum Teufel war eigentlich mit Kubiš los?

Plötzlich geriet alles in Bewegung. Die ersten Passanten stiegen aus und wollten über die Straße. Und dann war es passiert. Heydrichs Fahrer gab Gas.

Gabčík stieß einen halblauten Fluch aus und schleuderte seine Waffe ins Gebüsch. Aus und vorbei. Er hatte versagt, wie ein blutiger Anfänger versagt.

Doch dann geschah das, womit niemand gerechnet hatte. Heydrichs Cabriolet blieb abrupt stehen. Gabčík traute seinen Augen nicht. Der Protektor erhob sich, drehte sich nach ihm um und zog seine Waffe.

Was zum Teufel war denn eigentlich mit Kubiš …

Bevor Gabčík den Gedanken zu Ende führen konnte, riss ihn eine ohrenbetäubende Detonation fast zu Boden. Schreie ertönten, und die Scheiben der Straßenbahn gingen laut klirrend zu Bruch. Überall Rauch, Metallsplitter und scharfkantige Wrackteile, die wie bei einer Splitterbombe durch die Luft flogen. Aus Heydrichs Dienstwagen, vor dessen Hinterrad die Bombe explodiert war, stieg eine rußfarbene Rauchsäule empor. Die Explosion war so heftig gewesen, dass selbst die Oberleitung mit Uniformfetzen drapiert worden war.

Heftig, aber nicht effektiv genug. Kubiš' Gesicht war blutüberströmt, genau wie das einiger Passanten. Tödlich getroffen war allerdings niemand.

Bedauerlicherweise auch Heydrich nicht.

Bevor Gabčík wusste, wie ihm geschah, war er aus dem Wrack geklettert, die Pistole im Anschlag, mit der er auf ihn, seinen Attentäter, zielte. Ebenso wie sein Fahrer, ein SS-Oberscharführer, der sich kurz darauf Kubiš vornahm. Doch der war geistesgegenwärtiger als gedacht, schwang sich auf sein Rad und feuerte mehrere Male in die Luft. Dann trat er in die Pedale und radelte mit halsbrecherischer Geschwindigkeit davon. Heydrichs Fahrer hatte das Nachsehen.

Nicht so der Mann, den er chauffiert hatte. Er war angeschlagen, aber nicht genug, um vor Gabčík zu kapitulieren. Heydrich ging hinter der Straßenbahn in

Deckung, Gabčík hinter einem Telegrafenmast. Der Protektor feuerte, was sein Magazin hergab, aber die Schüsse verfehlten ihr Ziel.

Dann, genauso unvermittelt, wie er begonnen hatte, war der Spuk vorbei. Bevor Jozef Gabčík überhaupt Zeit hatte, sich darüber zu wundern, krümmte sich der Reichsprotektor zusammen und taumelte über die Straße hinweg auf einen Metallgitterzaun zu.

Dort brach Reinhard Heydrich, der Todesgott des Dritten Reiches, mit einer Schusswunde im Rücken zusammen.

Er hatte noch acht Tage zu leben.

Aber davon wusste Jozef Gabčík zu diesem Zeitpunkt noch nichts. Er war geflüchtet, in der Überzeugung, auf ganzer Linie versagt zu haben.

Krankenhaus Na Bulovce, Budínova 2 27.05. | 12.30 h

»Jawohl, mein Führer!« Karl Hermann Frank, einäugiger Polizeichef und Heydrichs Stellvertreter, hätte den Telefonhörer glatt auf den Tisch legen können. Verstanden hätte er seinen Gesprächspartner auch so. »Ich habe mir alles notiert. Durchgreifen ohne Wenn und Aber. Belohnung in Höhe von einer Million Reichsmark für die Ergreifung der Täter. Forcierung der Repressalien, Ausrottung sämtlicher Mitwisser mit Stumpf und Stiel. Falls nötig, samt ihrer Familien. Verhaftung von 10.000 Tschechen. Erschießung von sämtlichen politischen Gefangenen.« Während sich eine Flut von Beschimpfungen und Verwünschungen über ihn ergoss, ließ der 44-jährige SS-Gruppenführer mit den graumelierten Schläfen und nach hinten gekämmten Haaren die angestaute Atemluft entweichen und rutschte nervös auf seinem Stuhl herum.

»Nein, mein Führer!«, ächzte er. »Soweit bekannt, mit einer ungepanzerten Limousine. Wie bitte? Personenschutz? Bedaure, mein Führer! Er war nur mit seinem Fahrer unterwegs. Bodenloser Leichtsinn, ganz … ganz Ihrer Meinung, mein Führer! Aber selbstverständlich werde ich die entsprechenden Konsequenzen aus dem Vorfall ziehen.« Frank machte ein gequältes Gesicht. Dass sich der Zorn des Diktators ausgerechnet über ihn entlud, hätte er sich gerne erspart. »Wie es ihm geht? Nicht so gut wie zunächst erhofft. Hollbaum und Dick mussten die Milz entfernen. Aus welchem Grund? Sie hat ein paar Splitter abgekriegt. Und reichlich Rosshaar aus der Polsterung. Das Zwerchfell musste geflickt werden. Das Zwerchfell, ganz richtig! Vertrackte Situation – in der Tat, mein Führer! Und das Schlimmste: Es droht eine Infektion.«

Als in diesem Moment einer seiner Adjutanten den Kopf zur Tür hereinstreckte, war Frank einen Augenblick lang abgelenkt, schaffte es aber, den Mann mittels eindeutiger Gesten wieder hinauszukomplimentieren. Rechtzeitig genug, um die nun folgende Anweisung entgegenzunehmen.

Karl Hermann Frank war abgebrüht, um nicht zu sagen völlig skrupellos. Aber was er in diesem Moment zu hören bekam, war geeignet, selbst ihn in Erstaunen zu versetzen. Und zwar in einem Maße, dass es ihn nicht mehr auf seinem Lehnstuhl hielt.

»Habe ich Sie da richtig verstanden, mein Führer?«, stakste er irritiert hinter dem Schreibtisch im Chefarztzimmer auf und ab, wohin eigens eine Geheimleitung gelegt worden war. »Ich soll Heydrichs Telefonate abhören lassen?«

Die Antwort aus dem Führerhauptquartier Wolfsschanze in Ostpreußen ließ an Deutlichkeit nicht zu wünschen übrig.

»Abhören und aufzeichnen – zu Befehl, mein Führer! Geheime Reichssache, ich verstehe. Mitstenographieren, versteht sich von selbst. Und anschließend per Sonderkurier ins Führerhauptquartier. Höchste Geheimhaltungsstufe. Zu niemandem ein Wort. Aufzeichnung sämtlicher Gespräche, auch solcher rein privater Natur. Kontrolle, Registrierung und nötigenfalls geheimdienstliche Überwachung der Besucher. Ohne Rücksicht auf Rang, Dienstgrad oder Namen. Rapport im Führerhauptquartier morgen um 15 Uhr. Sie können sich auf mich verlassen, mein Führer!« Frank holte tief Luft, doch bevor er seine Ergebenheitsadresse an den Mann bringen konnte, hatte sein Gesprächspartner aufgelegt.

Karl Hermann Frank atmete hörbar auf und ließ sich im Zeitlupentempo auf seinen Schreibtischsessel sinken. Heydrich bespitzeln, obwohl er auf der Kippe stand? Einen todgeweihten Mann? Auf den ersten Blick ergab der Befehl keinen Sinn. Aber dann, nach reiflicher Überlegung, begann der Gedanke zunehmend amüsant auf ihn zu wirken. Ausgerechnet Heydrich. Der Herr aller Spitzel. Der Schnüffler schlechthin. Die Frage war nur, weshalb der Führer einen derartigen Aufstand machte. Frank konnte sich keinen Reim darauf machen. Letztendlich war es ihm auch egal.

Was zählte, war sein Auftrag. Befehl war nun einmal Befehl. Und damit Schluss.

Schließlich musste er ja auch an seine Karriere denken.

Und wenn der etwas nützen konnte, dann ein erfolgreich ausgeführter Führerbefehl.

5

Krankenhaus Na Bulovce *02.06. | 20.50 h*

Eine Bluttransfusion nach der anderen. Und immer wieder Morphium. Dann die endgültige Diagnose. Bauchfellentzündung und sein Todesurteil, Blutvergiftung.

Es ging zu Ende mit ihm. Unweigerlich.

Heydrich rollte sich auf die Seite. Fast ein Ding der Unmöglichkeit. Aber es gab noch etwas zu erledigen. Allen Höllenqualen zum Trotz.

Die Dränage machte es ihm nicht leicht. Doch dann war es geschafft. Seine Hand lag auf dem Telefon. Der Protektor biss die Zähne zusammen und wählte. Eine Nummer, die außer ihm niemand kannte. Es war eine qualvolle Prozedur, und mit jeder Sekunde, die verstrich, rückte der Tod ein Stück näher.

Dann das Freizeichen. Ein Knacken in der Leitung, das unter normalen Umständen seinen Argwohn geweckt hätte. Doch Heydrich hörte es nicht. Oder wollte es nicht hören. Er war so sehr auf sein Vorhaben fixiert, so geschwächt, dass ihm sein Instinkt völlig abhanden gekommen war.

Für immer.

Heydrich, Protektor und meistgefürchteter Mann im Reich, existierte nicht mehr. Der da lag, war ein schmerzgepeinigtes menschliches Wrack, das seinen letzten Trumpf ausspielen wollte.

»Sterb er dahin, der strahlende Held.« Das verabredete Codewort. Folglich war die Luft rein. Heydrich schloss erleichtert die Augen, trotz der Tatsache, dass die Stimme seines Gesprächspartners vor Anspannung vibrierte.

»Mein ist der Hort, mir muss er gehören!« Heydrich gab seine Antwort ohne zu zögern. »C hier!«, ergänzte er postwendend. »Walhalla auslösen!«

Die Antwort des Mannes am anderen Ende der Leitung ließ auf sich warten. Ein Räuspern, dann die Erwiderung, die wie eine Frage klang: »Walhalla auslösen.«

»Lina ist hochschwanger, schon vergessen?«

»Nein.«

»Und um sich auszumalen, was ihr und den Kindern passieren könnte, braucht man wohl keine Fantasie.«

»Bestimmt nicht!«

»Was bedeutet: Walhalla auslösen, wie abgemacht!«, flammte Heydrichs Jähzorn ein letztes Mal auf, ohne Rücksicht auf den Mann, der ihn wie kaum ein zweiter kannte.

Dann ließ er den Hörer auf die Gabel fallen.

Kaum lag Heydrich auf dem Rücken, als die Schmerzen in der Bauchgegend unerträglich wurden. Zeit für die nächste Dosis, schoss es ihm durch den Kopf, während er den Unterarm auf die fieberglühende Stirn presste. Der Herr über Leben und Tod, ein Mann, der Tausende auf dem Gewissen hatte, führte einen aussichtslosen Kampf. Sein Gegner war unbezwingbar, stärker, als er jemals gewesen war.

Heydrich war der Ohnmacht nahe, als ihn ein Geräusch am Fußende aufschrecken ließ. Er hatte Mühe, die Augen zu öffnen, aber als es ihm schließlich gelang, fuhr er wie elektrisiert in die Höhe.

»Reichsführer – Sie?«, keuchte er, während er sich mit letzter Kraft auf die Ellbogen stützte. »Was … was führt Sie hierher?«

Heinrich Himmler, Reichsführer-SS, antwortete nicht auf die Frage, sondern sah mit unbewegter Miene auf Heydrich herab. Die Nachttischlampe verbreitete diffuses Licht, und so fiel es Heydrich schwer, seinen Lehrmeister in Augenschein zu nehmen. Himmler blieb im Schatten. So wie immer.

Als Heydrich schon nicht mehr mit einer Antwort rechnete, stützte sich Himmler plötzlich auf das Bettgestell, räusperte sich und sagte: »Ich habe mit Ihnen zu reden, Obergruppenführer. Unter vier Augen.«

»Wenn, dann aber schnell!«, retournierte Heydrich in sarkastischem Ton. »Mir bleibt nämlich nicht mehr viel Zeit.«

»Kein Problem. Was ich Ihnen zu sagen habe, wird nicht viel Zeit in Anspruch nehmen.«

»Und das wäre?«

»Wie Sie selbst bereits sagten, Heydrich, bleibt Ihnen nicht mehr viel Zeit. Weshalb ich Sie dringend ersuchen muss, mir gegenüber sämtliche Karten auf den Tisch zu legen.«

»Ach, daher weht der Wind.«

»Schön, dass wir so schnell auf den Punkt kommen. Das spart viel Ärger und noch mehr Verdruss.« Himmler pausierte und rückte mit einer wohlkalkulierten Geste seine Brille zurecht. Dann schob er seinen Oberkörper ins Licht. »Machen wirs also kurz, Heydrich«, näselte er, während die Gläser das Licht der Stehlampe reflektierten. »Mir ist daran gelegen, in den Besitz Ihrer Geheimakten zu kommen. Und zwar umgehend. Damit sie nicht in die falschen Hände geraten.«

»Ich fürchte, Sie kommen zu spät, Reichsführer«, antwortete Heydrich süffisant, für Sekundenbruchteile wieder ganz der Alte.

»Was soll das heißen?«

Heydrich ließ sich zurück in sein Kissen sinken, schloss die Augen und lächelte maliziös. Dann begann er zur Verblüffung seines einstigen Lehrmeisters ein Lied zu summen. Es stammte aus einer Oper seines Vaters, dem er seine musische Begabung zu verdanken hatte. »Ja, die Welt ist nur ein Leierkasten, den unser Herrgott selber dreht, und jeder muss nach dem Liede tanzen, das grad auf der Walze …«

Mitten im Satz brach Heydrich ab. Als ihn der wutentbrannte Reichsführer rügen wollte, musste er feststellen, dass er zu spät gekommen war.

Reinhard Heydrich, Obergruppenführer und Massenmörder, hatte noch volle zwei Tage zu leben. Im Koma, wo er einen Vorgeschmack auf die Hölle bekam.

WALHALLA

Berlin/London/Moskau

(Sonntag, 07.06.1942/Montag, 08.06.1942)

6

Berlin-Wilmersdorf, ›Kolonie Emser Platz‹ 07.06. | *4.45 h*

Sie wollte schreien. Treten. Um sich schlagen. Aber sie konnte nicht. Ihre Füße fühlten sich an wie Blei, der Mund wie geknebelt. Was immer sie tat, es war umsonst. Von hier gab es kein Entrinnen.

Die Luft war zum Schneiden dick. Schweißdurchtränkt. Der Geruch nach Erbrochenem und Fäkalien nicht zu ertragen. Ringsum völlige Dunkelheit. Undurchdringlich. Die reinste Hölle.

Sie konnte das Rattern der Güterwaggons hören, das Wimmern ihrer Leidensgenossen, das Schluchzen der Kinder. Und sie konnte das Entsetzen der Älteren und Gebrechlichen nahezu körperlich spüren.

Es schnürte ihr regelrecht die Kehle zu.

Wie lange die Fahrt bereits dauerte, wusste sie nicht. Das Zeitgefühl war ihr abhanden gekommen, und mit ihm der Glaube, alles werde wieder gut. Lähmendes Entsetzen beherrschte ihre Sinne, eine bleierne, unüberwindliche Apathie. Und dann, urplötzlich der Impuls, sie müsse sich um ihre Mutter kümmern. Doch was Rebecca auch tat, ihre Mutter war und blieb verschwunden.

Spurlos.

An dieser Stelle ihres Albtraums begann Rebeccas Entsetzen gewöhnlich in Panik umzuschlagen. Nicht so am heutigen Tag. Auf einmal war der Traum vorbei, sie selbst wie benommen. Richtig wach wurde sie dennoch nicht.

Das sollte sich jedoch jäh ändern, als sie plötzlich Stimmen hörte. Unter ihnen zumindest eine, die sie kannte. Sie gehörte Bonin, dem Mann, der ihr Unterschlupf gewährte. Er hörte sich besorgt an, geradezu alarmiert. Auf jeden Fall ganz anders als sonst.

Doch es war der Klang der zweiten, ihr unbekannten Stimme, der Rebecca endgültig wach werden ließ. Diese Stimme verhieß nichts Gutes. Rebecca setzte sich auf, schwang die Beine von ihrer Pritsche und lauschte. Und wurde starr vor Entsetzen. Genau wie in ihrem Traum. Mit dem Unterschied, dass dies die Wirklichkeit war.

»Noch so eine dumme Ausrede, Bonin, und wir sehen uns gezwungen, Sie einer Sonderbehandlung zu unterziehen!« Auf einmal begann sich alles um Rebecca herum zu drehen. Sie hatte Mühe, das Gleichgewicht zu halten, hin- und hergerissen zwischen Furcht und Resignation.

Gestapo. Also doch. Sie hatten Bonin erwischt. Oder denunziert. Wann, wo und wie auch immer.

»Auf die Gefahr hin, dass Sie mir nicht glauben, Obersturmführer, ich habe nicht die geringste Ahnung, wovon Sie reden!«

Der gute alte Bonin. Retter in der Not. Erst hatte er sie auf der Straße aufgelesen, dann über mehrere Zwischenstationen in dieses Gartenhaus gelotst. Und das, obwohl ihm die Gestapo längst auf den Fersen gewesen war.

»In diesem Fall, fürchte ich, werden Sie die Konsequenzen selbst zu tragen haben.«

Als Bonin gegen die Scheinwand prallte, hinter der sich Rebeccas Versteck befand, hätte sie beinahe laut aufgeschrien. Warum sie es nicht tat, wusste sie hinterher nicht mehr. Ein Gefühl grenzenloser Ohnmacht stieg in ihr empor, und um nicht laut loszuweinen, presste sie die zitternden Hände auf den Mund.

Die Stimme von Bonins Peiniger war jetzt ganz nahe. Gerade so, als spreche er mit ihr und nicht mit ihm. Aber noch hatte er den Mechanismus, mit dem sich die Tür der zwei auf drei Meter großen Geheimkammer öffnen ließ, nicht entdeckt. Wenn er so gewieft war, wie er tat, war es jedoch nur eine Frage der Zeit, bis er den Hebel hinter dem Stillleben fand. »Wenn es sich nicht vermeiden lässt, das Ganze eben noch einmal von vorn!«, leierte der Gestapo-Mann scheinbar gelangweilt, ja geradezu desinteressiert herunter. Reine Taktik, wie unschwer zu erkennen war: »Na los doch, Kruppke, helfen Sie ihm auf!«, schnauzte er seinen Begleiter an. »Schließlich haben wir noch was vor!«

Rebecca standen die Tränen in den Augen. Tränen der Verzweiflung und, als sie das unterdrückte Stöhnen jenseits der Trennwand hörte, auch solche der Wut. Die Miene der attraktiven jungen Frau verfinsterte sich. Nein, das sind keine Menschen, stellte sie grimmig fest, hochrot vor Zorn. Ein normaler Mensch tut so was nicht.

Und doch war es so. Rebecca stand im Zeitlupentempo auf. Wer, wenn nicht sie, hätte wissen müssen, wozu die beiden Folterknechte da draußen fähig waren?

»Machen wirs kurz, Scheißsozi!«, meldete sich der andere Gestapo-Beamte zu Wort, dessen Stimme den vulgären Schlägertypen verriet. »Wozu die Mühe, den ganzen Fresskram hierher zu schleppen? Wo Tausende Volksgenossen am Hungertuch nagen? Das reicht ja, um ein ganzes Bataillon satt zu kriegen!«

»Korrigieren Sie mich, Sturmführer, aber heißt es nicht, die Versorgung der Zivilbevölkerung sei nach wie vor das geringste Problem?«

Bonin hatte den Satz noch nicht zu Ende gesprochen, als er erneut gegen die Wand geschleudert wurde. Rebecca ballte die Rechte zur Faust. Der Aufprall, die halb erstickten Schreie und das zu Bruch gehende Mobiliar sprachen eine deutliche Sprache. Kein Zweifel, die Gestapo-Männer ließen es jetzt darauf ankommen: »Auf ein Neues, Vaterlandsverräter, für wen hast du das Zeugs da zusammengeramscht? Wohl ein Judenfreund, was?« Die Stimme des Obersturmführers hörte sich beileibe nicht mehr gelangweilt an. Aus ihr sprach der blanke Hass. Hass gepaart mit Brutalität und der Lust am Töten.

Dann wurde es still. Auf einmal. Über dem Gartenhaus in der Nähe des Kurfürstendamms lag die Ruhe eines Friedhofes. Rebecca erschauderte. Bonins Schicksal war besiegelt. Im selben Moment, als sich der Schlägertyp wieder zu Wort meldete: »So wie dir roter Drecksau wird es auch den ganzen anderen Ratten und Schmeißfliegen ergehen!« Mit diesen Worten goss er seine Häme über dem halb tot geprügelten Musiker aus. »Besser, du kooperierst! Hintermänner, Drahtzieher und die Namen der Schleuser. Das ist doch wohl nicht zu viel verlangt!«

Aber Bonin ließ sich nicht unterkriegen. Ein Wunder, wie viel Leben noch in dem tapferen kleinen Mann steckte. »Heydrichs Schicksal wird auch euch ereilen!«, stieß er mit dem Mut der Verzweiflung hervor. Bonin hatte nichts mehr zu verlieren, und er wusste es.

Rebecca presste die Handballen gegen die Stirn. Sie konnte und wollte nicht mehr hinhören. Was dieser Mann um ihretwillen auf sich nahm, brachte sie fast um den Verstand.

Doch was sie befürchtet hatte, blieb aus. Vorläufig. Fast schien es, als habe der Obersturmführer überhaupt nichts gehört: »Bevor wir dich zu Brei schlagen, du Ratte, noch eine kurze Frage!«, zischte er, während sich die Dielenbretter unter dem Gewicht seiner Stiefel bogen. »Wobei du hoffentlich klug genug bist, zu wissen, dass dein Abgang entweder auf rasche oder extrem qualvolle Weise über die Bühne gehen kann!«

»Und die wäre?«

»Wohin ist der Vogel ausgeflogen, dem du Unterschlupf gewährt hast? Leugnen bringt nichts, also raus mit der Sprache!«

Das linke Ohr gegen die Wand gepresst, lauschte Rebecca mit angehaltenem Atem ins Wohnzimmer hinüber. Die Tränen liefen ihr nur so übers Gesicht, und ihr Inneres war vollkommen aufgewühlt.

Totenstille. Rebecca hielt den Atem an. In diesem Moment würde sich alles entscheiden.

Kurz darauf undeutliches Murmeln. Ein Schuss aus einer schallgedämpften Pistole. Schleifgeräusche. Und Schritte, die sich in Richtung Tür entfernten.

Eine Blutlache, die Überreste einer Violine und eine Trümmerwüste: Bonins Hinterlassenschaften. Als Rebecca endlich aus ihrem Verschlag kroch, fühlte sie sich wie betäubt. Eine Weile stand sie regungslos, den Blick gesenkt. Dann sprach sie das jüdische Totengebet.

»Segen, Segen diesem großen Namen. Jetzt und immerdar. Amen.«

Als sie den Blick hob, fiel er auf den Barockspiegel an der gegenüberliegenden Wand. Außer dem Stillleben das einzige Möbelstück, das sich noch an seinem Platz befand.

Beim Anblick der ausgemergelten jungen Frau, die sie darin erblickte, erschrak Rebecca zutiefst. Sie erkannte sich kaum wieder, wollte nicht glauben, dass dies ihr Spiegelbild war. Und doch war es so. Die ihr da entgegenstarrte, das war sie, nur noch ein Schatten ihrer selbst. Rebecca Kahn, 22 Jahre, schlank, mit sanft gewelltem, dunklen Haar, fast ebenso dunklen Augen und cremefarbener Haut, existierte nicht mehr. Übrig geblieben war eine in die Enge getriebene, ums nackte Überleben kämpfende Kreatur, die zur Gartentür stürzte, sich kurz umsah und wie ein Gespenst in der Morgendämmerung verschwand.

Sie wollte leben. Einfach nur leben. Sämtlichen Henkersknechten der Gestapo zum Trotz.

Und das würde sie auch.

Amen.

7

Berlin-Tiergarten | *7.32 h*

Ein Tag ohne Luftalarm. Eigentlich ein guter Tag. Wenn nur sein Kater nicht gewesen wäre. Und der Tote auf der Parkbank gleich neben dem Wagner-Denkmal.

Gerade einmal 29, war Tom Sydow von der Berliner Kripo schon ein alter Hase. Deshalb überließ er zunächst seinem Assistenten das Feld. Ein Selbstmord war ja nun weiß Gott nichts Besonderes. So etwas kam zurzeit fast täglich vor. Tom Sydow steckte sich eine ›Ernte 23‹ an und fuhr durch das dichte rotblonde Haar. Gründe dafür gab es natürlich genug. Vor allen anderen jedoch den Krieg. Diesen Scheißkrieg, der schon beinahe drei Jahre dauerte.

Zu spüren war davon jedoch nichts. Die Luiseninsel erstrahlte im Frühlicht, der Himmel in seidigem Blau. Auf der Tiergartenstraße herrschte kaum Verkehr, im angrenzenden Botschaftsviertel Totenstille. Sydow inhalierte tief. Bis jetzt hatte Berlin ja ziemlichen Dusel gehabt. Der letzte größere Luftangriff war schon fast ein Jahr her, seitdem war es verhältnismäßig ruhig geblieben. Das dicke Ende würde aber bestimmt noch kommen. Davon war Sydow felsenfest überzeugt.

Ein Sonntag wie jeder andere. Wenn nur dieser Scheißkater und der noch viel beschissenere Krieg nicht wären. Dann wäre ihm eine Menge erspart geblieben. Der Tote auf der Bank mit inbegriffen.

Auf einmal hatte Tom Sydow die Qualmerei satt. Es gab Tage, an denen ihm alles auf den Wecker ging, so zum Beispiel heute. Der breitschultrige, knapp 1,90 m große Polizeihauptkommissar mit dem Dreitagebart ließ seine Kippe fallen, drückte sie aus und wandte sich mit übernächtigter Miene der Parkbank zu.

»Na, wie siehts aus, Klinke?«, erkundigte er sich bei seinem Assistenten, der gerade dabei war, die Leiche genauer unter die Lupe zu nehmen. »Irgendwelche Erkenntnisse?«

Kriminalassistent Erich Kalinke, Spitzname ›Klinke‹, ein Berliner Kleiderschrank mit butterweichem Kern, rümpfte die Nase. Obwohl ihn Sydows Fahne fast umhaute, verkniff er sich jeglichen Kommentar. »Und ob!«, warf er lakonisch ein, auf gleicher Höhe mit dem Einschussloch, das sich an der rechten Schläfe des Mannes befand.

»Jetzt machst du mich aber neugierig!«, spöttelte Sydow, während Messerschmidt, der Polizeifotograf, das übliche Blitzlichtgewitter losließ. Doktor Boehm, der Pathologe, hielt sich dagegen zurück. Sydow wusste es zu schätzen. Er konnte diesen blutleeren Schnüffler nicht ausstehen. Nazi vom Scheitel bis zur Sohle. Und dann noch Gestapo-Spitzel. Und ein höchst unbegabter dazu. Genug, um Sydow auf die Palme zu bringen, wenn er nur den Mund aufmachte.

»Ich fürchte, deine Neugier wird dir ziemlich bald vergehen.«

Es war Klinkes Tonfall, der dafür sorgte, dass Sydow seine Apathie abstreifte und er den Toten jetzt erst richtig in Augenschein nahm. Er war um die 40, vielleicht jünger, hatte lichtes Haar und Geheimratsecken. Am

Einschussloch klebte getrocknetes Blut, und sein Kopf war leicht zur Seite geneigt. Die Walther-Pistole vom Kaliber 7,65 Millimeter lag neben der Bank im Gras. Sydow runzelte die Stirn. Irgendwie kam ihm die Szenerie unwirklich vor. Der Mann hatte einen Anzug an, inklusive gestreifter Krawatte und Hut. Als sei er bei Großmutters Nachmittagstee einfach so vom Schemel gekippt. Und da war noch etwas. Sydow massierte die Nasenflügel und machte ein skeptisches Gesicht. Es war dieser schwache, kaum merkliche Geruch, der ihn irritierte, in einem Ausmaß, dass sich sein Kater heftiger denn je bemerkbar machte.

Irgendwas war hier faul, keine Frage.

Aus reinem Selbsterhaltungstrieb, nicht etwa, weil ihm der Anblick des Mannes übermäßig an die Nieren ging, wich Sydow einige Schritte zurück. »Und wieso?«, fragte er, während sich Klinkes massiger Rumpf langsam aufzurichten begann.

»Wirst du gleich sehen.« Sydow horchte auf. Klinke wirkte besorgt, vor allem als er dicht neben ihn trat. Von einer Frohnatur wie ihm war man das einfach nicht gewohnt. Wenn er dann auch wie jetzt die Stimme senkte, ahnte Sydow, dass es sich bei dem Toten um keinen gewöhnlichen Selbstmörder handeln konnte.

Eine Mutmaßung, die sich prompt bestätigen sollte.

Als ihm Klinke die Papiere des Mannes in die Hand drückte, blinzelte Sydow nervös, und sein pennälerhafter Charme ging endgültig flöten.

»Das gibt Ärger, und zwar jede Menge.«

Klinke hatte recht. Hundertprozentig. Sydows blassblaue Augen blickten ausgesprochen düster drein. Der Ausweis des Mannes ließ keine andere Schlussfolgerung zu. »Ein Sturmbannführer von der Gestapo, der sich die Kugel gibt – das kann ja heiter werden!«, übte sich der Kommissar in Galgenhumor, während er den Dienstausweis des Mannes durchblätterte. »Mit anderen Worten, der Endsieg steht kurz bevor!«

»Sehr witzig!« Klinke, der Sydows Hang zum Sarkasmus nicht teilte, warf Boehm einen blitzschnellen Seitenblick zu. Der wiederum tat so, als habe er nichts mitgekriegt, weshalb sich Klinke wieder seinem Vorgesetzten zuwandte: »Hier, sein Abschiedsbrief!«

Sydow ließ den Dienstausweis des Toten in der Tasche verschwinden, überflog den Brief und steckte ihn ein. »Mannomann!«, ächzte er und befeuchtete den ausgedörrten Gaumen. »Und das ausgerechnet mir!«

»Und was jetzt?«, fragte Klinke und zwickte sich ins Ohr.

Sydow gab keine Antwort, sondern ließ den Blick über den in Marmor gehauenen Wagner schweifen. Hoch im Kurs, der Mann. Insbesondere beim Führer. Aber nicht bei ihm. Er stand auf Jazz, Duke Ellington, Louis Armstrong und vor allem Glenn Miller. Negermusik hin oder her. Die ganze Nazi-Kacke konnte ihm glatt gestohlen bleiben. »Wer hat ihn überhaupt gefunden?«, ging Sydow auf die Frage seines Assistenten zunächst nicht ein.

»Anonymer Anrufer.«

»Und wann?«

»So gegen 6.30 Uhr.«

»Schön, dass man das auch erfährt.«

Jetzt hatte Klinke, die personifizierte Gutmütigkeit, aber wirklich genug. »Dein Problem, wenn du wegen deiner Ex die Nacht durchgesoffen hast!«, zischte er Sydow ins Ohr.

»Meine Weibergeschichten gehen dich einen Scheißdreck an. Und außerdem: Schon mal was von dienstfrei gehört?«

»Klar. Aber nicht, wenn Not am Mann ist!« Klinke konnte niemandem wirklich böse sein, schon gar nicht dem knapp zwei Jahre älteren Sydow, der trotz seines Lebenswandels ein Vorbild für ihn war. Sein Ärger war genauso schnell verraucht, wie er gekommen war. »Was machen wir jetzt?«

»Gute Frage.« Aus dem Augenwinkel konnte Sydow beobachten, wie Boehm die Ohren auf Empfang stellte. Zeit für sein Pokerface, Zeit aber auch, einen Entschluss zu fassen. Zumal Messerschmidt sein Pulver endgültig verschossen zu haben schien.

»Und was jetzt?«, hörte sich der Endvierziger mit der Hornbrille wie das exakte Echo von Klinke an, stocksauer, weil er aus den Federn geklingelt worden war. »Ich denke, das wars doch wohl, oder?«

»Für dich vielleicht, aber nicht für uns!«, raunzte ihn Sydow an. »Du kannst wenigstens wieder in die Heia. Für Klinke und mich geht die Chose jetzt erst richtig …«

Sydow war noch nicht fertig, als sich drei Männer in sein Blickfeld schoben. Gestapo. Das konnte selbst ein Blinder mit Krückstock sehen.

»Schönen guten Morgen, die Herren!«, begrüßte ihn der Anführer des Triumvirats. »Was steht zu Diensten?«

Sydow holte tief Luft, doch bevor sein tiefverwurzelter Groll gegenüber der Gestapo außer Kontrolle geriet, kam ihm Klinke zuvor: »Ein Selbstmörder, nichts weiter!«, entgegnete er mit treuherzigem Augenaufschlag.

»Selbstmord, soso!«, gab der schmierige, mit dunklem Ledermantel und Hut bekleidete Agent zurück. Sein Bürstenschnitt und die Himmler-Brille machten Sydows Antipathie in Sekundenschnelle perfekt. Das galt auch für den Rausschmeißertyp links von ihm. Der Dritte im Bunde, ein schlaksiger Wuschelkopf mit Oberlippenbart, fiel etwas aus dem Rahmen, und Sydow wurde das Gefühl nicht los, ihn schon einmal gesehen zu haben.

»Kommt leider immer häufiger vor!«, nahm er geraume Zeit später den Gesprächsfaden wieder auf. »Apropos Selbstmord – mit wem haben wir denn die Ehre?«

Die Katzenaugen des Gestapo-Agenten blitzten kurz auf. Sydow wusste nicht, was ihm an diesem Himmler-Verschnitt mehr missfiel: die widernatürlich weiße Haut oder die Stimme, aus der man den Folterknecht schon fünf Meilen gegen den Wind heraushörte.

Außer einem Zucken des Mundwinkels blieb das Albinogesicht des Gestapo-Beamten völlig starr. Er gab sich betont lässig, gerade so, als habe er Sydows Provokation nicht bemerkt. Dieser wiederum stand ihm in nichts nach und verschränkte mit gelangweilter Miene die Arme vor der Brust.

»Moebius!«, stellte sich der Albino schließlich vor und lächelte aalglatt. »*Obersturmführer* Carl Gustav Moebius. Und das hier, zu meiner Linken, ist mein Assistent Kruppke und zur Rechten ein weiterer Kollege aus dem Amt.« Der Gestapo-Agent zog die Dienstmarke mit der Aufschrift ›Geheime Staatspolizei‹ und der darunter eingestanzten Nummer hervor, hielt sie Sydow unter die Nase und trug ein gekünsteltes Lächeln zur Schau. »Darf man erfahren, um wen es sich bei dem Toten handelt?«

»Selbstverständlich!«, gab Sydow unbeeindruckt zurück. Um dann zum entscheidenden Schlag auszuholen: »Das heißt, wenn die Identifizierung abgeschlossen ist. Damit jegliche Zweifel von vornherein ausgeräumt sind.«

Dass die vorgetäuschte Lässigkeit des Obersturmführers eine Finte war, bekam Sydow auf der Stelle zu spüren. »Ich muss Sie wohl nicht erst daran erinnern, Herr –«, ging er zum Gegenangriff über, geriet jedoch überraschenderweise ins Stocken.

Sein Kontrahent nutzte dies gnadenlos aus. »Sydow. Für Sie *von* Sydow, Obersturmführer«, ergänzte er mit breitem Grinsen im Gesicht.

Der Gestapo-Beamte gewann die Fassung jedoch schnell wieder. »Genau, jetzt erinnere ich mich!«, entgegnete er maliziös. »Ihr Vater ist ein hohes Tier im Auswärtigen Amt, kann das sein?«

»Volltreffer, Obersturmführer. Aber keine Angst. Meine vermeintlich guten Beziehungen existieren nur noch auf dem Papier. Zwischen mir und meinem Vater herrscht Funkstille. Und das seit nunmehr fast vier Jahren.«

»Und mit Ihrer Mutter?«

Jetzt war die Reihe an Sydow baff zu sein, und er tat genau das, worauf der Albino aus war: »Jetzt hören Sie mir mal gut zu, Obersturmführer!«, presste er zwischen nahezu geschlossenen Lippen hervor und funkelte Moebius wütend an. »Ich weiß zwar nicht, woher Sie Ihre Informationen haben, aber nehmen Sie zur Kenntnis, dass Sie mein Privatleben beziehungsweise das meiner geschiedenen Eltern einen …«

»... feuchten Schmutz angeht? Ist es das, was Sie sagen wollten? Oder regen Sie sich so auf, weil Ihre Mutter Engländerin ist?«

Spätestens jetzt wusste Sydow, dass er es mit einem brandgefährlichen, weil gut informierten Gegner zu tun hatte, und er wäre dem Albino ins offene Messer gelaufen, hätte er nicht im selben Moment Klinkes Pranke auf der Schulter gespürt. Sie und nicht etwa die Vernunft brachte ihn wieder auf die richtige Bahn: »Meine Schuld, wenn die germanischen Brudervölker nicht zueinanderfinden?«

Der Albino entblößte die giftgelben Zähne und lächelte. »Natürlich nicht!«, antwortete er von oben herab. »Aber das ist auch nicht weiter wichtig. Wir werden diesen Whiskysäufer von Churchill samt Roosevelt und Stalin in die Knie zwingen, darauf gebe ich Ihnen mein Wort!«

»Wenn, dann aber bitte schnell.«

»Wieso?«

»Damit nicht noch mehr Städte in Schutt und Asche gelegt werden!«, antwortete Sydow kühl. Und setzte nach: »So wie Köln vor einer Woche.«

»Soll das etwa heißen, dass Sie nicht mehr an den Endsieg glauben?«

»Das soll heißen, dass wir jetzt gerne mit unserer Arbeit fortfahren würden!«, rettete Klinke erneut die Situation. »Im Vertrauen, dass die Geschicke unseres Vaterlandes in den richtigen Händen liegen!«

Schachmatt. Sydow lachte in sich hinein. Mit allen Wassern gewaschen, dieser Klinke. Das musste ihm der Neid lassen.

Doch er hatte sich zu früh gefreut. »Ich dachte, die sei so gut wie erledigt, oder liege ich da falsch?«, mischte sich Boehm, der Pathologe, überraschenderweise ein.

»Falsch gedacht!«, fuhr ihm Sydow in die Parade. »Erst dann, wenn es der mit der Untersuchung betraute Beamte für angemessen hält.«

»Und was, bitte schön, gäbe es Ihrer Meinung nach noch zu tun?«

»Eine Menge.«

»So zum Beispiel?«

Ein Lächeln glitt über Sydows Gesicht. »Eine Obduktion durchführen zu lassen, Doktor Boehm!«, gab er genüsslich zurück. »Damit alles seine Richtigkeit hat!«

»Obduzieren? Aber wozu denn?«

»Um auf Nummer sicher zu gehen, mehr nicht.«

»Heißt das, Sie haben schon irgendeinen Verdacht?«, schaltete sich Moebius ein.

»Nicht wirklich«, wimmelte Sydow seinen neuen Intimfeind wie ein lästiges Insekt ab. »Es sei denn, die Spurensicherung liefert neue Erkenntnisse.«

»Wozu dann das Ganze?«

»Purer Instinkt, Obersturmführer, purer Instinkt. Und soll ich Ihnen was sagen? Er hat mich noch nie im Stich gelassen!«

8

London-Westminster, Cabinet War Rooms | 08.05 h OZ

Zu den Dingen, die Winston Churchill schätzte, zählten Zigarren, Scotch und französische Küche. Und selbstverständlich Champagner.

Ein Frühstück mit Edvard Beneš gehörte nicht dazu.

Trotzdem ließ er sich nichts anmerken. Churchill, seit gut zwei Jahren britischer Premierminister, lächelte, schnalzte mit der Zunge und erhob sein Sherry-Glas. »Auf das gelungene Attentat!«, rief er und konnte seine Befriedigung dabei nicht verhehlen.

Edvard Beneš, fast 10 Jahre jünger und mindestens ebenso viele Kilo leichter, teilte die Zufriedenheit seines Gastgebers nicht. Der Kopf der tschechoslowakischen Exilregierung runzelte die hohe Stirn und strich die graumelierten Schläfen glatt. Erst dann erwiderte er Churchills Toast.

»Warum so nachdenklich?«, wollte Churchill wissen, eine Frage, die er sich hätte sparen können.

»Bedaure, Herr Premierminister!«, erwiderte Beneš mit belegter Stimme. »Wie Sie sich denken können, ist meine Laune momentan nicht die beste!«

»Mit anderen Worten, von den Fallschirmjägern gibt es immer noch keine Spur.«

»Doch, schon.«

»Und? Wo stecken die drei?«

»In der Krypta einer Kirche in Prag. Zusammen mit vier weiteren Kameraden. Hitler hat fünf Millionen Kronen als Belohnung ausgesetzt. Die SS stellt derzeit alles auf den Kopf.«

Churchill nickte und trank seinen Sherry leer. Dass die letzte Bemerkung seines Gastes eine absolute Verharmlosung war, wusste er nur zu gut.

»Wie dem auch sei!«, versuchte er Beneš in der ihm eigenen Mischung aus Jovialität und Verbissenheit aufzumuntern. »Der Tag ist nicht mehr fern, an dem wir die Nazis in die Knie zwingen.«

»Bei allem gebotenen Respekt, Herr Premierminister. Wie lange, denken Sie, wird das dauern? Die Deutschen vor Leningrad und Tobruk, die Japaner in Singapur und Rangun, London in Reichweite deutscher Bomber – kein Grund zum Optimismus, finden Sie nicht auch?«

»Und der Tausendbomberangriff auf Köln vor einer Woche?«

Beneš setzte zu einer Erwiderung an, hielt sich jedoch lieber zurück. Churchill kam dies nicht ungelegen, und so schwieg auch er sich nach Kräften aus und wandte sich dem Frühstück zu: Eier, Toast und Speck. Dazu ein Glas Sherry. Das einzig Wahre, um einen Tag zu beginnen, von dem er nicht wusste, welche neuerlichen Hiobsbotschaften er ihm bescheren würde.

Nach zwei Drinks und etlichen Minuten später wurde es ihm aber dann doch zu bunt. Das weiß getünchte Frühstückszimmer, Teil seiner unterirdischen Kommandozentrale, strahlte ungefähr so viel Gemütlichkeit aus wie eine U-Bahn-Station. Trotz Tisch, Anrichte und Bildern an der Wand. Churchill konnte einen Stoßseufzer gerade noch unterdrücken. Lieber in der Downing Street und das Risiko eines Bombenangriffs als 15 Meter unter der Erde. Und dann noch dieser Beneš mit seinem furchtbaren Akzent, penetrant bis zum Gehtnichtmehr. Einfach zum Verrücktwerden.

»Vegetarier, Abstinenzler und Schonkost – dieser Hitler muss wirklich verrückt sein!«, versuchte Churchill das Gespräch wieder in Gang zu bringen und schenkte sich einen weiteren Sherry nach. Über das indignierte Stirnrunzeln seines Gastes sah er großzügig hinweg.

Leider reagierte Beneš nicht wie erhofft. »Wenn das so weitergeht, bleibt kein Stein auf dem anderen!«, ließ er nicht locker. »Verhaftungen, Folterungen, Hinrichtungen – ich weiß nicht, wohin das noch führen soll!«

»Gehe ich fehl in der Annahme, dass Sie, lieber Beneš, einer derjenigen waren, die sich besonders vehement für das Attentat auf Heydrich ausgesprochen haben? Eine Operation, die durch den Einsatz einer britischen Halifax überhaupt erst möglich gemacht …«

Es war das Wandtelefon, das die Situation rettete. Churchill ließ Beneš einfach links liegen, stand auf und nahm den Hörer ab.

»Churchill.« Im Laufe des nur etwa einminütigen Gesprächs hellte sich Churchills Miene immer mehr auf, allem angestauten Ärger zum Trotz. Als er auflegte, war er blendender Laune und wandte sich wieder dem opulenten Frühstück zu. Auf die fragenden Blicke von Beneš reagierte er zunächst nicht. Das hatte natürlich etwas damit zu tun, dass der Secret Service am Apparat gewesen war. Aber auch damit, dass er diesem tschechischen Querulanten eins auswischen wollte.

»Endlich einmal wieder gute Neuigkeiten!«, blühte er regelrecht auf.

»Darf man erfahren, welche?«

»Bedaure!«, retournierte Churchill spitz. »Top secret!«

»Mit anderen Worten, es hat weder etwas mit Heydrich noch mit unserer gemeinsamen Operation zu tun.«

»Doch.«

»Und was?«

»Wie gesagt, mein lieber Beneš, top secret!«, antwortete Churchill mit hintergründigem Lächeln und schaufelte noch eine Portion Rührei auf den Teller. »Aber keine Sorge!«, munterte er seinen Gast rasch auf. »Mit ein bisschen Glück werden wir die SS samt Gestapo und SD bis auf die Knochen blamieren!«

9

SS-Kameradschaftssiedlung ›Krumme Lanke‹

Berlin-Zehlendorf, König-Heinrich-Straße | 09.10 h

›Marineschule Mürwick, Crew 22. Oberleutnant zur See von Möllendorf.‹

Seekadetten, die für ein Abschlussfoto posieren. Teils schüchtern, teils mit unbändigem Stolz. Kaum einer älter als 18, die meisten fast noch ein Kind. Und daneben die obligatorische Erinnerungsplakette.

Das Foto ging ihm unter die Haut. Da konnte er machen, was er wollte. Die Erinnerung war einfach nicht totzukriegen. Damals, mit 18, war die Welt in Ordnung, seine Eltern noch zusammen und er, Thomas Randolph von Sydow, Zögling des englischen Nobelinternats Eton gewesen. Und heute? Keine Spur mehr von heiler Welt, nicht die Bohne. Der Kommissar raufte sich die rotblonde Mähne. Einfach zum Kotzen, in so einer Zeit leben zu müssen.

Sydow hängte das Bild wieder an seinen Platz, direkt neben die Erinnerungsplakette. Schluss damit, dachte er. Ein für alle Mal. Die alten Zeiten waren vorbei. Für immer. Kein Platz für Nostalgiegefühle. Und schon gar nicht für Selbstmitleid. Dienst war Dienst und Schnaps war Schnaps. Und der, beziehungsweise die Folgen seiner nächtlichen Eskapaden, setzten ihm immer noch zu. Trotz oder gerade wegen der Aufgabe, die er zu erfüllen hatte. Einer Aufgabe, die mit zum Unangenehmsten zählte, was einem Polizeibeamten passieren konnte.

»Oberleutnant zur See – wie interessant.« Sydow hatte die Bemerkung aus purer Verlegenheit gemacht. Die Wirkung, die er damit erzielte, war jedoch enorm.

Die Frau an der Verandatür, die trotz der sommerlichen Temperaturen Handschuhe trug, fuhr abrupt herum. Sie war höchstens 35, trug eine schwarz gestreifte Bluse mit gestärktem Kragen, den dazu passenden Rock und sah wie eine in die Jahre gekommene Gouvernante aus der Kaiserzeit aus. Der prüfende Blick und die ersten grauen Strähnen im streng gescheitelten Haar trugen das Ihre zu diesem Eindruck bei. Irene von Möllendorf wirkte gefasst, auf merkwürdige, um nicht zu sagen obszöne Art. Sydow runzelte die Stirn. Fehlt nur noch der Zwicker, dachte er bei sich. Echte Trauer stellte man sich jedenfalls anders vor.

»Und wer von denen ist Ihr Mann?«, warf Sydow aus purer Verlegenheit ein.

»Der da!«, erwiderte die Frau und zeigte auf das Bild. Sydow trat näher. Der Mann auf der Parkbank, in der Tat. Gut zu erkennen, obwohl das Foto 20 Jahre alt war. Sydow wollte sich schon wieder abwenden, als sein Blick auf den Mann neben ihm fiel. Er hatte zwar keine Ahnung, wieso. Aber er war sich sicher, dass ihm der schlaksige Seekadett auf dem Bild schon einmal über den Weg gelaufen war.

»Wenn wir Kinder gehabt hätten, wäre vielleicht alles ganz anders gekommen!« Damit war das Thema

Marineschule für die Frau anscheinend schon wieder erledigt, und während Sydow noch nach Worten rang, faltete das Objekt seiner Bemühungen den Abschiedsbrief ihres Mannes zusammen und gab ihn kommentarlos zurück.

Sydow war wirklich nicht auf den Mund gefallen, aber dazu fiel selbst ihm nichts mehr ein. Er hatte sich alle möglichen Gedanken gemacht und dann so eine Reaktion.

Reichlich merkwürdig. Gelinde gesagt.

»Falls es Ihnen nichts ausmacht, hätten wir noch ein paar Fragen!«, fand Klinke als Erster die Sprache wieder, und Sydow war sich nicht sicher, ob dies ironisch zu verstehen war oder nicht. »Aber nur, wenn Sie wirklich dazu in der Lage sind!«

Die Frau machte eine wegwerfende Geste. Mit welcher Absicht, blieb unklar, und Sydow war auch nicht erpicht darauf, es zu erfahren. Er wollte nur eins, diesen Granitblock zum Reden bringen, und nachdem er Klinke kurz zugenickt hatte, ließ er sich in den ockerfarbenen Plüschsessel neben der Stehlampe plumpsen.

Die trauernde Witwe, die definitiv keine war, quittierte es mit eisiger Miene und wandte sich wieder der Verandatür zu. »Wenn es sein muss!« Sie machte aus ihrem Widerwillen keinen Hehl. »Aber wenn schon, dann bitte rasch!«

Sydow fragte sich, was denn so wichtig war, dass es mit dem Selbstmord des depressiven, angeblich lebensmüden Gatten konkurrieren konnte, aber da er Klinke nicht ins Handwerk pfuschen wollte, hielt er sich und sein ungestümes Temperament im Zaum. »Kommt ganz auf Sie an, Frau von Möllendorf!« Klinke gab sich unerwartet barsch.

»Und wieso?«

»Erlauben Sie, dass zunächst *ich* die Fragen stelle!«, setzte Klinke noch eins drauf und nahm seinen Notizblock zur Hand. »Also: Wann haben sie Ihren Mann zum letzten Mal lebend gesehen?«

Die Antwort kam wie aus der Pistole geschossen. »Am Mittwoch!«, erwiderte sie schnippisch und strich eine graue Strähne hinters Ohr. »Bevor er zum Dienst gefahren ist.«

»Und wann war das?«

»So gegen 8 Uhr.«

»Zum Dienst, soso. Und wo?«

Obwohl die Frau so tat, als ließen sie die Fragen kalt, zahlte sich Klinkes Provokation umgehend aus. »Wo ein SS-Sturmbannführer gemeinhin zum Dienst zu erscheinen pflegt!«, giftete sie. »Wieso?«

»Eine harmlose Frage, weiter nichts. Mit anderen Worten, Ihr Mann … wie hieß er doch gleich?«

Sydow musste an sich halten, um nicht laut loszuprusten. Klinkes treudoofe Art war wirklich nicht zu übertreffen. Genau richtig, um diese Giftspritze aus der Reserve zu locken.

»Alfred!«, lautete die Antwort, und die Stimme der Frau hörte sich so an, als habe ihr Klinke einen unsittlichen Antrag gemacht. »SS-Sturmbannführer Alfred von Möllendorf.«

»Dienstelle?«

»Prinz-Albrecht-Straße 8. Wo denn sonst?«

»Referat?«

Einfach zum Kugeln, dieser Klinke. Sydow kämpfte

mit dem Lachen, obwohl die Angelegenheit eine überaus ernste war.

»Römisch vier A vier.«

»Ihr Hang zur Kryptografie in Ehren, liebe Frau von Möllendorf, aber könnten Sie sich vielleicht etwas klarer ...«

»Schutzdienst, Attentatsmeldungen und Überwachungen.« Der Widerwille in der Stimme von Klinkes Gesprächspartnerin erreichte ungeahnte Höhen. »Oder so ähnlich.«

Klinke pfiff durch die Zähne. »Nichts für schwache Nerven!«, ließ er ebenso treuherzig wie boshaft verlauten.

»Wieso?«

»Na ja!«, druckste der bullige Kriminalassistent herum und hüstelte verlegen. »Was immer sein genaues Aufgabengebiet war, hatte er wegen des Attentats auf Heydrich bestimmt jede Menge zu ...«

»Wie darf ich das verstehen, Herr ... wie war doch gleich Ihr Name?«

»Erich!«, ahmte Klinke den angewiderten Tonfall seiner Kontrahentin nach. »Kriminalassistent Erich Kalinke.«

»Na gut, wie immer Sie auch heißen mögen –«, erwiderte Irene von Möllendorf, drehte sich auf dem Absatz um und musterte Klinke wie einen Dienstboten, der versehentlich den Haupteingang benutzt hat, »ich muss Sie ersuchen, mein Haus umgehend zu ...«

»Mein Kompliment!«, fuhr Sydow dazwischen.

»Und wofür?«

»Für die bewundernswerte Haltung, verehrte Frau von Möllendorf«, antwortete der Kommissar gedehnt, schlug die Beine übereinander und kramte sein Zigarettenetui aus dem Sakko, »die Sie im Zusammenhang mit dem Freitod Ihres Mannes an den Tag legen.«

»Was soll das heißen?«

»Damit mir ja kein Fehler unterläuft, trifft es tatsächlich zu, dass Sie Ihren Mann vor ziemlich genau vier Tagen zum letzten Mal gesehen haben?«

Irene von Möllendorf deutete ein Nicken an.

»Ich darf doch wohl annehmen, gnädige Frau, dass Sie sich entweder bei seiner Dienststelle oder anderweitig über seinen Verbleib erkundigt haben? Im Klartext: Wenn der eigene Gatte einfach so von der Bildfläche verschwindet, wäre es doch wohl das Naheliegendste, einen Telefonhörer in die Hand zu nehmen und ihn anzurufen, oder nicht?«

Die verbiesterte Miene seiner Gesprächspartnerin sprach Bände. Sydow hatte ins Schwarze getroffen. Die Fassade der Irene von Möllendorf begann zu bröckeln, sämtlichen Täuschungsmanövern zum Trotz. »Heißt das, Sie unterstellen mir, das Schicksal meines Mannes lasse mich kalt?«, trat sie trotz allem die Flucht nach vorne an.

»Eins nach dem anderen!«, gab der Kommissar jegliche Zurückhaltung und den Platz im bequemen Plüschsessel auf. »Im Grunde bin ich momentan nur an einem interessiert: Haben Sie seit Mittwoch früh irgendetwas von Ihrem Mann gehört, ja oder nein? Für den Fall, letzteres träfe zu, warum haben Sie keinen Finger gerührt, um herauszukriegen, wo Ihre bessere Hälfte abgeblieben ist?«

Der Hieb saß. Irene von Möllendorf schlug die Augen nieder und blieb Sydow die Antwort schuldig. Der aber ließ sie gar nicht erst zur Ruhe kommen, steckte sein Zigarettenetui wieder ein und fragte: »Ich darf doch wohl annehmen, dass es einen Grund für Ihr – gelinde gesagt – reichlich merkwürdiges Verhalten gibt?«

»Den gibt es.«

»Und welchen?«

Wenn Irene von Möllendorf wie eine trauernde Witwe aussah, dann in diesem Moment. Gerade so, als habe sie die Todesnachricht eben erst erreicht. Sydow suchte ihren Blick, aber sie wich ihm aus, suchte Halt an der Tischkante und ließ sich auf einen der Stühle sinken.

Sydow hatte in ein Wespennest gestochen, die Frage war nur, in welches. »Wollen Sie oder können Sie nicht antworten?«, fragte er und ließ den Blick durch das blitzblanke Wohnzimmer schweifen. Alles tipptopp, dachte er voller Neid. Bei ihm zu Hause sah es da schon wesentlich unordentlicher aus. Um nicht zu sagen chaotisch. Kein Wunder, dass Evelyn Hals über Kopf verduftet war. Genau genommen konnte man es ihr wirklich nicht verdenken. Anders dieses Wohnzimmer hier. Keine Klamotten, die überall herumlagen, keine leeren Bierflaschen, kein dreckiges Geschirr. Verglichen mit seiner Bruchbude wirkte das Einfamilienhaus der Möllendorfs wie das genaue Gegenteil. Das fing mit dem Hitlerbild an und hörte mit der gehäkelten Tischdecke, dem Volksempfänger und allerlei Nippes auf der Anrichte auf. Die perfekte Nazi-Idylle, wenn nur diese Frau nicht gewesen wäre, die mehr Haare auf den Zähnen hatte als er und Klinke am ganzen Körper.

Ein verlegenes Räuspern schreckte Sydow aus seinen Gedanken auf. Mit dem Auftreten nach Gutsherrenart, das seine Kontrahentin offenbar perfekt beherrschte, war es anscheinend endgültig vorbei. Frau von Möllendorf kämpfte mit den Tränen. Ein Anblick, an den sich Tom Sydow erst noch gewöhnen musste.

»Gibt es irgendetwas, das Sie uns zu sagen haben, gnädige Frau?«, meldete sich Klinke zu Wort, tauschte einen Blick mit seinem Vorgesetzten und steckte seinen Notizblock ein.

Irene von Möllendorf wischte sich eine Träne aus dem Augenwinkel und schüttelte den Kopf.

»Wenn Sie etwas zum Stand der Ermittlungen beizutragen haben, dann bitte gleich.«

»Ermittlungen?«

»In der Tat.«

»Und weshalb?«

»Weil die Möglichkeit besteht, dass der Freitod Ihres Mannes keiner war«, nahm Sydow erneut das Heft in die Hand.

Irene von Möllendorf wurde aschfahl, und ihre Lippen, nicht viel mehr als ein Strich, begannen zu zittern. »Vermutungen, die auf Fakten beruhen?«, gab sie mit kaum hörbarer Stimme zurück.

»Gegenfrage, verehrte gnädige Frau. Ist Ihr verstorbener Gatte Links- oder Rechtshänder gewesen?« Sydow konnte Klinkes überraschten Blick im Nacken spüren, ließ sich jedoch nicht beirren.

»Ich wüsste nicht, welche Rolle das jetzt noch spielt.«

»Eine nicht zu unterschätzende, fürchte ich.«

»Und welche?«

»Bei allem Verständnis für Ihre Situation – bitte tun Sie mir den Gefallen und beantworten meine Frage.« Sydow wunderte sich, warum ihm die Idee erst jetzt gekommen war. Ein Grund mehr, mit dem Saufen aufzuhören, dachte er, umrundete den Tisch und blieb unmittelbar neben seiner Gesprächspartnerin stehen. »War Ihr Mann Rechtshänder – ja oder nein?«

»Nein.«

»In diesem Fall, fürchte ich, wird dies nicht unser letztes Plauderstündchen mit Ihnen gewesen sein.«

Irene von Möllendorf fuhr herum und sah Sydow schreckerfüllt an. »Heißt das, ich stehe unter Verdacht?«, wimmerte sie.

»*Das* wohl kaum!«, entgegnete Sydow, wobei er das Gefühl nicht loswurde, zu weit gegangen zu sein.

»Wer dann?«

»Verzeihen Sie, wenn ich Ihre Frage mit einer weiteren Gegenfrage beantworte.«

»Nur zu.«

»Aus welchem Grund tragen Sie eigentlich Handschuhe, gnädige Frau?«

»Eine Entzündung. Vermutlich das falsche Geschirrspülmittel. Wieso?«

»Komisch – ich dachte immer, jemand in Ihrer Position kann sich locker eine Zugehfrau leisten!«, antwortete Sydow, gab Klinke einen Wink und schlenderte mit demonstrativer Gelassenheit zur Tür.

»Kann ich auch!«, fand Irene von Möllendorf allmählich wieder zu alter Form zurück. »Wo liegt dann das Problem?«

»Das Problem, Gnädigste, liegt darin, dass sich die Gestapo vermutlich nicht mit Daumenschrauben begnügen wird!«, fuhr Sydow sie an. »Wenn die jemanden auf dem Kieker haben, können die Jungs aus der Prinz-Albrecht-Straße verdammt nachtragend sein!«

*

»Mal ehrlich, musste das wirklich sein?« Endlich wieder an der frischen Luft, öffnete Klinke den Hemdkragen und atmete tief durch.

Sydow antwortete mit einem Achselzucken. »Keine Ahnung!«, brummelte er vergrätzt, steckte sich eine Zigarette an und ließ das Streichholz in den nächstbesten Gully fallen. »Eins ist jedenfalls klar, die gute Frau lügt wie gedruckt. Darauf kannst du Gift nehmen.«

»Nach dir, Herr Kommissar!«, gab Klinke gänzlich unbeeindruckt zurück. »Und wenn sie Schiss hat, was dann?«

»Na, du machst mir vielleicht Spaß!«

»Wieso?«

»Da spielt diese Scharteke Katz und Maus mit uns, und unser Berliner Teddy mit den Riesenkulleraugen kriegt sich vor Mitleid fast nicht mehr ein!«

»Na, na, na! Jetzt mach aber mal halblang! Redet man so über eine Dame aus adligem Haus? Noch dazu, wenn man selbst blaues Blut in den Adern hat?«

»Ach, rutsch mir doch mitsamt deinem Kreuzberger Karnickelstall den Buckel runter!«

»Ganz wie Ihre Lordschaft wünschen!«, frotzelte Klinke drauflos. »Wenn wir die Sache hinter uns gebracht haben, stehen Edith, die Kinder und meine Wenigkeit Ihnen gerne zur Verfügung! Aber im Ernst, was liegt als Nächstes an?«

»Erst mal schauen, was die Spurensicherung sagt. Dann sehen wir weiter.«

»Ich sags ja nicht gerne, aber das mit dem Linkshänder war ein Geistesblitz der Güteklasse A.«

»Verbindlichsten Dank. Was das bedeutet, muss ich dir ja wohl nicht sagen.«

»Ärger hoch drei, ich weiß.« Auf einmal war Klinke das Frotzeln vergangen, und er machte ein betretenes Gesicht. »Sollte sich bestätigen, dass sich der Herr Sturmbannführer nicht selbst die Kugel gegeben hat, haben wir ein Problem.«

»Ich wüsste nicht, wieso.«

»Was soll denn das jetzt schon wieder heißen?«

Im Begriff, Klinke eine Antwort zu geben, drehte sich Sydow instinktiv um. Zu Recht, wie ein Blick auf die hin und her schaukelnden Wohnzimmergardinen bewies. Der Kommissar tat so, als sei ihm nichts aufgefallen und ließ den Blick über das nagelneue Anwesen mit Vorgarten schweifen. Nichts für kleine Geldbeutel, dachte er. Für Haus und Garten hatte der Herr Sturmbannführer gut und gerne 120 Reichsmark berappen müssen, wenn das mal reichte. Weit mehr jedenfalls, als ein Arbeiter im Monat verdiente. Blanker Hohn, wenn man das Gefasel von der Volksgemeinschaft für bare Münze nahm. Sydow verzog das Gesicht. Kein Wunder, dass er immer öfter über die Stränge schlug.

»Was das heißen soll?«, schreckte Sydow aus seinen Gedanken auf. »Doch wohl nichts anderes, als dass wir auf dem besten Weg sind, jemand ganz Bestimmtem in die Quere zu kommen! Oder bildest du dir ein, Moebius und seine zwei Berggorillas sind rein zufällig aufgekreuzt? Etwa, um uns guten Morgen zu wünschen?

Komm schon, Klinke, das glaubst du doch wohl selber nicht! Da steckt mehr dahinter, wesentlich mehr. Die Sache stinkt, und zwar gewaltig!«

Klinke brauchte zwei, drei Sekunden, um die Pointe zu verdauen, und nachdem das der Fall war, hatte sich sein optimistisches Naturell in Luft aufgelöst. »Daher also die Schnapsidee, die Leiche nicht von Boehm, sondern von deinem Kumpel an der Charité obduzieren zu lassen!«, antwortete er gedrückt und schwieg sich geraume Zeit aus. »Wenn das mal keinen Ärger gibt!«

»Den gibts gratis, darauf kannst du wetten!«

»Lieber nicht!« Klinke brach abrupt ab, kramte seine Autoschlüssel hervor und machte Anstalten, die Straße zu überqueren. Kurz bevor er den VW-Kübelwagen auf der anderen Seite erreichte, drehte er sich zu Sydow um, der ihm auf dem Fuße folgte.

»Für den Fall, dass du recht hast, ist die Kacke ja wohl gewaltig am Dampfen!«, raunte er ihm über die Schulter zu. »Auf die Gefahr, weiter in deiner Achtung zu sinken: Ich für meinen Teil kann es immer noch nicht so richtig ...«

Weiter kam Klinke nicht.

Der Mercedes Benz 230 kam von rechts. Die Sonne blendete ihn, und vielleicht war das auch der Grund, warum Sydows Assistent das dunkle Cabriolet zunächst nicht bemerkte.

Nur ein, zwei Schritte. Dann wäre er aus dem Schneider gewesen. Egal, ob die Limousine mit 100 Sachen vorbeidonnerte oder nicht. So aber blieb Klinke wie auf dem Präsentierteller stehen. Gut zwei Zentner geballte Kraft, die sich keinen Millimeter von der Stelle rührten.

Genau so, wie man es von ihm erwartete.

Als der Fahrer der Limousine einen höheren Gang einlegte, heulte der Sechszylinder-Motor kurz auf. Auf der Windschutzscheibe spiegelte sich die Sonne, der Grund, weshalb Sydow die Insassen nicht sah.

Aber das war auch nicht nötig. Er wusste auch so, wer sich dahinter verbarg.

Und reagierte entsprechend.

Während Klinke in einer reflexartigen Bewegung die Augen überschattete, war Sydow schon über ihm. Der Mercedes war nur noch wenige Meter entfernt, das Motorengeräusch so laut, dass es sämtliche Sinne lähmte.

Sekundenbruchteile später war bereits alles vorüber. Klinke landete auf der Kühlerhaube, Sydow auf dem knochenharten Asphalt. Bevor er sich aufrappelte, immer noch auf allen Vieren, sah er der davonrasenden Limousine hinterher. Zu spät. Sie war bereits hinter der nächsten Biegung verschwunden.

»Noch Fragen?«, war das Erste, was Klinke zu hören bekam, als er sich langsam von seinem Schreck erholte.

Kriminalassistent Erich Kalinke schüttelte den Kopf. Er hatte genug gesehen.

Genug, um sich nicht groß darüber zu wundern, dass seine Berliner Schnauze fürs Erste den Geist aufgab.

10

Stalins Datscha in Kunzewo bei Moskau | *11.30 h OZ*

»Neuigkeiten von der Front?«

Lawrenti Berija, NKWD-Chef und meistgefürchteter Mann der Sowjetunion, schob seine Tasse weg, nahm die Brille ab und rieb sich die Augen. Er war 42, mittelgroß und Kaukasier, und vor allem war er völlig skrupellos. Für seine Mitmenschen hatte er nur Verachtung übrig, mit Ausnahme des Mannes, dem er gegenübersaß. Der einzige Mensch, in dessen Gegenwart ihn eine seltene Gefühlsregung beschlich: Angst.

Und deshalb, nicht etwa aus Unwissenheit, überlegte sich der allmächtige Geheimdienstchef seine Antwort genau. »Wie heißt es doch so schön?«, wagte er einen makaberen Scherz. »Im Westen nichts Neues!«

»Mit anderen Worten?« Der Kopf hinter der Titelseite der ›Prawda‹, von dem nur das volle, nach hinten gekämmte Haar zu sehen war, rührte sich keinen Zentimeter. »Wie ist die Lage?«

Berija fingerte nervös an seinem Brillengestell herum. »Ernst, aber nicht hoffnungslos, Josef Wissarionowitsch.«

»Im Klartext?«

»Leningrad im Würgegriff, Kiew besetzt, Moskau aus dem Schneider. Fürs Erste jedenfalls.«

»Na klar, sonst säßen wir beide ja nicht hier. Und im Südosten?«

»Kaum Aussicht auf Erfolg.« Berija schloss die Augen und massierte die zerfurchte Stirn. »Sewastopol unter schwerem Beschuss, die Deutschen auf dem Vormarsch.«

»Sonst noch was?«

»Nein, Josef Wissarionowitsch.«

»Nicht gerade vielversprechend.«

»Allerdings, Josef ...«

»Zur Sache, Lawrenti Pawlowitsch. Wir müssen uns etwas einfallen lassen, und zwar schnell.«

Als sein knapp 64-jähriger Tischnachbar die Lektüre der Parteizeitung beendet hatte, nahm Lawrenti Berija instinktiv Haltung an. Er hasste sich dafür, obwohl er diesbezüglich nicht allein war. Vor Stalin hatten sie nämlich alle Angst, je höher, desto mehr. »Ganz recht, Josef Wissarionowitsch. Ich wüsste nur zu gern, wie.«

Wie immer, wenn er jemanden unter Druck setzen wollte, schwieg sich Stalin aus. Die gelbbraunen Augen wirkten wie leblos, die Unterlippe wie ein farbloser Strich. Berija hielt den Atem an. Der Mann, vor dem Millionen zitterten, pockennarbig, schnauzbärtig und hintertrieben wie kaum ein Zweiter, hatte es wieder einmal geschafft. Sogar er, Herr der Lubjanka, hatte Angst vor ihm. Vor allem dann, wenn er mit Stalin alleine war. Wie jetzt, in diesem Moment.

Während der rote Zar seine Pfeife anzündete, dachte Berija angestrengt nach. Die Stille auf der Terrasse des etwa sieben Hektar großen, von Wiesen, Gärten und Fichten umgebenen Anwesens hatte etwas Bedrohliches an sich, trotz oder gerade wegen der fünf Meter hohen Palisade, mit der es umgeben war.

Es war die Stille vor der Entscheidung, die Ruhe vor dem Sturm.

»Und? Irgendwelche Ideen?« Stalin schnippte das Streichholz in den Aschenbecher, schlug die Beine übereinander und ließ sich in seinen Korbsessel sinken. Ganz anders Berija, dessen Blick auf dem mit Akten, Depeschen und persönlichen Papieren übersäten Gartentisch hin und her irrte.

»Wenn ich ehrlich bin, nein!«, hörte sich seine Antwort etwas kläglich an.

»Hm.« Stalin zog an seiner Pfeife, nahm die Schirmmütze ab und kratzte sich hinterm Ohr. Bevor Berija darüber nachgrübeln konnte, ob dies etwa ein schlechtes Zeichen sei, sagte er: »Scheint so, als würde sich unser Tanz auf dem Drahtseil noch eine Weile in die Länge ziehen.«

Berija schaltete sofort, ein für das Überleben in Stalins Umgebung unverzichtbares Requisit. »Wenn Sie die Geheimverhandlungen mit den Deutschen meinen, Josef Wissarion …«

»Genau die meine ich, *Genosse Berija.*«

Also doch. Er hätte es sich denken können. Berija schob seine randlose Brille hoch, massierte die Nasenflügel und rückte das Gestell anschließend auf umständliche Weise zurecht. Der erhoffte Zeitgewinn war jedoch gering. Er musste sich etwas einfallen lassen, umso mehr, als er anderer Meinung war.

»Ich bin mir nicht sicher, ob eine Wiederaufnahme der Geheimverhandlungen mit den Deutschen der richtige Weg ist, um uns aus der gegenwärtigen, zugegebenermaßen äußerst prekären Situation zu …«

»Aber ich.«

Stalin sah Berija nicht einmal an, sondern ließ einen Rauchkringel aufsteigen und den Blick über die mit Zierpflanzen, Rabatten und Blumenkübeln umgebene Veranda schweifen.

Berija schluckte. »Wenn dem tatsächlich so ist«, änderte er seinen Kurs, »gebe ich zu bedenken, dass dabei mit äußerster Vorsicht zu Werke gegangen werden muss.«

»Das versteht sich ja wohl von selbst. Wenn Roosevelt und Churchill etwas mitkriegen, wird das sicherlich Konsequenzen haben.«

»Und nicht zu knapp, Josef Wissarionowitsch. Zumal nach Heydrichs Tod vor drei Tagen etliche Kontakte neu geknüpft werden müssen. Damit nur ja nichts in falsche Hände gerät. Kaum auszudenken, wenn irgendetwas davon nach außen dringt. Wir wären blamiert bis auf die Knochen, von Spannungen innerhalb der Kriegsallianz nicht zu reden.«

»Sind Sie sich da so sicher, Lawrenti Pawlowitsch? Die Yankees und die Briten brauchen uns, sonst können die den Krieg doch glatt vergessen!«

Berija lächelte gequält. »Besser, es diesbezüglich nicht darauf ankommen zu lassen, Josef Wissarionowitsch, oder nicht?«

»Mag sein.« Auf einmal war Stalin nachdenklich geworden. »Bekanntermaßen ist diesem Hitler ja wohl nicht zu trauen.«

»Und selbst wenn – die Deutschen werden einen hohen Preis verlangen. Das Baltikum, Weißrussland, die Ukraine – möglicherweise sogar die Krim. Ein zu hoher Preis, wie ich finde.«

Stalin rieb sich nachdenklich das Kinn. »Na gut!«,

gestand er widerwillig ein. »Lassen wir die Sache lieber bleiben und hoffen, dass sich die Dinge zu unserem Vorteil entwickeln. Trotz der hohen Verluste, die wir dabei unweigerlich in Kauf nehmen müssen.«

»Vollkommen richtig, Josef Wissarionowitsch. Lassen wir die Vergangenheit lieber ruhen. Dementsprechend gering wird die Gefahr sein, dass irgendjemand etwas von unseren Geheimverhandlungen mit den Deutschen ...«

Die Schritte auf dem Kiesbelag waren so eilig, dass Lawrenti Berija prompt den Faden verlor. Bleich wie der Tod dachte er zuerst an das Schlimmste, nämlich seine Verhaftung, sprang auf und wirbelte herum. Kaum hatte er in dem Ankömmling jedoch seinen Adjutanten erkannt, entspannte er sich wieder. Zu früh, wie ihm schmerzlich bewusst werden sollte: »Genosse Stalin, Lawrenti Pawlowitsch!«, stieß der völlig außer Atem geratene NKWD-Leutnant hervor und kam erst kurz vor dem Gartentisch zum Stehen. »Dringende Nachrichten aus Berlin!«

»Und die wären?«, ließ Stalin mit stoischer Gelassenheit verlauten, aber da hielt Berija die Depesche bereits in der Hand.

»Danke, Karganowitsch, Sie können gehen!«, war alles, was Berija noch herausbrachte.

Dann musste er sich setzten.

»Neuigkeiten?«

Berija antwortete nicht sofort, las die Nachricht zum zweiten, kurz darauf zum dritten Mal. Er war kreidebleich, so konfus, wie er es sich selbst nicht hätte vorstellen können. »Und ob!«, stammelte er und ließ den Brief auf die zitternden Knie sinken.

»Jetzt machen Sie es halt nicht so spannend, Lawrenti Pawlowitsch!«, forderte ihn Stalin mit spöttischer Miene auf. Aber selbst ihm sollte das Lachen noch vergehen.

»Eine Katastrophe, Genosse Stalin. Eine blanke Katastrophe!«, antwortete Berija, wobei es ihn nicht mehr in seinem Korbsessel hielt.

»Und wieso?«

»Heydrichs Geheimsafe ist geknackt worden. Sämtliche Unterlagen sind verschwunden, inklusive der Gesprächsprotokolle, die während und nach meinen Geheimverhandlungen mit den Deutschen angefertigt wurden.«

»Was? Das darf doch wohl nicht wahr sein!«

»Ist es aber!«, erwiderte Berija geknickt.

»Woher wissen Sie das?«

»Von einer unserer Quellen in Berlin.«

»Zuverlässig?«

»Mit Verlaub, Genosse, das Beste, was wir momentan zu bieten haben. Eine Speerspitze der Arbeiterklasse, ohne Fehl und Tadel.«

Stalin klopfte den Pfeifenkopf aus, nahm die ›Prawda‹ in die Hand und faltete sie seelenruhig auseinander. »Wenn dem so ist, Genosse, wird es vermutlich ein Kinderspiel sein, mithilfe dieses Wundermannes wieder in den Besitz dieser Geheimprotokolle zu kommen!«

»Bei allem gebührenden Respekt, Josef Wissarionowitsch: Mein bestes Pferd im Stall ist eine Frau.«

Stalin blickte überrascht auf. »Eine Frau? Wie das?«

Berija schmunzelte. »Glück für uns, dass der mutmaßliche Dieb offenbar nichts Besseres zu tun hatte, als sich nach getaner Arbeit ...«

»... in einem Bordell zu entspannen, stimmts?«

»Woher ...«

»Woher ich das weiß, Lawrenti Pawlowitsch?«, würgte Stalin seinen Geheimdienstchef mit hintergründigem Lächeln ab. »Erfahrung, Genosse, weiter nichts. Und das Gesprächsprotokoll?«

»Nicht auffindbar.«

»Eine reizvolle Aufgabe, in der Tat.«

»Wie meinen, Josef Wissarionowitsch?«, ließ Berija kläglich verlauten.

»Was ich damit meine, Lawrenti Pawlowitsch, liegt doch wohl auf der Hand.«

»Ach, ja?«

»Aber gewiss doch!«, versetzte Stalin mit sichtlichem Vergnügen. »Sie beziehungsweise Ihre sagenumwobene Spezialagentin in Berlin werden alles daransetzen, um in den Besitz von Heydrichs Geheimakten zu gelangen. Koste es, was es wolle.«

»Nicht gerade ein Kinderspiel, Josef Wissarionowitsch.«

»Und warum?«

»Besagter Agentin zufolge wurde der Mann, der die Geheimakten mitgehen ließ, anscheinend bereits liquidiert.«

»Und wo liegt dann das Problem?«

»Wie bereits erwähnt, Genosse Stalin, liegt das Problem darin, dass kein Mensch, nicht einmal unsere Kontaktperson, die leiseste Ahnung hat, wo die Geheimunterlagen abgeblieben sind.«

»Umso größer der Anreiz, Genosse Berija, Ihr Können wieder einmal unter Beweis zu stellen!«, antwortete Stalin mit boshaftem Lächeln und wandte sich wieder seiner Lektüre zu. »Ich denke, Sie wissen am besten, was in einem derartigen Fall zu tun ist!«

Berija nickte. Oh ja, das wusste er. Schließlich hing sein Überleben davon ab. Und das nicht nur im übertragenen Sinn.

Und wenn es darum ging, es zu sichern, war Lawrenti Berija schon immer extrem erfinderisch gewesen.

11

Berlin-Schöneberg, Hohenstaufenstraße | *09.30 h*

Ein nagelneues Namensschild. Genau dort, wo früher ihr Name stand. Das tat weh, weit mehr als körperlicher Schmerz.

Die junge Frau mit den überschatteten Augen, dem ausgemergelten Gesicht und der durchgeschwitzten Bluse war wie betäubt. Einfach unmöglich so etwas zu begreifen! Jetzt und auch in Zukunft.

Aber so war das eben. So wie ihr ging es Hunderten, ach was, Tausenden von Juden in Berlin. Über Rebeccas Gesicht huschte ein ironisches Lächeln. Wenigstens die Klingel war noch die gleiche. Ein schwacher Trost, aber immerhin.

Und dennoch, sie würde darüber hinwegkommen. Wie über so vieles, was ihr in den vergangenen Wochen und Monaten widerfahren war. Nicht mit mir, schwor sie sich. Nicht mit Rebecca Kahn. So wahr Gott ihr Zeuge war.

»Wat denn, Kind, wie siehst du denn aus?«

Wäre ihr die Stimme in ihrem Rücken nicht bekannt vorgekommen, hätte Rebecca das Weite gesucht. So aber gelang es ihr, wenigstens eine Spur von Gelassenheit an den Tag zu legen und sich ohne große Hektik umzudrehen. Da sich die Frage jedoch von selbst beantwortete, war ein gequältes Lächeln das Einzige, wozu sie sich aufraffen konnte.

»Nerven haste, det muss dir der Neid lassen«, keuchte die übergewichtige, knapp 60-jährige Frau, griff sich an die Hüfte und rückte so nahe wie möglich an Rebecca heran.

»Gut möglich, aber ich wollte einfach noch einmal nach Hause!«, entgegnete Rebecca unbeirrt und ließ den Blick über das fünfstöckige Mietshaus wandern. Noch war wenig Verkehr auf der Straße, und so fiel ihr Zwiegespräch mit der ältlichen Matrone nicht sonderlich auf.

Noch nicht.

Die Frau im Sonntagsornat, aus dem der altmodische Hut, Schirm und die schwarz geränderte Handtasche besonders hervorstachen, keuchte wie eine Lokomotive. »Keene jute Idee!«, stieß sie mühsam hervor. »Wenn det eener mitkriegt, biste jeliefert, det kannste mir glauben.«

»Wenn ich mir über eins im Klaren bin, dann darüber, Mutter Schulze!«, antwortete Rebecca und machte Anstalten zu gehen.

»Wat denn, wat denn, Rebeccachen, so schnell scheißen de Nazis nich!«

Beim Anblick der Frau, die so aussah, als sei sie einem Notizbuch von Zille entsprungen, musste Rebecca unwillkürlich lächeln. Und das, obwohl ihr beileibe nicht danach zumute war.

»Wo haste denn die janze Zeit über jesteckt?«

»Das behalte ich lieber für mich, Mutter Schulze.«

»Und deene Mutter?«

Während die Hand am Türpfosten Halt suchte, sackte Rebeccas Kopf kraftlos nach vorn. Die Tränen schossen ihr nur so in die Augen, ob sie wollte oder nicht.

»Det janze braune Pack soll meenetwegen doch glatt die Krätze kriegen!«, polterte Rebeccas ehemalige Nachbarin drauflos und ergänzte: »Keene Angst, Rebeccachen, ne olle Scharteke wie ick kann ab und zu ruhig die Klappe aufreißen! Wat kann mir denn schon noch passieren!«

»Nicht böse sein, Mutter Schulze. Aber sind Sie sicher, dass Sie eine Ahnung haben, was einem heutzutage so alles passieren kann?«

Hermine Schulze, Kriegerwitwe und stolze Besitzerin eines Trödelladens, ließ es bei einem Kopfnicken bewenden, hakte sich bei ihr unter und schleifte sie mit sich fort. »Weeß ick, Rebeccachen, weeß ick!«, bekräftigte sie. »Dat Adolf hat euch Juden böse mitjespielt! Und det mit deene Mutter – ick kriegs in meene matschige Birne nich rinn! Und dann erst die Sache mit Papa Kahn – anständijer als sämtliche Parteibonzen zusammen! Eisernes Kreuz – det musste dir mal vorstellen!«

»Danke, Mutter Schulze, aber ich denke, ich muss jetzt langsam wieder ...«

»Gar nüscht musste, Rebeccachen, gar nüscht. Erst päppele ick dir wiedern bisscken uff, un dann wirds schon weitergehn!«

»... gehen, sonst ...«

»Papperlapapp! Nüscht wie rinn in meene Kabuff, bevor der Herr Blockwart am Ende noch Lunte riecht!«

»Ich weiß es zu schätzen, Mutter Schulze – ehrlich! Aber wenn Sie sich mit mir abgeben, werden Sie und Ihr Sohn eine Menge Scherereien ...«

»Nur die Ruhe! Bis jetzt sind wir zwo ollen Tratschweiber niemandem uffjefallen, un dat soll ja wohl ooch so bleiben, nich wahr? Un wat meen Kalle anjeht – den hamse einjezogen!«

»Und wohin?«

»Russland. Erst jestern hat er mirn Feldpostbrief jeschickt. Riesenschlamassel, aber sonst jehts ihm jut!«

»Hoffen wir, dass es auch so bleibt!«

»Recht haste, Rebeccachen! Dat Problem is nur, dat se bald wieder in Marsch jesetzt werden.«

»Der Ärmste! Und wohin?«

»Wat weeß ick! Irjendn Kaff an der Wolga – ick gloob, es heeßt Stalingrad!«

12

Berlin-Tiergarten, Ost-West-Achse | *09.45 h*

»Klarer Fall von Mord, keine Frage!«, sagte Klinke und überholte eine BMW R 35, die mit überhöhter Geschwindigkeit über die Ost-West-Achse preschte. Der Fahrer verstand den Wink mit dem Zaunpfahl und bremste ab. »Aber wieso?«

»Eben!«, antwortete Sydow, als der VW-Kübelwagen wieder auf der rechten Spur einfädelte.

»Wieso? Und vor allem, was hat die Gestapo damit zu tun?«

»Glaubst du, die haben von Möllendorf auf dem Gewissen?«

»Keine Ahnung. Fest steht, dass sie uns aus dem Verkehr ziehen wollten. Oder vielmehr wollen. Und das offensichtlich mit allen Mitteln. Jede Wette, dass uns dieser Moebius demnächst wieder auf die Pelle rückt.«

»Mit anderen Worten, die Sache ist eine Nummer zu groß für uns und wir sollten uns überlegen, ob wir nicht lieber die Finger davon lassen.«

Um seinen Kater endgültig in die Flucht zu schlagen, kurbelte Sydow das Fenster herunter, legte den Ellbogen auf die Kante und lehnte sich zurück. »Auf keinen Fall!«, entschied er sofort. »Es sei denn, dir wird die Sache zu heiß. Wegen Edith und der Kinder, meine ich.«

»Und wenn schon!«, gab Klinke achselzuckend, aber wenig überzeugend zurück, reihte sich in den Kreisverkehr an der Siegessäule ein, um ihn gleich darauf in Richtung Brandenburger Tor wieder zu verlassen.

»Sieben Kilometer betonierte Angeberei, Kandelaber, Säulen und was weiß ich nicht alles für ein Schrott! Und das zum Spottpreis von 60 Millionen im Jahr! Wenn dieser Speer keine Meise hat, will ich Winston Churchill heißen!«, grummelte Sydow vor sich hin.

»Lieber nicht!«, ging Klinke bereitwillig auf den Themenwechsel ein. »Dazu bist du einfach nicht schön genug! Von mangelnder Trinkfestigkeit gar nicht zu reden.«

»Hahaha! Sehr witzig!«, blaffte Sydow, während sein Magen hörbar zu rebellieren begann. »Ist ja nicht jeder so grundsolide wie du.«

»Nee. Neidisch?«

»Nicht die Bohne. Auf die Gefahr, dass du gleich eingeschnappt bist. So etwas wie bei dir und Edith ist einfach nichts für mich.«

»Sagst *du*.«

»Weiß ich.«

»Na gut!«, antwortete Klinke pikiert, während seine Finger auf dem Lenkrad herumtrommelten. Mit einem verkaterten Tom Sydow war nicht gut Kirschen essen, deshalb hielt er lieber den Mund.

»Sauer?«, brach dieser erst kurz vor dem Brandenburger Tor sein Schweigen.

»Sauer? Ich? Wenn, dann höchstens, weil wegen der Beerdigung von Heydrich so viel ...«

»Was hast du da eben gesagt?«

»... Theater gemacht wird. Sag mal, hörst du mir überhaupt zu?«

»Aber klar doch, tu ich!«, warf Sydow halbherzig ein und starrte die überdimensionalen schwarzen Stoffbahnen, Vorboten des Staatsbegräbnisses in zwei Tagen, mit nachdenklicher Miene an.

»Was ist denn auf einmal mit dir los?«

»Nichts!«, beteuerte Sydow, während sie die Säulenhalle hinter dem Tor passierten, vor der die Ehrenformation der SS Aufstellung nahm. Auf dem Boulevard Unter den Linden das gleiche Bild: Säulen, mit Trauerflor drapiert, Fahnen auf Halbmast und noch mehr Hakenkreuzfahnen als sonst. Eine Atmosphäre, die das Wort ›gespenstisch‹ nur unzureichend beschrieb.

»Scheint mir aber nicht so!«

»Gegenfrage, erinnerst du dich an das Bild im Wohnzimmer der Möllendorfs?«

»Was zum Teufel hat das mit der Beerdigung von Heydrich …«

»Erklär ich dir gleich. Erinnerst du dich an das Bild, ja oder nein?«

»Denkst du vielleicht, ich bin verkalkt oder was? Klar erinnere ich mich dran!«

»Und an ihre Reaktion, als die Rede auf Heydrich kam?«

»Logisch.«

»Auch daran, wie mir die gute Frau ihren Herzallerliebsten gezeigt hat?«

Klinke grinste verschmitzt. »Und ob! Als wäre es ein Aktfoto von ihm. Falls es das ist, worauf du anspielst.«

»Nicht ganz.«

»Auf was dann?«

»Auf die blonde Bohnenstange, die neben ihm stand. Fängt es vielleicht jetzt an zu klingeln?«

»Nicht wirklich. Wieso?«

»Drei Mal darfst du raten, wer das war!«

»Und wer, bitte schön, sollte es deiner Meinung nach gewesen sein? Komm schon – lass dir doch nicht andauernd die Würmer aus der Nase ziehen!«

»Es war Heydrich. Und dir, Kriminalassistent Erich Kalinke, wohnhaft in Kreuzberg, Mariannenstraße, gebührt das Verdienst, mich auf diese Spur gebracht zu haben.«

»Heydrich? Bist du dir da auch absolut sicher?«

»So ziemlich.«

»Na schön, nehmen wir an, du hast recht. Was hat das deiner Meinung nach zu bedeuten?«

»Dass es zwischen dem Attentat auf Heydrich und der Ermordung Möllendorfs möglicherweise eine, wie auch immer geartete, Verbindung gibt. Das hat es zu bedeuten!«

Wäre Klinke nicht gerade am Zebrastreifen vor der Staatsoper gestanden, hätte er wahrscheinlich eine Vollbremsung gemacht. Vor Schreck, wie seine konsternierte Miene bewies: »Und selbst wenn es sie gäbe«, polterte er, »was, glaubst du, ist los, wenn wir in diese Richtung ermitteln? Ein Wespennest ist nichts dagegen. Dann geht es wirklich aufs Ganze. Anders ausgedrückt, da können wir uns ja gleich einen Strick kaufen!«

»Das können wir sowieso!«, ließ Sydow nach einem Blick in den Rückspiegel verlauten.

»Sehr witzig! Komm schon, Tom! Du bist doch lange genug in der Firma, um zu wissen, dass es uns dann definitiv an den Kragen geht. Wenn es so ist, wie du glaubst, ist die Sache eine Nummer zu groß für uns. Mit Sicherheit.«

»Kann es sein, dass ich dich vorhin falsch verstanden habe?«

»Verdammt noch mal, Tom!«, fluchte Klinke und gab wieder Gas, »ich weiß, was ich vorhin gesagt habe!«

»Fracksausen?«

Klinke lief vor Wut rot an. »Ehrlich gesagt, ja!«, bekräftigte er. »Gesetzt den Fall, du hast recht und wir gehen der Sache auf den Grund: Dann hetzt uns dieser Moebius die gesamte Gestapo auf den Hals! Und die SS mit dazu.«

»Zu spät.«

»Wieso?«

»Ein Blick in den Rückspiegel, und du weißt Bescheid.«

»Scheiße!«, rief Klinke, als sein Blick auf die dunkle Limousine fiel, die dem VW seit geraumer Zeit folgte. »Da haben wir uns ja was Schönes eingebrockt!«

»Nur die Ruhe!«, redete ihm Sydow gut zu. Aber es half nichts. Klinke beschleunigte, riss das Steuer herum und raste mit über 80 Sachen an der Vorderseite des Stadtschlosses entlang. Dann wiederholte er sein Manöver, vollführte eine Linkskurve und bog mit quietschenden Reifen in die Königsstraße ein.

»Jetzt haben wir wenigstens Gewissheit!«, verkündete er lapidar, denn der dunkle Mercedes Benz 230 war immer noch hinter ihm.

»Immer mit der Ruhe!«, war es zur Abwechslung einmal Sydow, der seinem Assistenten gut zuredete, dies allerdings mit wenig Erfolg. Klinke war jetzt so richtig in seinem Element.

»Die wollen uns nur beschatten!«

»Wie beruhigend!«, blaffte Klinke, während er in den

vierten Gang schaltete, Vollgas gab und ohne Rücksicht auf Verluste Richtung Alexanderplatz raste. »Wenn hier jemand beinahe überfahren worden wäre, dann doch wohl ich!«

»Besser ein paar blaue Flecken als 1,80 m tiefer!«, orakelte Sydow, als der Tacho über 100 km/h anzeigte.

»Zum Totlachen!«

»Wenn du so weitermachst, Rosemeyer-Verschnitt, ist dir ein Strafzettel sicher! Frei Haus.«

»Noch ein Wort, und du kannst ins Präsidium laufen!«

»Jetzt mach aber halblang! Geht man so mit seinem Lebensretter um?«

»Wer weiß, vielleicht kann ich mich demnächst revanchieren!«

»Nicht nötig, die Luft ist rein.«

Klinke warf einen Blick in den Rückspiegel, gerade rechtzeitig, um die schwarze Limousine in die Spandauer Straße abbiegen zu sehen. »Tatsächlich!«, rief er erleichtert aus, schaltete einen Gang herunter und atmete tief durch. »Die sind wir los!«

Um nicht noch mehr Öl ins Feuer zu gießen, behielt Sydow seine Skepsis für sich. Die Sache war noch lange nicht ausgestanden, daran bestand kein Zweifel. Genau genommen ging sie jetzt erst richtig los. »Höchste Zeit, eine zu rauchen!« Er ließ sich lieber nichts anmerken, versetzte Klinke einen Rippenstoß und zog ihn am Ohr. »Oder was meinst du, Dicker?«

»Nur zu, Schnapsleiche – bring dich ruhig um.«

»Noch sauer, Teddy?«

»Steck dir eine an, dann hab ich wenigstens meine Ruhe vor dir!«

»Eye, Eye, Sir!«, feixte Sydow. »Fragt sich nur, wie!«

»Auf gut Deutsch, ich soll anhalten, damit du dir ein paar Sargnägel kaufen kannst.«

»Du hast es erfasst, oh Zierde der Berliner Polizei!«

Klinke grinste, verpasste Sydow einen Schubs und hielt in Sichtweite des Bahnhofs Alexanderplatz an. Mit Ausnahme eines Eisverkäufers, der in Höhe des Kaufhauses ›Wertheim‹ gerade seinen Stand aufbaute, war kein Mensch zu sehen.

Paradoxerweise war es dieser Eisverkäufer, nicht zuletzt aber auch Klinkes Heißhunger auf Süßwaren, der ihm am heutigen Tag das Leben rettete.

Aber das wusste er in diesem Moment noch nicht.

Während Sydow die Straße überquerte, um sich im ›Braustübl‹ mit Zigaretten einzudecken, stieg Klinke ebenfalls aus und schlenderte an der Bushaltestelle vorbei auf den Eisverkäufer zu. Außer ihm befanden sich zwei weitere Personen in der Nähe, zum einen ein distinguierter älterer Herr, zum anderen ein Handelsvertreter, der sich lautstark über die Unpünktlichkeit der Busse mokierte.

Ein Sonntagmorgen, so schien es, wie jeder andere.

Aber das sollte nicht so bleiben.

Lange Zeit später, nachdem alles vorüber war, konnte sich Sydow noch an jedes Detail erinnern. So zum Beispiel daran, wie spät es war, nämlich fast 10.15 Uhr. Des Weiteren daran, dass sein Stammlokal, das an der Straßenecke gegenüber dem Bahnhof Alexanderplatz lag, zu seiner Verwunderung noch geschlossen hatte, er dies aber nicht weiter schlimm fand und gemächlichen Schrittes zu dem Kiosk schlenderte, der sich unmittelbar vor der Bahnunterführung befand. Er konnte sich sogar noch genau an den losen Witz erinnern, den der Kioskbesitzer erzählte, bei dem er sich jeden Morgen die Zeitung holte. Und daran, dass im gleichen Moment ein Zug über ihn hinwegdonnerte, weshalb die Pointe im ohrenbetäubenden Geknatter unterging. Und an Dutzende Menschen, die plötzlich den Bahnhofsvorplatz bevölkerten, von denen sich ein Teil zur Bushaltestelle begab.

Vor allem aber fiel ihm die adrette junge Frau mit dem geblümten weißen Sonntagskleid und dem Kinderwagen auf, die in jenem verhängnisvollen Moment die Straße überquerte, ausgerechnet an der Stelle, wo sich der immer noch herrenlose VW-Kübelwagen befand.

Aber da war es bereits zu spät.

Die Detonation, die den VW in Sekundenbruchteilen atomisierte, war so heftig, dass es Sydow buchstäblich zu Boden schlug, einschließlich der Passanten, die vor dem ›Braustübl‹ auf den Bus warteten. Das dreiteilige Fenster des Lokals ging komplett zu Bruch, Abertausende winziger Glassplitter flogen durch die Luft. Unter den ersten Opfern befand sich ein Taxifahrer, dessen soeben geparkte Limousine zur Seite kippte und ihn unter sich begrub. Die Luft war erfüllt von Rauch, den Schreien der Verletzten, dem Gestank von Öl und ausgelaufenem Benzin. Brandgeruch stieg empor, und dort, wo sich Klinkes VW befunden hatte, waren nur noch rauchende Trümmer zu sehen, aus denen gelblichrote Flammen in die Höhe schossen.

Gerade einmal 10 Sekunden später war Sydow zur Stelle, Klinke nicht viel später. Beide hatten nicht viel abgekriegt, abgesehen von ein paar Schrammen und einem durchdringenden Pfeifton im Ohr. Für die junge, allenfalls 25-jährige Frau mit ihrem knapp einjährigen Töchterchen kam allerdings jede Hilfe zu spät. Sie waren kaum noch zu erkennen, blutüberströmt, verstümmelt, von Wrackteilen durchbohrt.

»Das sollen uns diese Kerle büßen!«, stieß Klinke zwischen zusammengepressten Zähnen hervor, während er neben der verkohlten Kinderleiche kniete. Sydow nickte stumm. In diesem Augenblick, immer noch halb taub, wusste er nicht, was ihn mehr entsetzte, das Blutbad oder die hasserfüllte Miene seines Assistenten, die mit Erich Kalinke, von Beruf Polizist, nicht mehr das Geringste zu tun hatte.

13

London-Westminster, Cabinet War Rooms | *09.25 h OZ*

»Cleverer Bursche, dieser Heydrich, muss ich schon sagen!«, zollte Winston Churchill widerwillig Tribut, führte die Zigarre zum Mund und stieß eine Batterie Rauchkringel in die Luft.

»Aber nicht clever genug für uns!« Auf Sir Stewart Menzies, Chef des Auslandsgeheimdienstes MI6, wirkte Churchills Lob eher deplatziert, und er machte auch keinen Hehl daraus: »Ein übler Ganove, nicht weniger, aber auch nicht mehr!«

Churchill fuhr mit dem Zeigefinger an der Unterlippe entlang und machte ein nachdenkliches Gesicht. »Um das zu beurteilen, müssten wir erst einmal in den Besitz seines Giftschrankes gelangen!«, sagte der Premier, legte die Hände auf den Tisch und rappelte sich mühsam auf. Dann wandte er sich der überdimensionalen Weltkarte am Kopfende des Kabinettsraumes zu. Seine Laune war nicht die allerbeste, wie immer, wenn er sich in seiner unterirdischen Kommandozentrale befand. »Oder um es prosaischer auszudrücken: Was mich verdammt noch mal interessiert, ist, was dieser Bursche so alles gehortet hat. Oder vielmehr *hatte*.«

»Was immer es ist, es würde uns in die Lage versetzen, Hitler und Konsorten kräftig eins auszuwischen!«, tat Menzies, dem man seine 52 Jahre kaum anmerkte, seine

Meinung unverblümt kund. Der Chef des Auslandsgeheimdienstes war hager, gentlemanlike und stets auf sein Äußeres bedacht, so ziemlich das genaue Gegenteil von Churchill, der trotz allem Wert auf dessen Meinung legte.

»Vorausgesetzt, wir kommen an Heydrichs Geheimunterlagen überhaupt ran!«, entgegnete der Premier denn auch prompt und nebelte die Weltkarte vollständig ein.

»Der in der Tat schwierigste Teil der Übung, Sir.«

»So schwierig, dass unser Spezialagent in Berlin daran scheitern könnte?«

»Der Marder, Sir? Wenn es einer schaffen kann, dann er!«, nahm Menzies seinen besten Mann in Schutz.

»Übrigens – netter Deckname.«

»Und so treffend.«

»In der Tat!« Churchill verschränkte die Hände hinter dem Kopf und ließ den Blick über den Machtbereich Hitlers gleiten. Frankreich besetzt, Europa vom Nordkap bis zu den Pyrenäen unter deutscher Kontrolle. Ein nicht enden wollender Albtraum. Der Premierminister seufzte. Wie gut, dass es wenigstens hin und wieder gute Nachrichten gab. »Wie haben Sie es überhaupt geschafft, den Marder auf unsere Seite zu lotsen?«

»Reiner Zufall!«, räumte Menzies freimütig ein.

»Wie darf ich das verstehen?«

Anstatt zu antworten, öffnete der Chef des MI6 eine Kladde, klemmte den Blätterstapel zwischen Daumen und Zeigefinger beider Hände und ließ die Unterkante auf die Tischplatte rutschen. Dann legte er ihn vor sich hin und begann zu lesen: »Sohn wohlhabender Eltern, jüngerer Bruder. Vater Börsenmakler, während der 20er-Jahre teils in Frankfurt, teils in London beruflich aktiv. Selbstmord unmittelbar nach dem Börsencrash. Mutter: alter preußischer Adel, Rechtsauslegerin und Hitler-Fan. Wie im Übrigen zunächst auch ihr Sohn. Ein Zustand, der indes nicht von langer Dauer war.« Menzies schloss die Kladde, erhob sich und trat an Churchills Seite. Dessen Miene war immer noch ernst, doch nicht mehr ganz so deprimiert wie zuvor. »Wie ich an ihn herangekommen bin, Sir?«, fragte der Geheimdienstchef, dessen Anzug wie immer tadellos saß. Freilich nur, um die Frage umgehend selbst zu beantworten:

»Wie gesagt, reiner Zufall! Zumindest sah es ganz danach aus.«

»Irgendwelche Zweifel an seiner Integrität?«

»Nicht im Geringsten. Ein Mann, der sämtliche Brücken hinter sich abgebrochen hat. Und das, wie mir glaubhaft versichert wurde, aus triftigem Grund.«

»Sicherheitsstufe?«

»Ah! Inklusive Lizenz zum Töten.«

»Worin dieser Marder, wenn ich Sie richtig verstehe, ja eine gewisse Übung zu haben scheint.« Churchill wandte sich zur Seite und sah Menzies direkt ins Gesicht. »Wäre nicht der Erste, den uns die Nazis auf dem Silbertablett servieren.«

»Beileibe nicht, Sir!«, räumte Menzies ein. »Wobei ich mir seiner allein schon aufgrund des neuesten Coups absolut sicher bin.«

»Ihr Wort in Gottes Gehörgang, Menzies!«, lautete Churchills bärbeißige Antwort, bevor er sich ein Glas Gin Marke Beefeater genehmigte. »Wenn ich momentan nämlich etwas nicht vertragen kann, dann mit Sicherheit …«

»Schlechte Nachrichten, Sir, ich weiß!«, vollendete Menzies, ließ sämtliche Unterlagen in seinem Aktenkoffer verschwinden und gab den Code ein. Dann wandte er sich der Bunkertür zu. Gerade rechtzeitig, um seinem Bürochef in die Arme zu laufen.

»Neuigkeiten vom Marder, Sir!«, sprudelte es aus dem stämmigen Rotschopf hervor, der seine schottische Herkunft nicht verleugnen konnte.

»Herein!«, rief Churchill und zog indigniert die Brauen hoch.

»Verzeihung, Prime Minister, Sir, ich habe Sie im Eifer des Gefechts nicht …«

»Schon gut, junger Mann!«, lenkte Churchill amüsiert ein. »Lassen Sie sich durch mich nicht unterbrechen. Neuigkeiten, sagten Sie?«

»In der Tat!«, bekräftigte Menzies, während er den entschlüsselten Funkspruch überflog, den ihm sein Bürochef in die Hand gedrückt hatte.

»Welcher Art?«

»Allem Anschein nach ist der Mann, der Heydrichs Giftschrank geleert hat, tot. Selbstmord. Will heißen, er wurde gefoltert. Behauptet zumindest der Marder.«

»Und die schlechte Nachricht?«, fragte der vom Schicksal sichtlich gebeutelte Premier.

»Die schlechte Nachricht, Sir, ist die, dass die Geheimunterlagen nach wie vor verschollen sind.«

»Ist das alles?«

»Leider nein, Sir!«, stöhnte Menzies mit betretener Miene auf. »Scheint so, als kaufe die Berliner Kripo der Gestapo den Selbstmord per Kugel von diesem Heydrich-Adlatus nicht ab. Sicher ist, sie ermittelt auf eigene Faust.« Menzies ließ einen Schwall Atemluft entweichen und sah Churchill fragend an.

Doch der schien nicht im Mindesten irritiert.

»Gentlemen!«, rief er scheinbar gut gelaunt aus, erhob sein Glas und prostete Menzies und dem Schotten zu. »Die Jagd ist eröffnet! Cheers!«

14

Berlin-Schöneberg, Victoria-Luise-Platz | *10.30 h*

Wäre die Falle zugeschnappt, hätte sie keine Chance gehabt. Ort und Zeitpunkt jedenfalls waren ideal. Die U-Bahn-Station war leer, bis auf einen Betrunkenen und eine alte Frau, Rebecca allein und am Ende ihrer Kraft. Zu ihrer Verblüffung blieben die beiden Gestapo-Schnüffler jedoch einfach stehen. Wieso, sollte ihr indes bald klar werden.

Dass sie beschattet wurde, hatte Rebecca ziemlich bald gemerkt, keine 100 Meter von Mutter Schulzes Trödelladen entfernt. Die Hohenstaufenstraße war wie leergefegt gewesen, zumindest dem Anschein nach. Keine Spaziergänger, Kirchgänger, Autos. Kein Laut, der aus den zur Straße hin offenen Fenstern gedrungen war. Sonntagmorgen in Schöneberg, für die Jahreszeit viel zu schwül.

Je weiter sich Rebecca von ihrem Elternhaus entfernt hatte, umso mehr nahm die imaginäre Stille zu. Auf einmal war da nur noch sie gewesen, das Geräusch ihrer Absätze auf dem Asphalt. Und die Schritte hinter ihr. Keineswegs schnell, laut oder gar hektisch. Eher gelassen, oder, genauer gesagt, von der Gewissheit getragen, die Frau mit den dunklen Haaren habe ohnehin keine Chance.

Genau da aber hatte sie einen Fehler gemacht, nur zu verständlich, aber folgenschwer.

Der Blick über die Schulter war das Falscheste, was sie hätte tun können. Er war flüchtig gewesen, nur leider eben nicht gekonnt genug. Um ihren Verfolger zu täuschen, hatten ihre Schauspielkünste einfach nicht ausgereicht. Dafür hatte sie zu viel durchmachen müssen.

Und Lots Frau sah hinter sich und ward zur Salzsäule.

Ein Fehler, und nicht nur das. Denn eines war dem Mann mit der Sonnenbrille, dem breitkrempigen Hut und dem schäbigen Anzug natürlich sofort klar gewesen: Sie, Rebecca Kahn, würde ihn nicht etwa zu irgendwelchen Mitwissern, Komplizen oder Geheimtreffen führen. Sie würde das genaue Gegenteil tun. Und vor allem würde sie versuchen, ihre Haut zu retten.

Und zwar mit aller Macht.

Das hieß: Sie ging aufs Ganze. Rebecca hatte noch einmal durchgeatmet. Dann war sie losgerannt. Ohne sich umzudrehen, ohne Hilferuf, ohne Ziel. Der nächste Fehler, aber einer, auf den es nicht mehr angekommen war.

Die Fontäne auf dem Victoria-Luise-Platz hatte sie kaum beachtet, das U-Bahn-Schild umso mehr. Erst jetzt, kurz vor der Treppenflucht, die zum Bahnsteig der Linie U4 führte, waren die ersten Passanten aufgetaucht, aber Rebecca hatte keinen Blick für sie gehabt. Wenn ihr jemand helfen konnte, dann sie selbst. Wegen einer Jüdin, an deren Fersen ein Gestapo-Spitzel klebte, würde kein Mensch einen Finger krumm machen. Mit Sicherheit nicht.

Rebecca hatte nur noch Augen für die Treppe gehabt, erst zwei, dann mehrere Stufen auf einmal genommen und sich mit halsbrecherischer Geschwindigkeit die Treppe hinuntergestürzt. Immer noch dicht auf ihren Fersen, hatte sich der Gestapo-Agent nicht abschütteln lassen. Der lautstarke Protest eines Zeitungsverkäufers, der zwar sich, nicht aber seine Ware in Sicherheit bringen konnte, war Beweis genug gewesen.

Alles, was sie jetzt hätte brauchen können, wäre ein Quäntchen Glück gewesen. Beim Anblick der U-Bahn, die soeben in der Dunkelheit verschwand, konnte jedoch keine Rede mehr davon sein. Kaum hatte Rebecca Luft geholt, war auch schon der Gestapo-Schnüffler aufgetaucht, und das ohne erkennbare Hast. Warum, war ihr kurz darauf klar geworden.

Der Mann mit der Sonnenbrille war nicht allein gewesen.

Zuerst hatte sie gedacht, der Bahnsteig sei leer, außer einem Betrunkenen und einer Frau, die Selbstgespräche führte. Ein Fehler, wie sich noch zeigen sollte. Denn da war noch jemand gewesen. Und zwar ein Mann mit einer Zeitung vor dem Gesicht. Er war einfach nur dagestanden, locker, entspannt, mit dem Rücken zur Wand. Einer Bewegung, gleich welcher Art, hätte es auch nicht bedurft. Dass er mit ihrem Verfolger unter einer Decke steckte, war von Anfang an klar gewesen. Wer wie sie seit Monaten auf der Flucht war, konnte Gefahr förmlich riechen, und genau dies war hier der Fall.

Wie gesagt – wäre die Falle zugeschnappt, hätte sie keine Chance gehabt. Doch das tat sie nicht. Ein Vorteil, der nicht ungenutzt verstreichen würde.

Rebecca strich sich die Haare aus dem Gesicht und atmete tief durch. Das hatte sie auch bitter nötig. Die

Luft war stickig, abgestanden und roch nach Dieselöl, so durchdringend, dass ihr fast schlecht davon wurde.

Ihrer Körperhaltung nach zu urteilen waren sich die Gestapo-Schergen ihrer Sache absolut sicher. Mit dem Ergebnis, dass sie es waren, die den nächsten Fehler machten, nämlich den, ihr Opfer zu unterschätzen. Hätten sie gewusst, mit wem sie es zu tun hatten, wäre alles ganz anders gekommen.

So aber ließen sie sich Zeit, und sei es nur, um sich an ihrer Verzweiflung zu weiden. Oder an ihrer Angst, typisch für eine derartige Situation. Doch nicht mit ihr. Rebeccas Körper straffte sich, und im gleichen Moment stand ihr Entschluss fest. Eins zu zehn, dass es klappen würde. Mehr nicht. Aber allein das war den Versuch wert.

Mit jeder Sekunde, die verstrich, stiegen Rebeccas Chancen, aber das wussten die beiden Schnüffler nicht. Ein grimmiges Lächeln flog über ihr hohlwangiges Gesicht. Nur jemand wie sie konnte auf eine derart tollkühne Idee verfallen. Um ein derartiges Risiko einzugehen, musste einem das Wasser schon bis zum Hals stehen. So wie in ihrem Fall. Ein höheres war schlichtweg nicht möglich, das stand fest. Zu verlieren gab es eine Menge, nicht zuletzt ihr Leben. Zu gewinnen jedoch ungleich mehr.

Und wenn es nur eine weitere Galgenfrist war.

Gut möglich, dass es ihr Gesichtsausdruck war, der ihre Verfolger bewog, ihre abwartende Haltung aufzugeben. Oder aber die Tatsache, dass sich der Bahnsteig spürbar zu beleben begann. Ein Indiz, dass die Ankunft des nächsten Zuges unmittelbar bevorstand.

Nur noch ein, zwei Minuten. Höchstens drei. Dann, und nur dann, hätte sie eine Chance.

Als könne er Gedanken lesen, beendete der Unbekannte seine Lektüre, steckte die Zeitung ein und nickte seinem Kollegen zu. Dann setzte er sich mit aufgesetzter Lässigkeit in Bewegung und schlenderte auf sie zu.

Kahl rasierter Schädel, Narbengesicht und Boxernase. Ein Schlägertyp aus dem Effeff.

Er hatte es auf sie abgesehen. Das war Rebecca vollkommen klar, spätestens in dem Moment, als ihr der Mann mit der Sonnenbrille den Weg abschnitt. Dass auf dem Bahnsteig wieder mehr Betrieb herrschte, würde das Unvermeidliche nur ein wenig hinauszögern, zu verhindern war es nicht.

Es sei denn, alles würde so laufen wie geplant.

Rebecca schickte ein Stoßgebet zum Himmel und ließ den Blick zwischen den beiden hin- und herwandern. Der Mann mit der Sonnenbrille war höchstens zehn Meter entfernt, das Narbengesicht nicht viel mehr. Zu ihrer Überraschung blieb der Schnüffler jedoch Sekundenbruchteile später stehen, ein angewidertes Grinsen im Gesicht. Der Grund hierfür war ein unvorhergesehener, nämlich der Betrunkene, der ihn um Feuer bat.

Ob Zufall oder nicht, es war dieser Mann, der dafür sorgte, dass Rebecca überhaupt noch eine Chance hatte. Dieser Mann und die Tatsache, dass der nächste Zug im Anrollen war. Eine Minute später, und Rebecca hätte ihren Plan vergessen können.

Doch jetzt, so kurz vor dem Ziel, würde sie sich von niemandem mehr aufhalten lassen. Und schon gar nicht von dem Mann mit der Brille. »Geheime Staatspolizei – mitkommen!«, forderte er sie in barschem Ton auf, aber Rebecca hörte nicht mehr richtig hin. Ihr Entschluss stand fest, und daran würde dieser Henkersknecht nichts mehr ändern. Als er sie am Arm packte, zerrte sie sich einfach los, rammte ihm den Ellbogen in die Rippen und schlängelte sich mit katzenhafter Gewandtheit auf die Bahnsteigkante zu.

Von dem, was dann geschah, bekam Rebecca nicht mehr das Geringste mit. Weder davon, dass das Narbengesicht den Betrunkenen zur Seite stieß, auf sie zurannte und wie elektrisiert stehen blieb, als er ihre Absicht durchschaute, noch davon, dass sich der Mann mit der Sonnenbrille aufrappelte, sich einen Weg zu ihr bahnte und sich beim Herannahen des Zuges an den Kopf fasste.

Eine Art Dunstschleier hatte sich über sie herabgesenkt, so dicht, dass alles dahinter verschwand. Mit Ausnahme der Vorderlichter des Zuges, die das Einzige waren, was noch in ihr Bewusstsein drang. Sämtliche Geräusche, sogar das Quietschen der Bremsen, blieben hinter dem Schleier zurück, gerade so, als ginge sie das alles nichts mehr an. Und doch war dem nicht so. Das Einzige, was im Augenblick zählte, waren die Lichter, die sich mit quälender Langsamkeit auf sie zubewegten.

Und Gott, dem ihr letzter Gedanke galt, bevor sie sprang.

*

»Heilige Madonna von Częstochowa, steh mir bei!« Nein, so was hatte er noch nie erlebt. Jedenfalls nicht, solange er U-Bahnen fuhr.

Eine geruhsame Frühschicht und danach eine Berliner Weiße mit Schuss. Mehr hatte Waldemar Opaczynski, Kosename ›Polacken-Waldi‹, von diesem Sonntagmorgen nicht erwartet. Doch er hatte sich zu früh gefreut. Es kam etwas dazwischen, das er sein Lebtag nicht vergessen sollte.

Er hatte es geahnt. Wer weiß, vielleicht hatte er es sogar gewusst. Auf jeden Fall war da dieses Gefühl, dass irgendetwas mit der jungen Frau an der Bahnsteigkante nicht stimmte. Ein Gefühl, das sich Sekundenbruchteile später bewahrheiten sollte.

Der Zug war noch halb im Tunnel, als er sie sah. Im Nachhinein fragte er sich, warum er sich gerade auf sie fixierte, fand aber keine Antwort darauf. Seis drum, sie war bildhübsch, eine Spur zu mager vielleicht, aber ihr sanft gewelltes Haar, die geschwungenen Brauen und dunklen Augen waren einfach etwas Besonderes. Fast so sehr wie ihr Blick, aus dem eine Entschlossenheit sprach, die den Fahrer der Linie vier erschaudern ließ.

Dass sich jemand vor die U-Bahn warf, kam in letzter Zeit immer häufiger vor. Erst neulich war einem Kollegen das Gleiche passiert. Scheußliche Geschichte. Kaum zu beruhigen, der arme Tropf. Ein Erlebnis, auf das Waldemar glatt hätte verzichten können.

Doch es sollte anders kommen, wenn auch nicht so, wie er dachte. Diese Frau war anders, ganz anders als das Bild, das man sich von einer Selbstmörderin machte. Und dann war da noch etwas. Sie wirkte entschlossen, keine Frage. Nur eben nicht verzweifelt, verwirrt, zerstreut, durcheinander oder wie man den Gesichtsausdruck eines Selbstmörders sonst noch beschreiben würde.

Nein, diese Frau war anders. Auf eine Art, wie er es sich nie und nimmer hätte vorstellen können.

Als die Frau auf die Gleise sprang, bremste Waldemar nicht einmal mehr richtig ab. Hätte er es getan, wäre sowieso nichts mehr zu ändern gewesen. Die Sache war gelaufen, so oder so. Eines fiel ›Polacken-Waldi‹ jedoch sofort auf. Die Frau sprang nicht blindlings, sondern mit System. Keine zehn Meter mehr von der Lokführerkabine entfernt, vollführte sie eine Drehung und landete kopfüber auf dem Gleis. Der Aufschrei der übrigen Passanten war so laut, dass er das Bremsgeräusch übertönte, aber in diesem Moment war bereits alles vorbei.

Dachte er jedenfalls. Doch er sollte eines Besseren belehrt werden.

Waldemar kam nicht einmal dazu, sich von seinem Schreck zu erholen, denn im gleichen Moment, als er aus der Fahrerkabine stürzte, konnte er die Frau unter dem Waggon hervorkriechen sehen. Er glaubte zwar nicht an Gespenster, an Wunder dafür umso mehr. Spätestens seit dem heutigen Tag.

Die Frau wirkte ein wenig benommen, schien aber unverletzt. Die Bluse verdreckt, jede Menge Hautabschürfungen und blaue Flecken. Sonst war da nicht viel. Eben ein Wunder.

Wenn da nicht der Zug aus der Gegenrichtung gewesen wäre. Waldemars Mund formte sich zu einem ›Oh‹, doch die Frau war so sehr mit sich selbst beschäftigt, dass sie nichts davon mitbekam. Waldemar brach der kalte Schweiß aus den Poren, und trotz seiner 1,90 m, 120 Kilo Lebendgewicht und jeder Menge dickem Fell wurde er von nackter Panik erfasst. Alles, was er in seiner Not tat, war, mit den Fäusten ans Fenster zu hämmern, aber es war genau das Richtige. Die Frau fuhr herum und sah ihn an.

Ein Blick, den er sein Lebtag nicht vergessen sollte.

Dann hechtete sie über das Gleis, kletterte über die Bahnsteigkante und rappelte sich auf, bevor der Zug in den Bahnhof einfuhr.

15

Berlin-Mitte, Prinz-Albrecht-Straße 8 | *12.00 h*

Der Trick war so simpel, dass er sich wunderte, warum die Gestapo noch nicht dahintergekommen war.

Kaum zu glauben.

Aber wahr.

Erster Akt: Funkspruch aus dem Cabinet War Room in London. Adressat: ein MI6-Agent in Berlin.

Teil zwei: Abschalten des Agenten.

Dritter Akt: Dechiffrierung. Sein Auftritt im Dienst Seiner Majestät, der Tarnung halber als Sturmführer der Gestapo. Nicht gerade seine Traumrolle, aber äußerst effektiv. Risiko gleich null, da die Überwachung des alliierten Funkverkehrs zu seinem Aufgabengebiet in der Abteilung ›Gegner, Sabotage und Schutzdienst‹ und als Verbindungsmann zum Auslandsnachrichtendienst gehörte.

Finale: Ausführung der Weisungen aus London. Ein Finale mit Happy End?

Genau das war das Problem. Der Marder schaute nachdenklich. Verdammt harte Nuss, keine Frage. Dieser Heydrich hatte wirklich an fast alles gedacht.

Aber eben nur fast.

Zugegeben, dass er bei Möllendorf an den Falschen geraten war, hatte der Herr Reichsprotektor nicht unbedingt voraussehen können. Und schon gar nicht, dass seine Telefonate abgehört wurden. Der Marder lächelte verschmitzt. Der allmächtige Heydrich – Opfer der Fallstricke, die er jahrelang ausgelegt hatte. Eine Ironie nach seinem Geschmack. Aber noch lange kein Grund zur Freude. Dafür war die Sache nämlich viel zu ernst.

Todernst, um es genau zu sagen.

Es half alles nichts! Er musste herauskriegen, wo sich Heydrichs Giftschrank befand. Beziehungsweise die Akten, die darin gebunkert gewesen waren. Und das, wenn möglich, so schnell es ging. Denn wie er Sydow kannte, würde er nicht locker lassen. Der nicht. Da waren die Kollegen an den Falschen geraten.

Pech gehabt.

Genauso wie Möllendorfs Frau. Gut möglich, dass sie nicht wusste, wie viel Dreck der Herr Gemahl am Stecken gehabt hatte. Die Miene des Marders verdüsterte sich, und die stahlblauen Augen verloren ihren Glanz. Wie dem auch sei, dachte er, bis jetzt hat sie jedenfalls dicht gehalten! Wie lange noch, war allerdings die Frage. Und ob sie die ›Sonderbehandlung‹, der man sie gerade unterzog, überstehen würde.

Dennoch, es gab nichts, was er für die Frau tun konnte. Es sei denn, er würde sich selbst ans Messer liefern.

Der Marder ließ die Kladde mit dem Codeschlüssel in seinem Safe verschwinden, schaltete das Funkgerät vom Typ ›Köln E 52-a/b‹ ab und trat ans Fenster, das der Wärme wegen offen stand. Das ehemalige preußische Abgeordnetenhaus zur Linken, das Reichsluftfahrtministerium im Hintergrund rechts – ein Panorama, auf das er hätte verzichten können. Hier droben, in den oberen Stockwerken der Gestapo-Zentrale, kam man nämlich vor Hitze fast um, und wenn der Wetterbericht stimmte, würde dies auch so bleiben. Einem plötzlichen Impuls nachgebend, zog der Marder die Gardinen zu und fuhr mit dem Handrücken über die schweißnasse Stirn. Nichts Schlimmeres, als untätig rumsitzen zu müssen, aber so lange Heydrichs Giftschrank verschollen blieb, gab es für ihn nur eins: abwarten. Warten auf den alles entscheidenden Moment. Und darauf hoffen, dass ihm Sydow nicht in die Quere kam.

Der Marder trank einen Schluck Lipton, ein Teespleen aus Etoner Tagen. Überhaupt – Eton! Eine glückliche Zeit, zweifellos. Bis zu dem Tag, an dem sein Alter pleite ging und sich ein halbes Jahr später die Kugel gab. Ende der Vorstellung! Trotzdem, für Reminiszenzen, gleich welcher Art, war in diesem Geschäft kein Platz. Er hatte einen Auftrag, und den würde er ausführen.

Rücksichtslos.

Ohne dass er sich dessen bewusst wurde, fuhr die Hand des Marders an sein Pistolenhalfter, aber das Telefon holte ihn schlagartig aus seinen Grübeleien.

»Referat vier A!«, bellte er in den Hörer. So etwas kam bei der Gestapo bekanntlich gut an.

»Bitte die Störung zu entschuldigen, Sturmführer!«, antwortete der Wachhabende devot. »Aber es ist wichtig!«

Noch so ein Bastard, dem nicht zu trauen ist, dachte der Marder bei sich. Zu klein, zu fett, zu schmierig. Er konnte diese Kreuzung aus Göring und Goebbels auf den Tod nicht ausstehen. »So wichtig, dass ich meinen Tee nicht zu Ende trinken kann?«

»Mit Sicherheit.«

»Und worum handelt es sich?«

»Geheime Kommandosache, Sturmführer. Ich denke, Sie wissen so gut wie ich, was das heißt.«

Natürlich, du Trottel, dachte der Marder und schnitt eine Grimasse. Selbstverständlich wusste er, was das hieß. Lange herumraten brauchte man da nicht. »Der Giftschrank, hab ich recht?«

Doch so leicht ließ sich der Wachhabende nicht aus der Reserve locken. »Bedaure, diesbezüglich Auskünfte zu erteilen steht mir nun wirklich nicht zu! Wenn, denke ich, wird Ihnen der Obersturmführer ...«

»Auch das noch!«

»... selbst sagen, worum es geht!«, entgegnete der Wachhabende pikiert und fuhr fort: »In circa einer halben Stunde, falls Sie es noch so lange aushalten können!«

Dann legte er auf.

Der Marder knallte den Hörer auf die Gabel, machte eine obszöne Geste und zog seine Uniformjacke an. Eines Tages, schwor er sich, eines hoffentlich nicht allzu fernen Tages würde er mit der Brut hier abrechnen.

Und wenn es das Letzte war, das er in diesem Leben tat.

*

Diesmal würden sie aufs Ganze gehen. Da machte sie sich nichts vor. Die Folter war eine Frage des Wann, weniger des Ob.

»Besser, Sie kooperieren.« Beim Klang der tonlosen

Stimme, sozusagen eine Art Vorgeschmack, erbebte die Frau in Zelle sieben bis ins Mark. Schwindel überkam sie, und ihr Magen zog sich krampfartig zusammen.

»Was mich betrifft, Obersturmführer, wäre meiner Aussage nichts mehr hinzuzufügen. Glauben Sie mir, mit mir verschwenden Sie nur Ihre Zeit.« Irene Grabow, verwitwete von Möllendorf, war eine mutige Frau. Das stand außer Frage. Doch würde es ihr nichts nützen. Nicht hier und nicht bei diesem Mann.

»Sicher?«

»Vollkommen.«

»Zu dumm, dass ich in diesem Punkt anderer Meinung bin.«

»Wie gesagt, Obersturmführer, mit mir verschwenden Sie nur Ihre Zeit. Sie täten besser daran, mich auf freien Fuß zu …«

»Sind Sie eigentlich so naiv, oder tun Sie nur so?«

»Wie bitte?«

»Keine Fisimatenten. Sonst muss ich andere Saiten aufziehen.« Moebius, dem Anschein nach nur mäßig interessiert, stieß sich vom Türbalken ab, an den er sich gelehnt hatte, schnippte mit dem Finger und machte einen Schritt nach vorn. Fast gleichzeitig fiel die Zellentür hinter ihm ins Schloss. Die Geste verfehlte ihre Wirkung nicht.

»Und wozu soll das Ganze gut sein?«, fragte Frau von Möllendorf in hörbar alarmiertem Ton.

»Damit es nicht zum Äußersten kommt: *Ich* bin es, der hier die Fragen stellt, ist das klar?«

»Ganz wie Sie wünschen, Obersturmführer.«

»Na also! Warum denn nicht gleich?«, antwortete Moebius barsch. Die Sonne, die vom Hof aus durch das

Gitterfenster fiel, brach sich an seiner Brille, weshalb sich die Frau ruckartig abwandte.

»Aber, aber, wer wird denn gleich so schreckhaft sein? Alles, was ich von Ihnen haben möchte, sind ein paar Informationen. Nicht mehr, aber auch nicht weniger.«

»Auskünfte, sagen Sie?« Während sie sich an die Pritsche klammerte, richtete Irene von Möllendorf den Blick nach vorn. Der Verputz an der gegenüberliegenden Wand war von dunkelroten Flecken übersät, welcher Art, bedurfte keines Kommentars.

Doch der kam nur Sekundenbruchteile später.

»Von Ihrem Vorgänger, Gnädigste!«, triefte Moebius nur so vor Hohn. »Ein Mann, den man sich in Ihrer Situation nicht unbedingt zum Vorbild nehmen sollte.«

»Also gut, bringen wirs hinter uns.«

»Eine lobenswerte Einstellung.« Moebius durchmaß die Zelle, blieb unter dem Fenster stehen und drehte sich abrupt um. »Wann also, um die Frage zum x-ten Mal zu wiederholen, haben Sie Ihren Mann zum letzten Mal gesehen?«

»Vor ziemlich genau vier Tagen.«

»Darf man erfahren, wann?«

»Auf die Gefahr hin, Sie zu langweilen, Obersturmführer, beim Frühstück.«

Der Schlag auf ihre Wange kam plötzlich, wie aus heiterem Himmel. Mit einer Wucht, dass Irene von Möllendorf den Halt verlor, mit dem Kopf auf die Bettkante prallte und mit schmerzverzerrtem Gesicht liegen blieb.

»Beim Frühstück, soso!«, fuhr ihr Peiniger ungerührt

fort und kaute auf dem Nagel seines Mittelfingers herum. »Sind Sie sich dessen auch ganz sicher?«

Selbst wenn sie hätte antworten wollen, sie konnte es nicht. Ihre Backe war geschwollen, sie selbst so gut wie taub. Folglich nickte sie, das Einzige, wozu sie die Kraft besaß.

»Zu welchem Zeitpunkt auch immer. Ist Ihnen am Verhalten Ihres Mannes irgendetwas aufgefallen?«

»Nein.«

»Und wann genau, gesetzt den Fall, Ihre Intimsphäre würde nicht allzu sehr verletzt, ist er am vorhergehenden Abend nach Hause gekommen? Oder sollte ich vielleicht ›in der vorhergehenden Nacht‹ sagen?«

Irene von Möllendorf schloss die Augen, kaum mehr fähig, sich zu konzentrieren. Der Pfeifton in ihrem Ohr schwoll an, und als sie sich über die Lippen fuhr, spürte sie, dass Blut an den Fingern klebte. »Ich weiß es nicht!«, wimmerte sie, doch da war es bereits zu spät. Moebius machte einen Schritt nach vorn, packte sie an den Haaren und zerrte sie wieder hoch.

Klar, dass dies erst der Anfang war. »Sicher?«, gab der Obersturmführer zurück. Ein Blick von ihm, und es lief ihr kalt über den Rücken.

»Ja.«

Mehr tot als lebendig biss Irene von Möllendorf die Zähne zusammen, klammerte sich an die Bettkante und schwieg.

Moebius ließ dies völlig kalt. »Wenn wir gerade dabei sind –«, setzte er unerbittlich nach, »können Sie mir sagen, in welcher Beziehung Ihr Gatte zu Obergruppenführer Heydrich stand?«

Nicht schon wieder, durchzuckte es ihr Gehirn, während sie verzweifelt über einen Ausweg nachsann. »Sie waren miteinander befreundet, soweit ich weiß.«

»Sagten Sie ›waren‹?«

Irene von Möllendorf stierte dumpf vor sich hin. Dann nickte sie, wohl wissend, dass Moebius ihr nicht glauben würde.

»Gesetzt den Fall, Sie sagen die Wahrheit«, gab sich der Obersturmführer keinerlei Mühe, mit seiner Skepsis hinterm Berg zu halten, »woher haben sich die beiden gekannt?«

»Aus seiner Zeit auf der Marineschule«, gab seine Gesprächspartnerin mit dünner Stimme preis.

»Etwas lauter, ich kann Sie nicht verstehen!«

»Aus Mürwick!«, wiederholte sie. »Soweit ich weiß, haben sie sich dann aber aus den Augen verloren.«

»Tut mir leid, wenn ich Ihnen zu nahe treten muss, aber ich glaube Ihnen kein Wort.«

»Und warum nicht?«

»Weil wir über Beweise verfügen, dass sich Ihr Mann und Obergruppenführer Heydrich keineswegs aus den Augen verloren, sondern vor knapp fünf Tagen ein – wenn auch kurzes – Telefonat geführt haben!«

»Davon weiß ich nichts.«

»Durchaus möglich.« Moebius ging in die Hocke, schob die Hand unter ihr Kinn und drückte es unbarmherzig hoch. »Wissen Sie eigentlich, was Ihr Mann in der fraglichen Nacht sonst noch alles getrieben hat?«

»Nein.«

»Aber ich.« Mit einem Lächeln im Gesicht rappelte sich Moebius wieder auf. Dann nahm er die Brille ab, rieb die Gläser am Ärmel sauber und setzte sein Himmler-Imitat wieder auf. »Um ehrlich zu sein, sind wir ziemlich genau im Bilde. Besonders, was seine Stippvisite in einem Edelbordell betrifft.«

»Woher wollen Sie das wissen?«

»Wusste ichs doch, dass Sie das interessiert!«, erwiderte Moebius aalglatt. Sein Lächeln war schmieriger denn je, falls dies überhaupt möglich war. »Finden Sie nicht, es wäre an der Zeit, Ihre Reserviertheit mir gegenüber aufzugeben?«

Anstatt etwas zu erwidern, verbarg Irene von Möllendorf das Gesicht zwischen den Händen und schwieg.

Für Moebius ein Grund mehr, sein Spiel auf die Spitze zu treiben: »Ach so, Sie glauben mir nicht?«, tat er mit gespielter Entrüstung kund. »In diesem Fall, so steht zu befürchten, muss ich Sie eines Besseren belehren. Um es kurz zu machen, Gnädigste. Als Ihr Mann den Anruf des Obergruppenführers entgegennahm, war es exakt 20.55 Uhr. Woraufhin er offenbar nichts Eiligeres zu tun hatte, als das Prinz-Albrecht-Palais geradezu fluchtartig zu verlassen. So zumindest der Wachhabende, der ihn dabei beobachtet hat. Mit anderen Worten: Zwischen seinem überstürzten Aufbruch und dem Auftauchen im Bordell liegen gut eineinhalb Stunden. Ein Zeitraum, dem mein spezielles Interesse gilt, wenn Sie verstehen, was ich meine.«

»Ich fürchte, nein.«

»Dann muss ich Ihnen eben ein wenig auf die Sprünge helfen.« Moebius schürzte die Lippen und ließ den Blick scheinbar ziellos durch die Zelle wandern. Die Luft war fast aufgebraucht, so stickig, dass es kaum zum Aushalten war. »Damit wir uns richtig verstehen –«, fuhr er geraume Zeit später fort, »für den Bordellbesuch Ihres Mannes gibt es Zeugen und das in rauen Mengen. Sollten Sie ernsthafte Zweifel hegen, wäre es mir ein Leichtes, sie Ihnen zu präsentieren.«

Irene von Möllendorf blickte kurz auf, verneinte dann aber stumm.

»Da somit keinerlei Grund mehr zu übertriebener Anhänglichkeit besteht«, ließ Moebius die Katze aus dem Sack, »nochmals die Frage: Gibt es irgendetwas, das Sie mir im Zusammenhang mit den – gelinde ausgedrückt – Machenschaften Ihres Mannes zu sagen haben?«

»Wäre es nicht an der Zeit, mir mitzuteilen, wie er zu Tode kam?«

Wieder ein Lächeln, diesmal jedoch denkbar kurz. »Irre ich mich, oder können Sie sich das nicht denken?«, wehrte Moebius höhnisch ab.

»Doch.«

»Na also – wo ist denn dann das Problem?«

Irene von Möllendorf zuckte die Achseln, aber anscheinend war es genau diese Geste, die den Jähzorn ihres Peinigers erneut aufflammen ließ: »Und darum, Gnädigste, bevor ich Ihnen endgültig die Freundschaft kündigen muss, wenn Sie Ihre Haut retten wollen, dann packen Sie aus und zwar gleich!« Der Blick des Obersturmführers verengte sich, und die Zornesader auf seiner Stirn schwoll urplötzlich an. »Wo hat Ihr sauberer Herr Ehemann die Geheimakten des Obergruppenführers verschwinden lassen, raus mit der Sprache!«

In der Gewissheit, der Mann mit den geröteten Augen, dem Borstenschnitt und der ausgebleichten Haut würde vor nichts zurückschrecken, um sie zum Reden zu bringen, dachte Irene von Möllendorf geraume Zeit nach. Dann richtete sie sich auf und reckte das Kinn nach vorn. »Ich habe nicht die geringste Ahnung, wovon Sie sprechen!«, erwiderte sie mit neu erwachtem Trotz.

Dem Gesichtsausdruck nach zu urteilen, mit dem Moebius ihre Weigerung quittierte, war ihr Leben damit keinen Schuss Pulver mehr wert.

Aber das hatte Frau von Möllendorf einkalkuliert.

16

Polizeipräsidium am Alexanderplatz | *12.15 h*

»Sag mal, Tom, hast du eigentlich noch alle Tassen im Schrank?«

Den Hörer in der einen Hand, die Fluppe in der anderen, ließ Sydow die Schimpfkanonade seines Freundes, Chefpathologe an der Charité, mit stoischer Gelassenheit über sich ergehen. Er war immer noch völlig fertig, viel zu k.o., um dagegenzuhalten.

Genau genommen gab es auch keinen Grund. Er war dabei, Wolfgang in etwas hineinzuziehen, von dem man vielleicht besser die Finger ließ. Im Grunde war es dazu jedoch schon zu spät. Ein fingierter Selbstmord, gefolgt von einem Mordanschlag beziehungsweise Bombenattentat, das menschenverachtender nicht hätte sein können. Dies war kein Nullachtfünfzehn-Fall. Ganz bestimmt nicht. Hier ging es um mehr, erheblich mehr, als er hatte vorausahnen können. Sydow inhalierte, legte den Kopf in den Nacken und ließ den Qualm an die Decke seines Büros steigen.

Es ging ums nackte Überleben. Daran gab es nichts zu beschönigen.

»Wieso?« Es war so ziemlich das Dümmste, was er hätte antworten können, denn dadurch kam Dr. Wolfgang Behrens erst richtig in Fahrt.

»Wieso, fragst du?« schnauzte er ihn an. »Sag mal, Sydow, bist du besoffen, oder was?«

Nein, war er nicht. Zumindest nicht mehr. Dank eines turbulenten Vormittags hatte sich sein Kater fluchtartig verzogen. Das bislang einzig Gute an diesem Tag. »Nee.«

»Sollte dem tatsächlich so sein, hätte ich trotzdem gern gewusst, was du dir bei dieser Aktion gedacht hast, mein Freund.«

»Nicht viel, wenn es das ist, was du hören willst.«

»Sieht mir ganz danach aus.« Behrens schnappte hörbar nach Luft, und bei der Vorstellung, dass der sonst so besonnene Pathologe wie Rumpelstilzchen in seinem Labor herumtobte, konnte sich Sydow trotz allem ein Grinsen nicht verkneifen. »Eine Leiche zum Frühstück! Hab ich mir immer schon gewünscht!«, strotzte er nur so vor Ironie. »Und dann ausgerechnet noch diesen ... diesen ... wie war doch gleich sein Name?«

»Möllendorf!«, ergänzte Sydow zerknirscht. »Verzeihung, *von* Möllendorf.«

»Aha, noch so ein Blaublüter. Na ja, ist ja auch wurscht.« Schon eine Nuance gnädiger gestimmt, sagte Behrens: »Ich dachte, mich laust der Affe! Als ob es nicht schon Arbeit genug gäbe, lieferst du mir noch ein hohes Tier von der SS ins Haus! Das nenne ich wahre Freundschaft! Und dann, Abrakadabra, tauchen ein paar Minuten später zwei Rausschmeißertypen von der Gestapo auf. Damit mir nur ja nicht langweilig wird! Wenn du noch alle Tassen im Schrank hast, will ich Hermann Göring heißen!«

»Na, der muss es doch nun wirklich nicht sein!«

Für den Bruchteil einer Sekunde kehrte am anderen Ende der Leitung Ruhe ein. Sydow hielt den Atem an. Doch die Entwarnung folgte schneller als gedacht.

»Nein, ganz bestimmt nicht!«, prustete Behrens plötzlich drauflos.

»Jedenfalls danke, dass du mich nicht hast hängen lassen!«

Der Pathologe murmelte etwas vor sich hin, das Sydow geflissentlich überhörte. »Ganz ehrlich, ich hätte große Lust dazu gehabt. Spätestens in dem Moment, als die Gestapo aufgetaucht ist.«

»Kann ich mir vorstellen!«, pflichtete ihm Sydow kleinlaut bei. »Nicht ratsam, den Kerlen ins Gehege zu kommen.«

»Du sagst es. Dafür ist die Sache aber dann doch relativ glimpflich verlaufen. Ein kurzer Plausch, ein paar Fragen. Und schon haben sich die beiden wieder getrollt.«

»Klingt gut«, antwortete Sydow, aber da er sich nicht vorstellen konnte, dass für ihn und Behrens die Sache damit ausgestanden war, behielt er seine Befürchtungen lieber für sich. »Und dann?«, fragte er so unbeteiligt wie möglich, obwohl er es kaum abwarten konnte, Details der Obduktion zu erfahren.

»Na, was wohl?«, flackerte der Unmut des Pathologen kurzzeitig wieder auf. »Ich habe den Herrn SS-Sturmbannführer nach allen Regeln der Kunst obduziert.«

»Hört sich so an, als sei dir das eine oder andere dabei aufgefallen.«

»Und ob!«

»Und das wäre?«

Behrens räusperte sich, und seine Heiterkeit war dahin. »Ich weiß zwar nicht, worauf ich mich da einlasse, aber wenn dir der Fall wichtig ist, solltest du dich vielleicht hierher bemühen.«

Genau das fand Sydow auch. Zumal er sich fragte, ob seine Leitung nicht schon längst angezapft worden war. »Geht klar!«, antwortete er so gelassen wie möglich. »Und wann?«

»Sobald es dir deine kostbare Zeit erlaubt. Damit ich die Sache endlich hinter mich bringen kann.«

Sydow runzelte die Stirn. Doktor Wolfgang Behrens, Chefpathologe an der Charité und eine absolute Koryphäe auf seinem Gebiet, hatte es erfasst. Wann die Gestapo wieder dazwischenfunken würde, war nur eine Frage der Zeit. Dass dieser Moebius zu allem fähig war, hatte er ja bereits unter Beweis gestellt.

»Dann bis später!«, entgegnete Sydow in nachdenklichem Ton. Doch da hatte sein Freund bereits aufgelegt.

Zum Luftholen kam er trotzdem nicht, denn kaum lag der Hörer auf der Gabel, klopfte es an der Tür und Klinke stürzte herein. Er ließ Sydow erst gar nicht zu Wort kommen, drehte den Stuhl vor dem Schreibtisch um und nahm ohne Umschweife Platz. »Das wirst du nicht glauben!«, keuchte er.

»Was denn?«

»Das da!«, erwiderte Klinke und warf eine Akte auf den Tisch.

Sydow nahm sie in die Hand, freilich ohne seinen Kollegen dabei aus den Augen zu lassen. »Irgendwas nicht in Ordnung?«

Klinke stützte sich auf die Oberschenkel, beugte sich nach vorn und rang um Fassung. Keine Spur mehr von dem Kollegen, der in kritischen Situationen die Nerven behielt, der seine Schnitzer ausbügelte, von denen es wahrhaftig genügend gab. Sydow zuckte zusammen.

Diesem Mann, gut zwei Zentner angestaute Wut, wollte er nicht in die Quere kommen, schon gar nicht, wenn er sich im gegenwärtigen Zustand befand. Kriminalassistent Erich Kalinke, Vater von drei Kindern und der Polizist mit dem dicksten Fell weit und breit, hatte eine Stinkwut. Auf wen, war natürlich klar, aber ob dies unter den gegebenen Umständen hilfreich war, bezweifelte Sydow stark.

»Na, du machst mir vielleicht Spaß!«, ging Klinke fast an die Decke. »Vier Tote, darunter ein Kleinkind, und du fragst mich, ob irgendetwas nicht in Ordnung ist?«

»Schon gut, schon gut!«, warf Sydow beschwichtigend ein. Klinkes Augen sprangen fast aus den Höhlen, ein falsches Wort, und es gäbe den größten Krach. Aber genau das wollte er unbedingt vermeiden. Der Feind stand woanders, nur wo, das war die Frage. Und vor allem, was Moebius & Co. noch alles in petto hatten. »Was hast du rausgekriegt?«

»Nichts Überraschendes. Für jemanden, der sich mit so was auskennt, das reinste Kinderspiel.« Klinke verschränkte die Hände hinter dem Kopf, lehnte sich zurück und sah ihn erwartungsvoll an.

Auf eine Reaktion seines Vorgesetzten nach beendeter Lektüre brauchte er nicht lange zu warten. »Plastiksprengstoff?«, fragte Sydow verblüfft.

»Du sagst es! Scheint so, als hätten die Jungs aus der Prinz-Albrecht-Straße an alles gedacht.«

»Wieso?«

»Na, du stellst mir vielleicht Fragen! Im Ernst! Der Sprengstoff, mit dem sie unsere Karre in die Luft gejagt haben, ist ein britisches Fabrikat. Sieht aus wie frisch aus dem Knetkasten und trägt die Bezeichnung PE-808. Auf gut Englisch: Plastics Explosive, in der Hauptsache aus Cyclotrimethylen-Trinitramin. Oftmals auch RDX oder Research Department Explosive genannt. Kapiert?«

»Und das alles, damit es nach außen wie ein britischer Anschlag aussieht. Bist ein helles Köpfchen, Dicker. Kompliment.«

Klinke lachte kurz auf, jedoch lange nicht so unbeschwert wie sonst. »Die arbeiten wirklich mit allen Tricks.«

»Das kannst du laut sagen! Die Frage ist nur, wie den Kerlen beizukommen ist. Beziehungsweise wie und unter welchen Umständen dieser Möllendorf ins Jenseits befördert worden ist.« Sydow drückte seine Zigarette aus, stand auf und trat ans Fenster, das der Hitze wegen offen war. Er konnte sich nicht helfen, aber irgendwie kam ihm das Panorama am Alexanderplatz total verändert vor. Er wirkte wie ausgestorben, Fußgänger und Autos konnte man an einer Hand abzählen. Eine eigentümliche Spannung lag in der Luft, durchbrochen nur durch den Zug, der soeben in den Bahnhof einfuhr. »Und vor allem, wieso!«, meinte er mit Blick auf das Kaufhaus ›Wertheim‹, Straßenbahnkreuzung und U-Bahn-Station.

»Ganz egal, wie, wann und wieso«, ließ Klinkes Antwort nicht lange auf sich warten. »Wer immer das getan hat, kann sich meiner innigen Fürsorge sicher sein.«

»Bist du dir sicher, dass du die Sache durchziehen willst?«

»Um nicht unnötig Zeit zu verschwenden, ich habe bereits mit Edith telefoniert.«

»Du hast was?«

»Keine Bange, sie hat nicht die Spur einer Ahnung.« Klinke sah auf die Uhr. »Wenn alles glattgeht, steigt sie gerade mit den Kindern in den Zug. Ab nach Breslau – zur Frau Mama!«

Zunächst einmal war Sydow erleichtert, aber es dauerte nicht lange, bis seine Skepsis wieder die Oberhand gewann. »Bist du dir wirklich sicher …«, wagte er den nächsten Versuch, Klinke die Gefährlichkeit ihres Vorhabens vor Augen zu führen. Doch der ließ ihn nicht einmal ausreden.

»Wenn du mich aufs Abstellgleis schieben willst, vergiss es, Tom!«, fiel ihm Klinke entschieden ins Wort. »Wenn hier jemand weiter an dem Fall arbeitet, dann nur wir beide! Auf die Tour wirst du mich jedenfalls nicht los.«

Sydow drehte sich um, ein Lächeln auf dem übernächtigten Gesicht. »Ehrlich gesagt habe ich auch mit nichts anderem gerechnet.«

»Dann bin ich ja beruhigt. Und was nun?«

»Fürs Erste bin ich erleichtert, dass der hochverehrte Herr Polizeipräsident die Wochenenden samt Familie am Wannsee zu verbringen pflegt.«

»Inklusive unseres Abteilungsleiters!«, ergänzte Klinke und schnitt eine Grimasse, die an Respektlosigkeit nicht zu überbieten war. »Durchaus zu begrüßen, wenn die beiden Stützen des Regimes mal Pause machen!«

»Eben!«, pflichtete ihm Sydow bei, obwohl ihm eigentlich nicht zum Lachen zumute war. »Aber Spaß beiseite! Wir müssen uns etwas ausdenken, bevor uns die da oben ins Handwerk pfuschen!«

»Keine Bange, wird uns schon etwas …« Klinke kam nicht dazu, den Satz zu vollenden, denn plötzlich klingelte das Telefon.

»Kripo Berlin!«, klang Sydow nicht gerade freundlich, denn der Anruf kam im denkbar ungünstigsten Moment. Doch sein Unmut verflog ebenso rasch, wie er gekommen war, und er hörte gespannt zu.

Der Mann am Telefon wollte anonym bleiben, und Sydow versuchte auch nicht, ihn umzustimmen. Darauf, wie er hieß, kam es im Moment nicht an, sondern auf das, was er ihm gerade anvertraute. Und das war Sprengstoff pur. Vorausgesetzt, er packte die Sache richtig an, würde ihn der Anrufer seinem Ziel ein erhebliches Stück näher bringen. »Keine Bange!«, tat er deshalb alles, um seinen Gesprächspartner zu beschwichtigen. »Wenn Sie den Tathergang schildern, wird Ihnen das keinerlei Nachteile bescheren!«

»Das sagt sich so leicht!«, antwortete der Mann in einem Ton, aus dem eine gehörige Portion Skepsis herauszuhören war. »Oder muss ich Sie darüber belehren, wie weit der Arm der Gestapo reicht?«

Nein, das musste der anonyme Anrufer nicht.

»Wie dem auch sei!«, wechselte Sydow rasch das Terrain. »Was mich betrifft, haben Sie keinerlei Repressalien zu befürchten!«

»Wäre ja noch schöner!«, konterte der Mann selbstbewusst. »Vor allem, wenn man bedenkt, dass ich der einzige Zeuge in einem Mordfall bin!«

»Ein Grund mehr, mir alles bis ins Detail zu schildern.«

»Wenn, dann aber nicht am Telefon!«

»Einverstanden. Wo dann?«

Die Antwort kam postwendend, der Anrufer überließ also nichts dem Zufall. »Kennen Sie den jüdischen Friedhof an der Pankower Chaussee?«

»Selbstverständlich. Und wo ...«

»Am Grab von Moritz Mannheimer. Um 14 Uhr.« Der Mann am Telefon holte kurz Luft und fügte hinzu: »Selbstverständlich allein!« Dann hängte er auf.

»Etwas Neues?«, fragte Klinke, der das Gespräch mit wachsendem Interesse verfolgte hatte.

»Und ob!«, antwortete Sydow, schnappte sich seine Zigaretten und steckte sich eine an. Was der Mann gerade vom Stapel gelassen hatte, musste er erst verdauen.

»Möllendorf?«

»Genau.« Die Zigarette im Mundwinkel legte Sydow die Handflächen auf die Schreibtischkante und ließ das Gespräch Revue passieren. »Stell dir vor, der Kerl behauptet, Zeuge davon gewesen zu sein, wie Möllendorf auf der Parkbank gelandet ist. Dreimal darfst du raten, auf wen die Beschreibung des Anführers der Nacht-und-Nebel-Aktion passt! Na, fängts an zu klingeln, Dicker?«

»Doch nicht etwa auf Moebius?«

»Gratulation, Herr Kollege. Sie haben sich eine Beförderung verdient!«

»Scheiß drauf!«, war Klinke anscheinend nicht nach Sydows Scherzen zumute, weshalb er das Thema zurück auf den Anrufer brachte: »Wie hat er sich denn angehört?«

»Der anonyme Anrufer?« Sydow ließ sich auf seinen Stuhl sinken und spielte geistesabwesend mit dem Streichholzbriefchen herum. »Wie ein Mann in mittleren Jahren. Um die 40 vielleicht. Wenn überhaupt.«

»Und weiter?«

»Keine Ahnung. Ich kann mich zwar täuschen, wage aber zu behaupten, er kommt nicht aus Berlin.«

»Woher dann?«

»Das genau ist die Frage! Drauf wetten, dass er von hier ist, würde ich jedenfalls nicht.«

»Süddeutscher vielleicht?«

»Kann sein. Wieso fragst du?«

Klinke rieb sich nachdenklich das Kinn. »Gut möglich, dass es der Anrufer von heute Morgen war.«

»Doch nicht etwa der Mann, der Möllendorf gefunden hat?«

Klinke nickte. »Doch!«, bekräftigte er knapp. »Passt doch zusammen, oder nicht?«

Sydow ließ die Zähne über die Unterlippe gleiten und kratzte sich am Kopf. »Wie dem auch sei – in eineinhalb Stunden sind wir schlauer!«

»Treffpunkt?«

»Jüdischer Friedhof an der Pankower Chaussee.«

»Der ideale Platz für einen Plausch unter Freunden!«, feixte Klinke. »Bin gespannt, mit wem wir es da zu tun kriegen.«

»Ich auch!«, stimmte Sydow nach einer Kunstpause zu, drückte die Zigarette aus und richtete sich zu voller Größe auf. »Höchste Zeit, wieder an die Arbeit zu gehen!«

»Und was nun?«

»Getrennt marschieren, gemeinsam zuschlagen!«, erwiderte Sydow forsch, und das, obwohl ihm überhaupt nicht danach zumute war. Gesetzt den Fall, es gelänge ihnen, Moebius und Konsorten des Mordes zu überführen. Was würde dies nach sich ziehen? Doch wohl ganz bestimmt nicht seine Verurteilung. Es gab niemanden, der die Gestapo vor Gericht zerren konnte, geschweige denn einen Richter, der Anklage erheben würde. Wozu sich dann überhaupt in Gefahr bringen, Karriere, Leib und Leben riskieren? Sydow fuhr sich mit der Handfläche über den Bart. Die Antwort war denkbar einfach. Weil es nichts mehr zu riskieren gab. Er war bereits zu sehr in den Fall verstrickt, als dass er einen Rückzieher hätte machen können. Heute Morgen, als Klinke beinahe über den Haufen gefahren worden wäre, hätte dies noch einen Sinn gehabt. Jetzt nicht mehr. Nach dem Tod von vier Unschuldigen, darunter einem einjährigen Kind, konnte man nicht so einfach zur Tagesordnung übergehen. Wer, wenn nicht er, war imstande, die Täter zu überführen? Und wenn nicht, es wenigstens zu versuchen?

»Und du bist dir auch ganz sicher, dass du die Sache durchziehen willst?«, fragte Klinke ganz unverblümt, verschränkte die Arme vor der Brust und sah Sydow herausfordernd an. Einmal mehr unter dem Eindruck, sein Kollege könne Gedanken lesen, tat sich Sydow mit seiner Antwort schwer. »Du meinst, warum den Fall nicht einfach Fall sein lassen und nach der Pfeife der Gestapo tanzen?«

»Genau.«

»Weil vier Menschen, die nicht das Geringste mit der Sache zu tun haben, auf bestialische Weise ums Leben gekommen sind. Darum.«

»Und warum noch?«

»Weil ich eine Stinkwut auf dieses Verbrechersyndikat habe. Schon vergessen, dass nicht mehr viel gefehlt hätte, und du hättest die Radieschen von unten begaffen können?«

Ein sibyllinisches Lächeln huschte über Klinkes Gesicht. Dass Sydows Frage rhetorisch gemeint war, stand fest, aber sein Assistent tat ihm den Gefallen darauf anzuspringen. »Sonst noch was?«

»Allerdings!«, retournierte Sydow souverän.

»Und das wäre?«

»Die Tatsache, dass ich glaube, wir sind da einem Riesending auf der Spur. Oder warum glaubst du, dass uns die Gestapo unbedingt von der Bildfläche pusten will?«

»Keine Ahnung.«

»Wenn es kein Selbstmord war, sondern tatsächlich eine Exekution, noch dazu durch die Gestapo, was könnte deiner Meinung der Grund dafür sein?«

Klinke zuckte die Achseln. »Na ja!«, druckste er herum und rutschte auf dem Stuhl hin und her. »Sollte der Kerl von vorhin recht haben, muss Möllendorf ganz schön was ausgefressen haben.«

»Gelinde gesagt.« Sydow erhob sich, verschränkte die Hände hinter dem Rücken und ging vor dem Fenster auf und ab. »Was, frage ich mich, hatte dieser Möllendorf mit Heydrich zu tun?«

»Du willst doch nicht etwa behaupten, seine – na gut, nennen wir es der Einfachheit halber Exekution! – du denkst doch nicht etwa immer noch, dass der Tod von Möllendorf in Zusammenhang mit dem Attentat auf Heydrich steht? Und selbst wenn, was sollte der Grund dafür sein? Reichlich gewagt, deine Hypothese, findest du nicht auch?«

»Und warum hat sich die Gestapo dann die werte Frau Gemahlin vorgeknöpft? Weiße Handschuhe, und das im Sommer! Auffälliger gehts ja wohl nicht!«

»Damit das Kind seine liebe Ruhe hat. Weil sie mit ihm unter einer Decke steckt oder schlicht und ergreifend zu viel weiß!«, war Klinke die Diskussion leid und verzog das Gesicht. »Also, was liegt als Nächstes an?«

»Gute Frage.« Die Hände in der Tasche, begutachtete Sydow sein Gesicht im Spiegel, der über dem Waschbecken in der Ecke hing. Dreitagebart, Augenränder noch und nöcher und eine Platzwunde, die von seiner morgendlichen Rettungsaktion stammte. Er hatte schon mal besser ausgesehen. »Das Beste wäre, du nimmst dir Möllendorfs Frau noch mal ernsthaft zur Brust!«, schlug er Klinke vor.

»Im wortwörtlichen Sinn?«

»Wenn dir danach ist – warum nicht! Spaß beiseite, tu mir den Gefallen und fahr noch mal zu ihr raus. Könnte mir vorstellen, dass du einen besseren Draht zu ihr hast als ich.«

»Und was, wenn ich dabei über die Straße muss?«, passte sich Klinke dem Sydow'schen Humor in beängstigender Weise an, schraubte sich in die Höhe und ging zur Tür.

»Sehr witzig, Dicker! Lass dir eben was einfallen. Ach so, noch was: Bevor du dem Charme einer gewissen Frau von Möllendorf erliegst, könntest du der Spurensicherung einen kleinen Höflichkeitsbesuch abstatten.«

Klinke salutierte. »Jawoll, mein Führer!«, war er in puncto Galgenhumor nicht mehr zu bremsen. »Und du?«

»Ich?« Sydow schlug die Hacken zusammen und grinste schief. »Was mich betrifft, steht mir ein weiteres

Treffen mit Herrn von Möllendorf bevor!«, antwortete er. »Und ein Stelldichein auf dem Friedhof – damit mir ja nicht zu wohl wird in meiner Haut.«

»Treffpunkt?«

»Im ›Nussbaum‹ – wo sonst?«

»Entschuldigung – was für eine Frage! Und wann?«

»So gegen 17 Uhr. In Ordnung?«

»Denke schon.« Die Hand auf der Klinke, drehte sich Sydows Assistent nochmals um. »Dann machs mal gut!«, sagte er, hob die Hand und verließ sein Büro.

»Du auch, Dicker!«, murmelte Sydow, schnappte sich sein Sakko und folgte Klinke auf dem Fuß. Er war schon an der Tür, als erneut das Telefon klingelte. Zuerst wollte Sydow nicht abheben, tat es der Neugierde halber aber doch.

»Ja, bitte?«

»Kommissar Sydow?«, keifte eine weibliche Stimme am anderen Ende der Leitung. »Braun hier.«

»Doch nicht etwa *Eva* …«

»Ihre Scherze in Ehren, lieber Herr Kommissar …«

»Hauptkommissar – Ordnung muss schließlich sein.«

»… aber ich fürchte, dies ist weder die Zeit noch der Ort dafür.«

Sydow verdrehte die Augen. Die Sekretärin des Herrn Polizeipräsidenten. Berühmt-berüchtigt wegen ihrer Humorlosigkeit. Sozusagen die fleischgewordene Aufforderung zu sexueller Abstinenz.

Und das natürlich genau im richtigen Moment.

»Was liegt an, verehrtes Fräulein Braun?«

»Das, verehrter Herr Kommissar, würde Ihnen der Herr Polizeipräsident gerne selber sagen!«

»Und das an seinem freien Tag?«

»*Gerade* an seinem freien Tag. Mit anderen Worten: Sie werden gebeten, unverzüglich Kontakt mit ihm aufzunehmen. Per Telefon.«

»Wenn, dann aber bitte nicht jetzt.«

Wie Kriemhild Braun, Spitzname ›Zerberus‹, just in diesem Moment aus der Wäsche guckte, konnte sich Sydow lebhaft vorstellen. Genauso gut wie die Tatsache, dass sein Triumph ein äußerst kurzlebiger sein würde.

»Wie darf ich das verstehen?«

»So, wie ich es sage. Oder vielmehr gesagt habe.« Dieser Vorzimmerdrache ging ihm gewaltig auf die Nerven, und das nicht erst seit heute. »Und jetzt, in der Hoffnung, dass Ihnen der Ausdruck geläufig ist, haben Sie die *Güte*, mich zu entschuldigen! Ein dringender Fall – Sie verstehen.«

Bevor seine Gesprächspartnerin zum Luftholen kam, lag der Hörer wieder auf der Gabel.

»Scheiße, verfluchte!« Sydow hieb mit der Faust auf den Tisch. Das ging ja schneller als erwartet. Der Polizeipräsident wollte ihn zur Schnecke machen, dazu bedurfte es keiner Fantasie. Oder, schlimmer noch, ihm den Fall kurzerhand entziehen. So weit allerdings würde es nicht kommen. Sydows Züge verhärteten sich. Pech, Herr Polizeipräsident, rief er sich das imaginäre Bild seines Vorgesetzten in den Sinn. Pech, dass Tom Sydow Lunte gerochen hatte.

In diesem Moment, zwischen allen nur erdenklichen Stühlen, war Tom Sydow klar, dass die letzte Brücke hinter ihm bereits ins Wanken geraten war. Nur noch ein paar Stunden, vielleicht weniger, und man würde ihm den Fall entziehen. Anders formuliert: Bis es soweit war, musste etwas geschehen. Und das möglichst bald. Mit jeder Minute, die ungenutzt verstrich, rückte das Debakel ein Stück näher. Ein Debakel der besonderen Art. Eines, das ihn mit hoher Wahrscheinlichkeit das Leben kosten würde.

Allein mit sich und seinen Gedanken, trotz allem jedoch zum Äußersten entschlossen, blieb Sydow in der Mitte des Raumes stehen. Auf die Idee, das Fenster zu schließen, kam er gar nicht erst, sondern ließ den Blick durch sein spartanisch möbliertes Büro schweifen.

Auf einmal traf es ihn wie ein Blitz, nicht unerwartet, dafür aber mit voller Wucht.

Die Erkenntnis, Ausgeburt seines untrüglichen Instinktes, hatte etwas Beruhigendes an sich, wobei er sich dies zunächst nicht erklären konnte. Von dieser Stunde an würde Hauptkommissar Tom Sydow, Beamter der Kripo Berlin, dieses Büro nicht mehr betreten.

Nie mehr.

Doch bevor ihm richtig klar wurde, was das hieß, war die Tür seines Büros bereits ins Schloss gefallen.

Ohne dass er sich die Mühe gemacht hätte abzuschließen.

17

Neue Reichskanzlei, Voßstraße 1–19 | *12.45 h*

Jedes Mal, wenn er hier war, kam er sich wie ein HJ-Pimpf vor. Am heutigen Sonntag mehr denn je.

Natürlich trug der Raum, in dem er sich befand, das Seinige dazu bei. Er war fast 400 Quadratmeter groß, hatte insgesamt fünf Eingänge und ebenso viele Fenstertüren, die auf eine riesige Terrasse hinausführten. An ihrem jeweiligen Ende befanden sich zwei Pferdeskulpturen aus Bronze, daneben die Treppen, die hinunter in den Garten und zum Gewächshaus führten. Die Wände des Arbeitszimmers waren mit rötlichem Marmor verkleidet, die Gemälde, Werke italienischer Meister, sündhaft teuer. Vor der Fensterfront befand sich ein Marmortisch, überhäuft mit Generalstabskarten, links daneben ein Schreibtisch, dessen Intarsien ein halb aus der Scheide gezogenes Schwert aufwiesen. Über dem Kamin, um den ein Sofa und ein halbes Dutzend Polstersessel gruppiert waren, hing ein Porträt Bismarcks, das angesichts der immensen Größe des Raumes jedoch ein wenig verloren wirkte. Kein Wunder, denn von einem Ende zum anderen maß dieser 15 Meter. Ein riesiger Globus verlieh dem protzigen Ambiente sozusagen den letzten Schliff.

Schuld an dem Gefühl der Beklommenheit, das Heinrich Himmler, Reichsführer-SS, in diesem Moment empfand, war jedoch nicht nur seine Umgebung.

Schuld daran war vor allem die Tatsache, dass Heydrichs sogenannter Giftschrank nach wie vor verschollen war und er dies dem Mann, der mit dem Rücken zu ihm auf der Terrasse stand, so schonend wie möglich beibringen musste. Die Scheu vor demjenigen, dessen Silhouette sich hinter dem Vorhang abzeichnete, war so groß, dass er es nicht wagte, den Stoff beiseitezuschieben und sich zu ihm hinaus auf die Terrasse zu begeben.

»Der getreue Heinrich – pünktlich wie immer!«, hörte er den Uniformierten plötzlich sagen, und obwohl ihm seine Stimme vertraut war, überlief es ihn kalt. Wie er ihn auf dem mit Teppichen ausgelegten Marmorfußboden hatte kommen hören, war ihm ein Rätsel, beileibe nicht das einzige, auf das er im Verlauf der Jahre gestoßen war. Nichts Konkretes, aber jede Menge Gerüchte. Und das Interessante war, dass sie nicht verstummen wollten. Gerüchte über seine Herkunft, die Zeit im Obdachlosenasyl, Affären. Insbesondere die mit seiner Nichte, ein absolutes Tabu. Ihr Selbstmord, so es denn einer war, hatte für erhebliches Aufsehen gesorgt und ihm beinahe das Genick gebrochen. In Parteikreisen unterhielt man sich nur hinter vorgehaltener Hand darüber. Ein falsches Wort, und der Betreffende war erledigt.

Für Heydrich, der gern im Trüben fischte, war die Sache ein gefundenes Fressen gewesen. Dass er vor nichts zurückschreckte, war allgemein bekannt, und so hatte er sich auch nicht groß darüber gewundert, als Gerüchte über Geheimdossiers im Umlauf waren. Er selbst, Himmler, hatte ihn nie darauf angesprochen, erst vor fünf Tagen, aber da war es bereits zu spät gewesen. Er hätte sich ohrfeigen können, daran ändern konnte er jedoch nichts. Der Lehrling hatte den Meister übertrumpft, um Längen, wie Himmler mit wachsendem Unbehagen registrierte. Heydrich hatte ihn eben gekannt, besser als er sich selbst. Er hatte alles vorausgesehen, geahnt, dass er, der Reichsführer-SS, danach trachten würde, in den Besitz seiner Geheimdossiers zu gelangen, gewusst, dass ihn der Besitz des verschollenen Giftschrankes zum unumschränkten Herrscher hinter den Kulissen machen würde. Mit dem Ergebnis, dass die führenden Köpfe des Reiches nach seiner Pfeife zu tanzen hatten.

Und nicht nur sie.

Himmler schloss die Augen und wischte sich den Schweiß von der Stirn. Das Komplott gegen ihn, vor allem die Absprache mit Möllendorf, war klug eingefädelt und eines Heydrich würdig gewesen. Folglich musste er sich etwas einfallen lassen. Denn eins stand von vornherein fest: Sollte es ihm gelingen, den Giftschrank aufzutreiben, würde er die kostbarsten Stücke des Schatzes für sich behalten. Wozu unter anderem das Protokoll der Konferenz am Wannsee gehörte. Auf gar keinen Fall durfte davon etwas nach außen dringen. Der Schaden für das Reich wäre irreparabel, auch und vor allem, was die Moral der Bevölkerung anging. Und für ihn, denn dann wäre er erledigt. Einen derartigen Schnitzer würde ihm der Mann hinter dem Vorhang nie und nimmer verzeihen. Dazu kannte er ihn inzwischen zu gut.

»Dilettanten, nichts als Dilettanten!«

»Darf man fragen, wen Sie damit meinen, mein …«

»Keine langatmigen Erklärungen, Himmler!« Der

Mann hinter dem Vorhang machte eine wegwerfende Geste. »Wenn nicht einmal Sie es schaffen, diese Geheimakten aufzutreiben, wer dann?«

An einem Punkt angelangt, an dem ihn ein falsches Wort den Kopf kosten konnte, brach ihm der Schweiß aus allen Poren hervor. Himmler war froh, dass keiner seiner Rivalen, allen voran Göring, ihn so sah. Ein schwacher Trost, denn nun war es an ihm, etwas zu erklären, wofür es eigentlich keine Erklärung gab. Der Giftschrank war nicht aufzufinden, der Mann, der über seinen Verbleib Bescheid wusste, tot. Beim Gedanken daran packte ihn die kalte Wut, und Himmler nahm sich vor, die Verantwortlichen zur Rede zu stellen.

Doch zunächst einmal war er es, der sich zu rechtfertigen hatte. »Nur noch ein wenig Geduld, mein ...«, wagte Himmler einen zaghaften Versuch, aber sein Gesprächspartner fiel ihm erneut ins Wort.

»Geduld, Geduld, Geduld!«, rief er aus, wobei sich seine Stimme fast überschlug. Die Silhouette hinter dem Vorhang geriet auf einmal in Bewegung, und was mit einem konvulsivischen Zucken begonnen hatte, endete mit einer Tirade, die Himmler instinktiv zurückweichen ließ. »Was heißt denn hier überhaupt Geduld! Oder können Sie sich etwa nicht vorstellen, was passiert, wenn dieser Giftschrank in die falschen Hände gerät? Jetzt kommen Sie, Himmler, Sie sind doch sonst nicht so schwer von Begriff!«

»Wenn ich ehrlich bin, wäre ich nie und nimmer auf die Idee gekommen, dass Heydrich ein derart skrupelloser ...«

»Was glauben Sie denn, Himmler, weshalb ich ihn dann nach Prag geschickt habe? Wegen seiner Skrupellosigkeit – weshalb denn sonst? Das und allein das hat ihn doch wohl ausgezeichnet! Noch vor allen anderen! Wer außer ihm wäre in der Lage gewesen, die Endlösung mit der gebotenen Härte voranzutreiben? Göring vielleicht? Der ist doch voll und ganz damit beschäftigt, seine Kunstschätze zusammenzuramschen!«

»Genau das ist das Problem. Unter anderen jedenfalls.«

»Was denn, zum Teufel!«

»Die Endlösung.«

»Wieso?«

»Soweit mir bekannt ist, soll sich unter Heydrichs Geheimakten das Original von der Konferenz am Großen Wannsee befinden.« Himmler scharrte verlegen mit dem Fuß. Die Floskel ›Wenn Sie verstehen, was ich meine!‹ konnte er sich gerade noch verkneifen.

Sein Glück.

Gegen das, was nun über ihn hereinbrach, war die Tirade von vorhin harmlos gewesen. Der Mann hinter dem Vorhang wirbelte herum, fluchte, tobte und schrie, was das Zeug hielt. Himmler hielt ganz einfach still. Aus Erfahrung wusste er, dass seine Wutausbrüche irgendwann einmal abklingen würden. So auch dieses Mal, wenn auch erst nach zehn Minuten: »Unter gar keinen Umständen, verstanden?«, bekam er das Ende des Tobsuchtsanfalls gerade noch mit. »Unter gar keinen Umständen dürfen diese Dossiers in die falschen Hände geraten! Und schon gar nicht dieses Konferenzprotokoll. Wäre dies der Fall, müssten wir mit unabsehbaren Konsequenzen rechnen! Und darum gilt höchste Geheimhaltungsstufe!«

»Zu Befehl!«, fügte Himmler zackig an, aber offenbar war die Energie seines Gesprächspartners so sehr erschöpft, dass er sich umdrehte, die Arme verschränkte und in brütendes Schweigen verfiel. Für Himmler ein Zeichen, dass das Gespräch so gut wie beendet war. Höchste Geheimhaltungsstufe! Das hörte sich alles so einfach an. Dummerweise waren diese beiden Quertreiber von der Berliner Kripo mit herkömmlichen Mitteln nicht klein zu kriegen. Die Folge: Er würde sich andere, ungleich härtere Maßnahmen einfallen lassen müssen. So zum Beispiel Sippenhaft. Damit kriegte man auch noch den renitentesten Zeitgenossen klein.

»Das war alles! Sie können gehen!«, ließ sich der Mann auf der anderen Seite des Vorhanges am Ende doch noch zu einer Bemerkung herab.

»Wie Sie befehlen, mein Führer!«, erwiderte Himmler militärisch knapp.

Dann wandte er sich zum Gehen.

»Wenn wir gerade dabei sind, Himmler!«, war der Reichsführer-SS allerdings noch nicht aus dem Schneider. »Wie geht es eigentlich mit den Vorbereitungen für Heydrichs Beerdigung voran?«

»Bestens, mein Führer!«, erwiderte Himmler, drehte sich auf dem Absatz um und erstarrte.

»Denken Sie dran. Das Beste ist gerade gut genug.«

»Wie darf ich das verstehen?«

»Genau so, wie es gemeint ist, Himmler. Bekanntermaßen ist Beerdigung ja nicht gleich Beerdigung.«

»Selbstverständlich, mein Führer!«, stieß Himmler sichtlich verunsichert hervor. »Ich verstehe.«

»Das bezweifle ich.«

Aus den Erfahrungen, die er während der letzten Jahre gesammelt hatte, hielt es Himmler für das Beste, zu schweigen. Er tat gut daran, denn seine Meinung war ohnehin nicht gefragt: »Es ist mein unabänderlicher Wille, Himmler«, klang es ihm förmlich in den Ohren, »dass Heydrich nicht nur mit allen militärischen Ehren bestattet, sondern ein Staatsbegräbnis erhalten wird.«

»Ein Staatsbegräbnis?«

»Genau. Mit allem, was dazugehört.«

Wenn Himmler je sprachlos gewesen war, dann in diesem Moment.

»Mit anderen Worten. Wir werden sämtliche Register ziehen. Ehrenkompanie, Flammenschalen, Trommelwirbel. Trauerzug durch Berlin und so weiter. Aufbahrung im Mosaiksaal der Reichskanzlei. Musik aus der ›Götterdämmerung‹ nicht zu vergessen, das rundet eine Trauerfeier erst richtig ab.«

»Und das bei jemandem, der sich dermaßen ruchlos verhalten hat?«, fiel es Himmler schwer, ein derartiges Ausmaß an Zynismus zu verdauen. Und das wollte bekanntlich etwas heißen.

»*Gerade* dann, Himmler!«, ließ die Antwort auf seine Frage jegliche Kompromissbereitschaft vermissen. »Wenn schon, dann bleibt uns nichts anderes übrig, als diese Schmierenkomödie zu Ende zu bringen. Und da dem so ist, darf auf keinen Fall etwas nach außen dringen. Auf keinen Fall, hören Sie? Nicht auszudenken, wenn die Alliierten etwas davon mitbekämen. Dann könnten wir uns nämlich unser eigenes Grab schaufeln. Das ist Ihnen doch wohl hoffentlich klar!«

Himmler nestelte an seinem Uniformkragen herum. Das genau war das Problem, nämlich, ob die Sache auf

Dauer geheim zu halten war. Zum einen vor den Alliierten, für deren Spione die Sache ein gefundenes Fressen sein würde, und andererseits vor diesen beiden Quertreibern von der Kripo, für die sie offenbar nicht heiß genug sein konnte. Noch nicht, denn dieses Problem würde sich bestimmt bald erledigen. Dafür würde er sorgen. Wenn es sein musste, sogar persönlich. »Selbstverständlich, mein Führer.«

»Und da wäre noch etwas, Reichsführer.«

Wenn er gedacht hatte, die Audienz sei für ihn beendet, sah sich Himmler getäuscht.

»Trifft es zu, dass allein in Berlin etwa 5.000 Juden untergetaucht sind?«

Der Reichsführer-SS schwitzte Blut und Wasser. Mit einem derartigen Frontalangriff hatte er nicht gerechnet. »Ich fürchte ja, mein Führer!«, stieß er mühsam hervor.

»Und wie ist das zu erklären?«

Himmler legte sich eine Antwort zurecht, doch nicht schnell genug, um der nächsten Attacke zuvorzukommen: »Damit Sie Bescheid wissen: Sollte es noch einmal vorkommen, dass sich einer oder eine der zu Deportierenden ihrem Abtransport durch Flucht entziehen und anschließend seelenruhig durch Berlin spazieren, sehe ich mich gezwungen, andere Saiten aufzuziehen! Haben Sie mich verstanden, Reichsführer?«

Oh ja, das hatte er.

Erstens: Liquidierung der beiden Kripobeamten. Wenn nötig, mit sämtlichen zur Verfügung stehenden Mitteln.

Zweitens: Jagd auf sämtliche Juden im Untergrund. Bis hin zu ihrer völligen Beseitigung.

Heinrich Himmler, Henker von Führers Gnaden, schlug die Hacken zusammen. »Zu Befehl!« Seine Beklommenheit war auf einen Schlag verschwunden. Wieder ganz der Alte, ein Mann, der bereits jetzt zu den größten Verbrechern des Jahrhunderts zählte, machte er einen Schritt auf die offene Flügeltür zu.

Doch da war niemand mehr.

Nur die drückende Schwüle, die ihm wie der Atem der Hölle erschien.

18

Berlin-Tiergarten, Lützowplatz | *13.20 h*

Schon von Weitem sah das vierstöckige Haus am noblen Lützowplatz alles andere als einladend aus. Der Erbauer, ein Magnat aus der Kaiserzeit, musste ein Faible für Burgen gehabt haben. Oder schlicht und ergreifend den falschen Architekten.

Doch darauf kam es im Moment nicht an. Dieses Haus, nur einen Steinwurf vom Landwehrkanal entfernt, war ihre letzte Hoffnung. So einfach war das. Einfach und deprimierend zugleich.

Während sie vor der Haustür stand, musste Rebecca an die Ereignisse des heutigen Tages denken. Mord, Verrat und eine halsbrecherische Flucht, die ebenso gut mit ihrem Tod hätte enden können. Sie war mit heiler Haut davongekommen, ein schwacher Trost. Denn mit der schwarzen Limousine, die sie vor der schwedischen Botschaft in der Tiergartenstraße bemerkt hatte, war ihr Plan, sich dort in Sicherheit zu bringen, gescheitert.

Um nicht unnötig Aufsehen zu erregen, ignorierte Rebecca die schmerzenden Gliedmaßen, zupfte an ihrem Kleid und steuerte forsch auf die Haustür zu. Ein Blick auf den Klingelknopf, und schon keimte Hoffnung in ihr auf. Die Familie, bei der sie jahrelang ein- und ausgegangen war, wohnte also noch hier. Vor vier Jahren, genauer gesagt im November 1938, hatte sie dieses Haus zum letzten Mal betreten.

Danach nie mehr.

»Sie wünschen?« Bis sich die Tür der geräumigen, um nicht zu sagen hochherrschaftlichen Wohnung im Obergeschoss einen Spalt weit öffnete, vergingen mehrere Minuten. Rebecca rechnete schon nicht mehr damit, dass jemand zu Hause war, aber dann stand sie Agnes, Freundin aus besseren Tagen, Auge in Auge gegenüber.

»Sie wünschen?«, wiederholte die junge Frau und sah sie naserümpfend an. Sie trug einen Uniformrock, Krawatte und ein Abzeichen mit der Aufschrift ›LH‹ auf der Bluse. Rebecca musste schon zweimal hinsehen, um in der drallen Flakhelferin genau die Frau zu erkennen, mit der sie jahrelang eng befreundet gewesen war.

Und doch war dem so. Irrtum ausgeschlossen.

»Agnes?« Rebecca hatte die Frage aus Verlegenheit gestellt, bereute sie jedoch rasch.

»Sollten Sie fortfahren, mich zu duzen, werde ich dafür Sorge tragen, dass man Ihre Personalien überprüft. Schneller, als Ihnen lieb sein kann.«

Das saß. Rebecca war völlig perplex. Auf den ersten Blick hatte es so ausgesehen, als habe Agnes sie nicht erkannt. Doch wie so häufig in letzter Zeit wurde Rebecca eines Besseren belehrt: »Falls es Sie interessiert«, riss der Kasernenhofton nicht etwa ab, sondern nahm an Schärfe noch zu, »wir sind gerade beim Mittagessen. Wenn du … wenn Sie also ein Anliegen haben, dann bitte schnell!«

Die leichte Röte im Gesicht der uniformierten Frau

verschwand so schnell, wie sie gekommen war. Rebecca musste sich am Geländer festhalten, nicht etwa aus Schwäche, sondern um sich klarzumachen, dass dies kein Albtraum war. Ein Anliegen? Wozu auch, eigentlich war doch alles gesagt. Rebeccas Kinn sackte nach vorn. Nur keine Tränen, nicht jetzt und vor allem nicht hier, machte sie sich selbst Mut. Auf eine Enttäuschung mehr oder weniger kam es nicht an. Trotz der Schmerzen, die kaum noch zu ertragen waren.

Im Begriff, sich abzuwenden und an der Treppe, die einem Adelspalais Ehre gemacht hätte, wieder hinunterzuhangeln, blieb Rebecca auf dem Absatz stehen und suchte den Blick der blonden jungen Frau. Mehrere Sekunden hielt diese ihm stand. Dann tat sie so, als sitze ihr Uniformrock nicht und hantierte verlegen an ihrem Gürtel herum.

Zeit zu gehen. Wieder einmal. Doch dann, in der Erkenntnis, dass ihre letzte Hoffnung so gut wie zerronnen war, raffte sich Rebecca doch noch zu einer Frage auf. »Wie geht es Tom?«, fragte sie in beiläufigem Ton.

Die Reaktion ihrer Gesprächspartnerin hätte ungewöhnlicher nicht ausfallen können. Auf einmal wurde sie leichenblass, und ihr arrogantes Auftreten war dahin. »Ich wüsste nicht, was dich ... was Sie das angeht!«, fuhr sie Rebecca in gedämpftem Ton an, warf einen Blick über die Schulter, trat aus dem Haus und zog rasch die Tür hinter sich zu.

»Und doch ist es so, Agnes!«, tat Rebecca so, als habe sie nichts bemerkt.

»Fräulein von Sydow, wenn ich bitten darf!«, schnappte das Musterbild einer Volksgenossin zurück.

»Meinetwegen!«, konterte Rebecca ungerührt. »Das beantwortet jedoch nicht meine Frage!«

Anscheinend war genau dies der Ton, der bei ihrer Gesprächspartnerin Wirkung zeigte, denn sie senkte verlegen den Kopf. »Falls du es noch nicht weißt –«, stakste sie, »Vater, Mutter und ich haben seit fast vier Jahren nichts mehr von ihm gehört. Warum, dürfte dir doch wohl noch in Erinnerung sein.«

Natürlich war es das. Doch das war momentan nicht der Punkt. »Und ob!« Rebecca ging nicht weiter auf die Bemerkung ein. »Ist er immer noch bei der Kripo, oder hat er es sich inzwischen etwa anders überlegt?«

»Wenn du willst, frag ihn doch selbst.«

»Danke für den Vorschlag!«, parierte Rebecca gewandt. Nur um zu ihrer eigenen Verwunderung hinzuzufügen: »Und wo, sofern ich das Bedürfnis verspüre, könnte ich das tun?«

»Im Polizeipräsidium. Wo sonst?«

»Viel zu aufwändig!«, winkte Rebecca ab, drehte sich um und stieg die Treppe hinunter. Auf einmal war ihr alles gleichgültig, ihr Schicksal, die Zukunft, selbst die Gestapo, der sie früher oder später in die Arme laufen würde. Wohin sie jetzt gehen sollte, wusste sie nicht, und zum ersten Mal, seit sie sich auf der Flucht befand, ließ sie ihr Durchhaltewille im Stich.

Die Haustür war bereits halb offen, als sie ein Geräusch auf der Treppe aufhorchen ließ. Das Sonnenlicht, prall und grell, flutete in den Hausflur und sorgte dafür, dass die Gestalt auf der Treppe den Unterarm schützend vor die Augen hob.

»Gibt es noch etwas, das du mir zu sagen hast?«, fragte Rebecca und wandte sich zum Gehen.

»Proskauer Straße – Nummer 10, glaube ich!«, lautete die Antwort, doch als Rebecca einen Blick über die Schulter warf, hatte sich die uniformierte Frau scheinbar in Luft aufgelöst.

Und mit ihr der letzte Rest, der Rebecca mit ihr verband.

*

»Und damit, verehrter Herr von Sydow«, fuhr Moebius mit seiner Vernehmung fort, »wäre es an der Zeit, mir detaillierte Angaben über den derzeitigen Aufenthaltsort Ihres Sohnes zu machen!«

Die Luft im Wohnzimmer der noblen Etagenwohnung mit Blick auf den Lützowplatz war zum Schneiden dick, nicht nur im wortwörtlichen, sondern auch im übertragenen Sinn. Außer Freiherr von Sydow, 62-jähriger, in Ehren ergrauter Ministerialdirigent im Außenministerium, befanden sich insgesamt drei weitere Gestapo-Agenten im Raum, und genau das war es, was dem distinguierten älteren Herrn mit dem weißen Schnurrbart und dem spitzen Kinn nicht passte. »Auf die Gefahr hin, mich zu wiederholen!«, schätzte er sich und seine Lage völlig falsch ein. »Seit dem 8. November 1938, also seit nunmehr fast vier Jahren, habe ich nichts mehr von meinem Sohn gehört.«

»Das sagten Sie bereits!«, verschärfte Moebius seinen Ton. Mit diesem stockpreußischen Gesockse, das nicht wahrhaben wollte, dass die alten Zeiten vorbei waren, konnte man eben nicht anders reden. »Von daher mein Vorschlag, mit mir und meinen Kollegen nicht länger Katz und Maus zu spielen. Was für Sie und Ihre Familie auf dem Spiel steht, brauche ich wohl nicht zu betonen!«

Trotz dieser unverhüllten Drohung zeigte der Aristokrat alter Schule keinerlei Reaktion. Man musste kein Menschenkenner sein, um zu bemerken, dass er Moebius am liebsten an die frische Luft gesetzt hätte. »Wie darf ich das verstehen?«, gab er zurück, während seine Tochter Agnes ins Wohnzimmer trat und die Aufmerksamkeit seines Gesprächspartners auf sich zog.

»Irgendetwas von Bedeutung?«, fragte Moebius barsch.

»Eine Hausiererin!«, hörte sich ihre Antwort nicht gerade überzeugend an. Wider Erwarten gab sich Moebius jedoch damit zufrieden.

»Wie das zu verstehen ist?«, fragte er gedehnt, während er die 24-jährige Flakhelferin mit den Augen verschlang. »Ganz einfach: Wenn Sie weiter so tun, als hätten Sie von Tuten und Blasen keine Ahnung, bleibt mir nichts anderes übrig, als Sie zu Ihrem Glück zu zwingen!«

»Was glauben Sie überhaupt, wen Sie hier vor sich haben?«, gab der Hausherr seine diplomatische Zurückhaltung auf. »Ein Wort gegenüber dem Herrn Staatssekretär, und Sie können von Glück sagen, wenn Sie als Portier arbeiten dürfen!«

»Ein Wort gegenüber dem Reichsführer, und *Sie* werden den Rest Ihres Lebens im Arbeitslager verbringen!«, konterte Moebius, ließ von Sydow links liegen und schlenderte auf eine Glasvitrine zu, die sich direkt neben einem Stillleben von Chardin befand. Dass die von Sydows nicht am Hungertuch nagten, war kaum zu übersehen. Die museale Ausstattung des Wohnzimmers ließ keine andere Schlussfolgerung zu.

Und genau das war es, was ihm nicht in den Kram passte.

»Ein Bild aus glücklichen Tagen?«, fand Moebius exakt das, wonach er suchte, um von Sydow in die Enge treiben zu können, nämlich ein gerahmtes Familienporträt, das sich inmitten einer Sammlung von Schnupftabakdosen befand. Bevor der Hausherr überhaupt reagieren konnte, hatte sein ungebetener Gast die Vitrine geöffnet und hielt das verhängnisvolle Foto in der Hand.

»Was glauben Sie überhaupt, wer Sie ...«, kochte der alte Herr vor Zorn, aber ein Blick auf die Begleiter des Obersturmführers ließ seinen Mut schwinden.

»Wie schön, dass wir uns endlich verstehen!«, ließ Moebius seiner Häme freien Lauf, nur um den Finger erneut in die Wunde zu legen: »Ihre Frau?«

»Meine Eltern sind seit 14 Jahren geschieden!«, warf die Tochter des Hauses ein.

Doch Moebius ließ sich nicht beirren. »Sieht mir irgendwie ...«

»... britisch aus, falls es das ist, was Sie sagen wollen!«, fiel ihm von Sydow ins Wort. »Um es vorwegzunehmen. Meine Frau lebt in London und ich habe seit meiner Rückkehr nach Deutschland keinerlei Kontakt mehr zu ihr gehabt.«

»Wie bedauerlich!«, warf Moebius sarkastisch ein. »Die Frage ist nur, ob das auch auf Ihren Sohn zutrifft.« Um die Wirkung seiner Worte zu steigern, ergänzte er einige Sekunden später: »Wenn Sie verstehen, was ich meine.«

Das mit Altersflecken gesprenkelte Gesicht des einstigen Karrierediplomaten verfärbte sich dunkelrot. »Was wollen Sie damit sagen?«, fragte er, obwohl er die Anspielung auf Anhieb verstand.

»Sagen wir es einmal so: Ihr Sohn, immerhin Kriminalhauptkommissar, ist da in etwas hineingeraten, was erhebliche Zweifel an seiner Loyalität gegenüber Führer, Volk und Vaterland wach werden lässt.«

»Wollen Sie etwa andeuten, er sei ein britischer Spion?«

Moebius ging nicht auf die Frage ein, sondern taxierte von Sydows Tochter mit einem anzüglichen Blick. Diese wich ihm aus und starrte mit versteinerter Miene auf die gegenüberliegende Wand. »Was ist der Grund, Herr von Sydow«, wechselte er daraufhin das Thema und stellte das Bild wieder in die Vitrine zurück, »weshalb Sie und Ihr Sohn derart aneinandergeraten sind, dass er sich seit vier Jahren nicht mehr hat blicken lassen?« Moebius pausierte und warf seinen Begleitern Kruppke und Claasen vielsagende Blicke zu. »Immer vorausgesetzt, Sie führen mich nicht an der Nase herum!«

»Dinge rein privater Natur.«

»Die gibt es nicht. Insbesondere dann, wenn das Wohl des Staates auf dem Spiele steht.«

»Was soll das heißen?«

»Das soll heißen, Herr von Sydow, dass Sie als Träger von Staatsgeheimnissen in besonderer Weise zur Loyalität gegenüber dem Führer und der nationalsozialistischen Volksgemeinschaft verpflichtet sind. Habe ich mich klar genug ausgedrückt? Nein? Dann eben auf ein Neues. Trifft es zu, dass Sie als Ministerialdirigent im Ministerium des Äußeren zu dem Personenkreis gehören, der über die Durchführung der auf der Konferenz am Großen Wannsee gefassten Beschlüsse in Kenntnis gesetzt wurde? Trifft dies zu, Herr von Sydow, ja oder nein?«

»Was wollen Sie von mir?«

»Eine Warnung aussprechen, verehrter Herr Ministerialdirigent. Der geringste Verdacht, und unsere Wege werden sich wieder kreuzen. Eins kann ich Ihnen jetzt schon sagen: Sollte es dazu kommen, wird das Ganze beileibe nicht so glimpflich enden wie jetzt. Und was Ihren Sohn betrifft. Die Fahndung nach ihm läuft bereits auf vollen Touren!«

19

Pathologisches Institut der Charité | *13.40 h*

»Wie gesagt, Tom, ein klarer Fall, klarer gehts nicht!«, zog Dr. Wolfgang Behrens, Chefpathologe an der Charité, ohne erkennbare Gemütsbewegung Bilanz. Mit seiner schnoddrigen Art und seinem Hang zum schwarzen Humor wirkte er wie der Stereotyp eines Pathologen. Hinter dieser Fassade steckte jedoch eine absolute Koryphäe. Das war auch der Grund, weshalb sich Sydow an ihn gewandt hatte. Auf ihn, den ehemaligen Schulfreund, war wenigstens Verlass.

Behrens nahm das Röntgenbild von der Projektionsfläche, drückte es Sydow in die Hand und verdrückte die Reste seiner Stulle, ohne sich dabei an dem Leichnam auf dem Seziertisch zu stören. Das hier war Routine für ihn. Auf die Idee, dass Sydow diesbezüglich nicht die gleiche Abgeklärtheit besaß wie er, kam er schlichtweg nicht.

»Und die Kugel?«, fragte Sydow mit Blick auf die Aufnahme, während sich ein flaues Gefühl in seiner Magengegend bemerkbar machte.

»Stammt mit hoher Wahrscheinlichkeit aus der 7,65-Millimeter-Pistole, die ihr am Tatort gefunden habt. Linkshänder, sagst du?«

Sydow nickte.

»Schön blöd, wenn einem so ein Schnitzer unterläuft!«, warf Behrens kopfschüttelnd ein, tippte mit dem Zeigefinger gegen die Stirn und genehmigte sich noch einen Bissen. »Irgendeinen Schimmer, wer das gewesen sein könnte?«, fragte er mit vollem Mund und hielt es nicht für nötig, die Brotkrumen auf seinem Kittel zu beseitigen.

Sydow zuckte die Achseln. Diesen schrulligen, ihm dennoch überaus sympathischen Kugelblitz mit Halbglatze und Lockenkranz in etwas hineinzuziehen, bei dem es ums nackte Überleben ging, wollte er nicht riskieren. Je weniger Behrens wusste, umso besser. Schließlich konnte man ja nie wissen. Bekanntlich war die Gestapo schon mit ganz anderen Leuten fertig geworden als ihm.

»Willst du mir nichts sagen, oder kannst du nicht?«

»Beides.«

»Dreck am Stecken?«

»Wer? Ich?«

»Quatsch – der da!« Behrens verdrückte den kümmerlichen Rest seiner Stulle, wischte sich die Brotkrumen vom Mund und trat an den OP-Tisch, der sich inmitten des unterirdischen, weiß gekachelten Raumes befand. Der Geruch nach Formaldehyd, Essigsäure und Lösungsmitteln machte ihm offenbar nicht das Geringste aus, und seine gute Laune wirkte echt. In einem Punkt ließ er gegenüber Sydow jedoch Gnade walten. Er zog das Leinentuch nur bis zum Bauchansatz hoch.

»Und?«, fragte Sydow ein wenig enttäuscht.

»Typisch Tom!«, raunzte ihn der Gefährte gemeinsamer Flegeljahre von der gegenüberliegenden Seite des OP-Tisches an. »Ohne jegliches Gespür für die Feinheiten meines Berufs! Gibs zu. Ohne mich wärst du doch glatt aufgeschmissen!«

»Wieso?«

»Schwer von Begriff, wie?«

»Normalerweise nicht.«

»Wenn dem so ist, möge der Herr Kriminalkommissar einstweilen einen Blick werfen auf das Gemächte des Herrn … wie war doch gleich sein Titel?«

»SS-Sturmbannführer Alfred von Möllendorf«, antwortete Sydow und beugte sich über den Tisch. »Und was soll daran so Besonderes sein?«

»Kein Anlass zu Neidgefühlen, ich weiß!«, frotzelte Behrens, wurde Zehntelsekunden später jedoch todernst. »Mal ehrlich! Kannst du wirklich nichts sehen?«

»Sollte ich?«

»Na klar doch, Alter.«

»Dann tu mir den Gefallen und klär mich auf!«

»Nichts lieber als das!« Behrens streifte einen Gummihandschuh über, richtete eine Halogenlampe auf den fraglichen Punkt und sagte: »Schwere Verbrennungen, Tom. Ausgerechnet da, wos bei uns Männern so richtig wehtut. Kapiert, was ich damit sagen will?«

Dass ihm erst jetzt ein Licht aufging, war Sydow ziemlich peinlich, aber lieber spät als nie. »Folterspuren?«, fragte er, wobei er instinktiv Abstand zu dem OP-Tisch nahm.

Behrens nickte. »Ein Feuerzeug, würde ich sagen. Sieht so aus, als hätten es die Kollegen aus der Prinz-Albrecht-Straße ganz genau wissen wollen.« Während er sprach, ließ der Pathologe das Objekt seiner Betrachtungen nicht aus den Augen. Sydow ließ sich jedoch nicht täuschen. Er kannte Behrens gut genug, um zu spüren, dass er seine Reaktion testen wollte.

Diese kam zwar, fiel jedoch einsilbiger aus, als es der Pathologe erwartet hatte. »Todesursache?«, fragte Sydow mit belegter Stimme, ohne an der Hypothese seines Freundes auch nur im Geringsten zu zweifeln.

»Das genau ist der Punkt!«, versetzte Behrens, verschränkte die Arme und sah Sydow prüfend an. Als keine Antwort kam, fuhr er mit der Zunge über die Oberlippe und fügte hinzu: »Unser Patient hier ist nämlich weder durch die Kugel noch an den Folgen der Folter und schon gar nicht aufgrund der Hämatome gestorben, die überall an seinem Körper zu finden sind.«

»Sondern?«

»Selbstmord, mein Lieber. Vor circa zehn bis zwölf Stunden.«

Sydow konnte sich des Eindrucks nicht erwehren, dass er ziemlich verdutzt aus der Wäsche sah, sonst hätte sich Behrens sein Grinsen mit Sicherheit gespart. »Und wie?«

»Gift.«

»Und welches?«

»Na, was denn wohl? Zyankali.«

»Donnerwetter, Wolfgang, mein Kompliment!«

»Reine Routine!«, wehrte Behrens lächelnd ab.

»Deine Hypothese?«

»Komisch – aber ich wollte dich gerade das Gleiche fragen!«

»Mannomann.« Sydow legte das Röntgenbild beiseite, die Handballen an die Stirn und fuhr sich mit ihnen über die Schläfen. Einen Moment, der freilich nicht lange dauerte, hatte er das Gefühl, der Fall sei eine Nummer zu groß für ihn. Dann aber ließ ihn der Drang, einen Blick in den schwärzesten Abgrund seines Lebens zu werfen, nicht mehr los.

»Sieht so aus, als hätte der Herr Sturmbannführer ganz schön was auf dem Kerbholz gehabt.«

»Womit du sicherlich nicht ganz unrecht hast, Herr Kriminalhauptkommissar. Fragt sich nur, was.«

Ohne dass er eine Erklärung dafür parat hatte, tauchte vor Sydows Auge wieder das Bild auf, das Möllendorf zusammen mit Heydrich zeigte. Wie lautete die Widmung doch gleich? ›Marineschule Mürwick – Crew 22‹. Purer Zufall, wer weiß. Gut möglich, dass die beiden kein einziges Wort miteinander gewechselt hatten. So was kam ja bekanntlich in den besten Familien vor.

Was aber, wenn das Gegenteil zutraf? Wenn Möllendorf und Heydrich ›alte Kameraden‹ waren? Sydow fuhr mit dem Zeigefinger an der Oberlippe entlang und dachte angestrengt nach. Selbst wenn sie es waren, hieß das natürlich noch lange nicht, dass Heydrichs Tod und die Folterungen, die Möllendorf hatte über sich ergehen lassen müssen, in direktem Zusammenhang standen. Diesbezüglich jedoch an einen Zufall zu glauben, brachte Sydow nicht über sich. Eines zumindest war klar. Möllendorf musste jede Menge Dreck am Stecken gehabt haben. Sonst hätte ihn die Gestapo nicht nach allen Regeln der Kunst durch die Mangel gedreht. Da musste schon viel zusammenkommen, dass ein hochrangiger SS-Angehöriger derart übel zugerichtet wurde. Viel mehr, als dass man auf die Idee kommen könnte, hier wurden lediglich alte Rechnungen beglichen.

»Und? Schon eine Idee?«, lauerte Behrens, der Sydow keinen Moment aus den Augen ließ.

»Das zu behaupten, wäre eine glatte Lüge.«

»Irgendwelche Zeugen?«

Als sei die Frage ein Signal für ihn, warf Sydow einen verstohlenen Blick auf die Uhr: 13.45 Uhr. Zeit, sich auf die Socken zu machen, wollte er den ominösen Anrufer nicht verpassen. So er denn überhaupt auf dem jüdischen Friedhof an der Pankower Chaussee auftauchen würde.

»Nicht dass ich wüsste!«, log Sydow, leider wiederum nicht besonders gut.

Behrens ging geflissentlich darüber hinweg. »Wenn du mich fragst, ist die Sache doch wohl ziemlich eindeutig«, lenkte er das Gespräch wieder auf seinen Kernpunkt zurück.

»Ach ja?«

»Aber klar doch!«, versetzte Behrens und schenkte sich ein Glas Apfelsaft ein. Sydow schluckte, ließ es jedoch bei einem Räuspern bewenden. Dieser Mann musste wirklich ein Gemüt wie ein Fleischwolf haben.

Oder kein bisschen Angst.

»Ad eins: Wenn er von seinen eigenen Leuten derart malträtiert wird, muss er ein ziemlich großes Sündenregister haben.«

»Stattgegeben.«

»Verbindlichsten Dank.« Behrens musste aufstoßen und das gleich mehrfach hintereinander. »Ad zwei: Worum es sich auch immer gehandelt haben mag – er hat dichtgehalten.«

»Sonst hätte er sich wohl kaum das Leben genommen.«

»Genau.«

»Was nichts anderes bedeutet«, kam Sydow der Mutter aller Rülpser zuvor, »dass der Gestapo daran gelegen ist, die Affäre Möllendorf nach Möglichkeit zu vertuschen. Wozu sich die Mühe machen, ihn extra auf einer Parkbank zu deponieren und einen Selbstmord vorzutäuschen, wenn man ihn ebenso gut hätte verschwinden lassen können? Auf eine Art, wie es schon Dutzende Male durchexerziert worden ist?«

Behrens knetete mit dem Zeigefinger an seiner Knollennase herum. »Vermutlich deshalb, um von den wahren Geschehnissen abzulenken. Einen hochrangigen SS-Angehörigen einfach verschwinden zu lassen, stelle ich mir nicht unbedingt einfach vor. Nach außen vielleicht, aber ganz bestimmt nicht intern. Im günstigsten Fall hätte es jede Menge Gerüchte gegeben. Und dem wollte man anscheinend aus dem Weg gehen. Was bedeutet, dass für Himmler und Co. einiges auf dem Spiel zu stehen scheint. Je kleiner der Kreis der Mitwisser, umso besser.« Behrens ließ einen Schwall Atemluft entweichen und sah Sydow nachdenklich an. »Verdammt heißes Eisen, das du da anfasst, Tom.«

»Womit wir auf den Grund zu sprechen kämen, weshalb der Herr Sturmbannführer vergangenen Mittwoch von der Bildfläche verschwand«, ließ sich Sydow nicht beirren.

»Des Pudels Kern, keine Frage.« Die Handfläche auf der Tischkante, starrte Behrens geraume Zeit ins Leere. Dann deckte er den Leichnam wieder zu, ließ den Blick über seine Umrisse schweifen und begab sich zu seinem Schreibtisch, der sich am Kopfende des Sezierraumes befand. Im krassen Gegensatz zu seinem bisherigen Gebaren schien er es auf einmal ziemlich eilig zu haben.

»Was hast du denn vor?«, blieb Sydow der Sinneswandel seines Freundes nicht verborgen.

»Weißt du, Tom«, war Behrens bemüht, die urplötzlich aufgekommene Hektik herunterzuspielen, »ich denke, es ist an der Zeit, mal wieder auszuspannen. Urlaub habe ich sowieso genug zu kriegen. Ein, zwei Anrufe und dann nichts wie ab durch die Mitte! Es soll ja noch ein paar Orte geben, wo mich keiner kennt.«

»Ein weiser Entschluss.«

»Auf alle Fälle!«, antwortete der Pathologe, während er die hastig zusammensortierten Unterlagen in seiner Aktenmappe verstaute, den Kittel auszog und ihn achtlos über die Stuhllehne warf. »Wenn du schlau bist, tust du das Gleiche!«, fügte er eilig hinzu.

»Ich fürchte, das wird nicht gehen.«

»Typisch Sydow!«, entrüstete sich Behrens, wenn auch nicht ohne Hochachtung im Ton. »Immer noch ganz der Alte. Ein Ritter ohne Furcht und Tadel!«

Sydow blieb nicht einmal Zeit zu antworten, denn kaum hatte Behrens seinen Hut vom Haken genommen, war er auch schon verschwunden.

»Machs gut, Tom!«, hörte er es noch durch den Gang hallen, bevor er das Licht ausknipste und in der entgegengesetzten Richtung verschwand.

*

Mit dem, was nun geschah, hatte Sydow gerechnet. Nur eben nicht so schnell.

Das Institut für Pathologie, ein potthässlicher Gebäudekomplex aus der Kaiserzeit, lag in Sichtweite der Spree, nur einen Katzensprung vom Lehrter Bahnhof entfernt. Als er auf die Straße trat, war ihm die Freude, dem Gewirr aus Gängen, Hörsälen und Treppenfluchten entronnen zu sein, deutlich anzumerken. »Das hätten wir hinter uns!«, seufzte Sydow erleichtert auf, während er sein Sakko über die Schulter hängte und sich auf den Weg zu seinem Maybach SW 38 Cabrio machte. Seine Erleichterung sollte jedoch nur von kurzer Dauer sein, und das nicht nur wegen der Hitze, an die er sich erst wieder gewöhnen musste.

»Kommissar Sydow?« Die Stimme hinter seinem Rücken ließ jegliche Zweifel auf Anhieb verstummen. Dies war keine Frage, sondern die Aufforderung zur Kapitulation. Gestapo. Um das herauszufinden, hätte er sich nicht einmal umzudrehen brauchen.

Was Sydow denn auch nicht tat, denn die obligatorische Mercedes-Limousine vom Typ 230, die auf der gegenüberliegenden Straßenseite parkte, war auffällig genug. Noch auffälliger jedoch war der Mann, der hinterm Steuer saß. Nicht etwa, weil es sich um einen der beiden Assistenten von Moebius handelte. Sondern weil er sich sicher war, den Mann, der sich in aller Gemütsruhe auf dem Beifahrersitz räkelte, früher schon einmal gesehen zu haben. Die Frage war lediglich, wo. Und vor allem wann.

Müßig, darüber nachzudenken. Denn da war ja noch dieser Kerl hinter ihm, das momentan weit größere Problem.

Der Entschluss, so man ihn denn als solchen bezeichnen konnte, war binnen Sekundenbruchteilen gefasst. »Kommissar …?«, wiederholte der Mann, kam jedoch nicht mehr dazu, seine Frage zu vollenden.

Die Hand am Abzug, wirbelte Sydow herum. Dass es sich bei dem Mann um Kruppke, SS-Sturmführer und Mann fürs Grobe, handelte, war keine sonderlich große

Überraschung mehr für ihn. Überrascht war in diesem Moment nur einer, und das war Kruppke selbst. Zum einen, weil sich sein Kollege auf dem Sozius nicht rührte, zum anderen, weil ihm Sydow eine Walther PPK vor die Nase hielt. Und von ihr, so wurde dem Kahlkopf mit dem Gesicht eines Bullterriers klar, würde dieser hergelaufene Bastard auch Gebrauch machen.

»Kommissar Sydow!«, stieß Kruppke paradoxerweise hervor, kein Bellen mehr, sondern ein jämmerliches Quieken, das aus dem Spalt zwischen den wulstigen Lippen drang.

»Hauptkommissar – Ordnung muss sein!«, erwiderte Sydow und drückte ab. Dann duckte er sich, riss den Arm herum und nahm den Mann in der Limousine ins Visier.

Und war wie vom Donner gerührt.

Der Mann auf dem Sozius, schlank, braungebrannt und mit Sonnenbrille, lächelte. Sydow traute seinen Augen nicht. Erst recht nicht, als er sich eine Zigarette anzündete, die Hände hinter dem Kopf verschränkte und so tat, als ginge ihn sein Kollege, dessen Gesicht nur noch aus Blut, Hautfetzen und Knochensplittern bestand, nicht das Geringste an. In diesem Moment, als SS-Sturmführer Kruppke laut winselnd um Hilfe flehte, trafen sich ihre Blicke. Der Mann, in etwa so alt wie er, zog an seiner Zigarette und lächelte. Sydow wollte abdrücken, aber er konnte nicht. Wut stieg in ihm auf. Wut und der geradezu unwiderstehliche Drang, diesem arroganten Schnösel in seiner Luxuskarosse eins auf die Kinnlade zu geben.

Doch nichts von alldem geschah. Wie lange er wie ein begossener Pudel in der Gegend herumstand, wusste

Sydow nicht. Wäre die Lernschwester nicht gewesen, mit der sich seine Pfade kreuzten, hätte das Drama vermutlich einen anderen Verlauf genommen. So aber blieb die graue Maus mit der Rotkreuzhaube stehen, schlug die Hand vor den Mund und ergriff laut kreischend die Flucht.

Sydow blieb nichts anderes übrig, als ebenfalls zu verduften, und als sein Maybach endlich angesprungen war, warf er einen kurzen Blick in den Rückspiegel – und war so platt wie schon lange nicht mehr.

Als habe er alle Zeit der Welt, verließ Kruppkes vermeintlicher Begleiter seinen Wagen, drückte die Zigarette aus und strich die Krawatte glatt. Dann rückte er seine Sonnenbrille gerade und schlenderte über die Straße, die Hände tief in den Hosentaschen vergraben. Sydow bekam den Mund nicht mehr zu. Die Szene war so unwirklich, dass sich ihm der Eindruck aufdrängte, der junge Mann im feinen Zwirn sei dabei, seinen ostelbischen Herrensitz zu inspizieren.

Doch dem war nicht so. Ohne sich im Mindesten an seiner Anwesenheit zu stören, blieb der Gestapo-Agent neben seinem sich vor Schmerzen krümmenden Kollegen stehen, zückte die Pistole und schoss sein Magazin bis auf die letzte Kugel leer.

Das Letzte, was Sydow registrierte, war sein Lächeln.

Dann nahm er sich zusammen, trat aufs Gas und raste mit quietschenden Reifen davon.

20

Berlin-Zehlendorf, König-Heinrich-Straße | 14.05 h

Als er das Wohnzimmer der Möllendorfs betrat, beziehungsweise das, was davon übriggeblieben war, traute Kriminalassistent Erich Kalinke seinen Augen nicht. Das hier war der reinste Trümmerhaufen, das größte Chaos seit Attila.

Klinke blieb wie ein begossener Pudel stehen. Die Haustür offen, leergefegte Regale, aufgeschlitzte Polster – und jede Menge Krimskrams, der auf dem Boden herumlag. Um den Volksempfänger, nur noch ein Haufen Draht, Elektroden und Kabelsalat, war es natürlich nicht schade, noch weniger um ›Mein Kampf‹. Das Buch war einfach in die Ecke gepfeffert worden.

Nicht gerade die feine germanische Art, dachte Klinke, als sich seine Verblüffung allmählich zu legen begann. Ganz klar. Um dem Urheber des Durcheinanders auf die Spur zu kommen, bedurfte es keiner großen Fantasie. Die Frage war allerdings, warum die Gestapo die Bude des einstigen Vorzeige-Nazis auf den Kopf gestellt hatte. Und wo die Dame des Hauses, mit der er zu gerne ein paar Takte geredet hätte, abgeblieben war.

Eine Frage rein rhetorischer Natur, wie Klinke kurz darauf konstatierte. Die Miene des Zwei-Zentner-Mannes verfinsterte sich. Erst Tom und er, dann der Bombenanschlag und jetzt das. Der Fall, der schon längst keiner mehr war, drohte endgültig aus dem Ruder zu laufen.

Was also tun? Und überhaupt. Was war so wichtig, so wertvoll, dass dieses Verbrechersyndikat aus der Prinz-Albrecht-Straße den ganzen Laden aufgemischt hatte? Was zum Teufel hatte dieser Möllendorf ausgefressen, dass nicht nur er, sondern mittlerweile auch Sydow und ein gewisser Erich Kalinke, wohnhaft in Berlin-Kreuzberg, auf der Abschussliste der Gestapo standen?

»Was haben Sie hier zu suchen? Und wie kommen Sie überhaupt hier rein?«

Die Waffe im Anschlag machte Kalinke eine Kehrtwendung, steckte sie aber sofort wieder weg. Ganz gegen sonstige Gewohnheiten waren seine Nerven nicht mehr die allerbesten. Die Kampfhenne an der Tür, der man die Zugehfrau schon aus 100 Metern Entfernung ansah, war der lebende Beweis dafür. »Mein Name ist Kalinke, und ich komme durch die Tür!«, kalauerte er, was den Hausdrachen nur noch mehr gegen ihn aufbrachte.

»Wenn Sie nicht sofort sagen, weswegen Sie hier sind, rufe ich die Polizei!«

»Schon passiert!«, kostete Klinke seinen Triumph über die klapperdürre, mit Handtasche, Pelerine und Sonntagshütchen ausstaffierte Spätfünfzigerin in vollen Zügen aus. Der Dienstausweis, den er dem Hausdrachen vor die Nase hielt, durfte natürlich nicht fehlen.

»Da kann ja jeder kommen!«, schnappte die Frau zurück.

Klinke, dem der Sinn nicht nach langatmigen Erklärungen stand, ging gar nicht erst darauf ein. »Erich Kalinke, Kripo Berlin!«, fasste er sich betont kurz. »Mit wem habe ich das Vergnügen?«

»Erna Paschke.«

»Beruf?«

»Haushälterin.«

»Grund Ihres Hierseins?«

»Jetzt machen Sie aber mal einen Punkt!«, keifte der Dragoner. »Wer gibt Ihnen überhaupt das Recht …«

»Ist es Ihnen lieber, wenn ich Sie mit aufs Präsidium nehme, oder beantworten Sie jetzt endlich meine Fragen?«

Das saß. Klinke staunte über sich selbst. Anscheinend war genau dies der Ton, den die Frau verstand.

»Ich wollte einfach nach dem Rechten sehen«, gab der Hausdrache seinen Widerstand auf.

»Und das ausgerechnet an einem Sonntag? Ach ja, wenn wir gerade dabei sind. Wo ist eigentlich Frau Möllendorf geblieben?«

»*Von* Möllendorf.«

»Na schön, wie Sie wollen! Wann hat die Gestapo Ihre Brötchengeberin abgeholt? Und keinerlei Belehrungen mehr, wenn ich bitten darf!«

Normalerweise hätte Erna Paschke jetzt Gift und Galle gespuckt. Ein Blick auf gut zwei Zentner angestauten Zorn überzeugte sie jedoch vom Gegenteil, und sie ließ es bei einem Naserümpfen bewenden. »Vor gut zwei Stunden.«

»Und woher wissen Sie das so genau?«

»Ich wohne schräg gegenüber.«

»Gut zu wissen. Und wieso haben Sie nichts unternommen?«

Die Frage war rhetorisch gemeint, verfehlte aber ihre Wirkung nicht.

»Gegen die Gestapo? Das ist doch wohl nicht Ihr Ernst!«

»Und woher wissen Sie überhaupt, dass es die Gestapo war?«

Erna Paschke schlug die Augen nieder, umklammerte ihre Handtasche und ließ sich auf den nächstbesten Stuhl sinken. Aus ihrem Blick, der wie ein Pendel zwischen ihren auf Hochglanz polierten Sonntagsschuhen hin- und herschwang, sprach die Anspannung, unter der sie offensichtlich stand. »Weil sie heute Morgen schon mal da waren.«

»Etwas präziser, wenn ich bitten darf.«

»So gegen 7.30 Uhr.«

»Und wer genau?«

»Drei Männer.«

»Aha.«

»Drei Männer, von denen mir einer sofort aufgefallen ist.«

Klinke kniff die Augen zusammen und baute sich drohend vor der wie ein Häufchen Elend zusammengekauerten Zugehfrau auf. »Etwa, weil er wie eine schlechte Kopie von Himmler aussah? Mit Brille, Schmiss und allem Drum und Dran? Ein Albino wie aus dem Panoptikum?«

Erna Paschke blickte scheu zu ihm auf und verneinte.

»Hat er ausgesehen wie ein Albino – ja oder nein?«, legte Klinke energisch nach.

»Ja!«, lautete die verzweifelte Antwort, nachdem Klinkes Gesprächspartnerin in ihr Taschentuch geschnieft hatte.

»Na also, warum denn nicht gleich!« Er hasste es, so mit den Leuten umzuspringen, aber schließlich stand eine Menge auf dem Spiel. Viel mehr, als diese Frau ahnte. »Und wie lange hat diese Stippvisite gedauert?«

»Nur etwa zehn Minuten.«

»So kurz?«

Erna Paschke nickte stumm.

»Und weiter?«

Das Gesicht seiner Gesprächspartnerin verformte sich zu einer schmerzverzerrten Grimasse, und es kostete sie offenbar große Mühe, sich zu einer Antwort durchzuringen. »Keine drei Minuten, und ich hätte die Polizei gerufen!«, versicherte sie, während sich die Faust um ihr Taschentuch schloss.

Klinke ahnte, was jetzt kommen würde. Und stellte die Frage trotzdem. »Wieso?«

»Wieso, fragen Sie? Ganz einfach deshalb, weil man sie bis zu mir hinüber hat schreien hören!«

»Gibt es außer Ihnen noch jemanden, der Zeuge des Vorfalls geworden ist?«

»Bestimmt.«

Die Frage, die ihm auf der Zunge lag, behielt Klinke lieber für sich. Er kannte die Antwort auch so. »Wie lange stehen Sie eigentlich schon im Dienste der Familie?«, hielt er es für besser, das Thema zu wechseln.

»Neun Jahre, vier Monate und drei Tage.«

»Donnerwetter, da haben Sie aber genau Buch geführt.«

»Kann man wohl sagen.«

»Irre ich mich, oder klingt das nicht ein wenig resigniert?«

Klarer als mithilfe des Schweigens, das auf Klinkes Frage folgte, hätte Erna Paschke nicht antworten können.

Doch so schnell, noch dazu so kurz vor dem Ziel, gab Klinke nicht auf. »Mit anderen Worten, unter einer glücklichen Ehe stellt man sich etwas anderes vor.«

Wieder keine Antwort, bezeichnenderweise jedoch auch kein Widerspruch.

»Wie oft in der Woche sind Sie eigentlich hier?«

»Täglich.«

»Und wann?«

»Jeden Morgen um 8.30 Uhr.« Die Haushälterin der Möllendorfs sah Klinke händeringend an, die Züge noch verhärmter als zuvor. Der Frage, die unweigerlich folgen musste, wäre sie gerne aus dem Weg gegangen. Doch anders als sonst kannte Klinke kein Pardon.

»So auch vergangenen Mittwoch?«

Erna Paschkes Nicken, ein untrügliches Zeichen der Resignation, hätte deutlicher nicht ausfallen können. »Es war so wie immer!«, begann die Haushälterin, wobei sie Klinkes Blick geflissentlich mied. »Dem Krach nach zu urteilen, den die beiden hatten, war Herr von Möllendorf wieder spät in der Nacht nach Hause gekommen. Aber nicht, weil er zu viel zu tun hatte.«

»Sondern?«

»Mit der ehelichen Treue, um es dezent auszudrücken, hat er es nie sonderlich genau genommen. Das ging so weit, dass er sogar regelmäßig Bordelle besucht hat.«

»Und woher ...?«

»Hier!«, antwortete Erna Paschke mit Nachdruck, nachdem sie ein bedrucktes Streichholzbriefchen aus ihrer Handtasche hervorgekramt hatte. »Deshalb!«

»... wissen Sie das?« Zur Abwechslung war es einmal Klinke, dem es die Sprache verschlug. ›Salon Kitty‹. Der aufgedruckte Schriftzug ließ keine Fragen offen.

»Um Ihre Frage vorwegzunehmen. Ich habe es beim Aufräumen gefunden. Unabsichtlich.« Die Haushälterin pausierte und sah Klinke angewidert an. »*Unter seinem Bett!*«

»Mit anderen Worten, er hat sich nicht groß Mühe gegeben, seine – höflich ausgedrückt – Eskapaden zu vertuschen«, vollendete Klinke und ließ das Streichholzbriefchen in seinem Jackett verschwinden.

»Höflich ausgedrückt, wohlgemerkt.« Je mehr sie sich in die Lage von Möllendorfs Frau versetzte, umso rücksichtsloser streifte Erna Paschke ihre Hemmungen ab. »Eigentlich war alles so wie sonst, nur eine Spur schlimmer.«

»Und wieso?«

»Selbst wenn ich mir die größte Mühe gegeben hätte. Es war einfach nicht zu überhören. Die gnädige Frau war außer sich. Wissen Sie, normalerweise hat sie alles einfach über sich ergehen lassen. Aber am Mittwoch war das anscheinend anders. Vor allem dem Herrn Gemahl dürfte das ziemlich klar geworden sein.«

»Gab es ...?«

»Ob es einen Grund gab, wollen Sie wissen? Und ob!«

»Und der wäre?«

»Wie gesagt, zusammen mit Heydrich ins Bordell zu

gehen, ist eine Sache, sich mit dem Führer, Himmler und Göring gleichzeitig anzulegen eine andere.«

»Woher wollen Sie das wissen?«

»Das mit Heydrich?«, wich Erna Paschke aus, während sich ihr verhärmtes Gesicht spürbar aufhellte. »So was spricht sich schnell rum. Schneller, als man denkt.«

»Und die oberste Führung? Was hat die damit zu tun?«

»Keine Ahnung. Alles, was ich mitgekriegt habe, ist, dass der gnädige Herr behauptet hat, er habe sie alle in der Hand. Man stelle sich das einmal vor: den Führer, Reichsführer, Reichsmarschall und zu allem Überfluss auch noch den Propagandaminister so einfach zu …«

»Erpressen?«

Innerhalb einer Hundertstelsekunde geriet der Redefluss der Haushälterin ins Stocken. »Das haben *Sie* gesagt, nicht ich!«, beharrte sie in störrischem Ton.

»Schon möglich!«, lenkte Klinke ein. »Sonst noch was, das Ihnen aufgefallen ist?«

»Nicht, dass ich wüsste. Außer vielleicht, dass der gnädige Herr darauf gedrängt hat, seine Frau möge etwas für ihn aufbewahren.«

»Interessant – und was?«

»Keine Ahnung!«, warf die Haushälterin achselzuckend ein, erhob sich und rückte hastig den Hut zurecht. »Kann ich jetzt gehen?«

Klinke nickte, und bevor er etwas hinzufügen konnte, hatte sich die Wohnzimmertür hinter Erna Paschke geschlossen.

*

Im zweiten Stock, mit Schlafzimmer, Bad und Toilette geradezu luxuriös, das gleiche Durcheinander. Klinke fluchte, dass die Wände wackelten. Dieser Moebius wollte es anscheinend ganz genau wissen.

Die Dame des Hauses, mit der er immer mehr Mitleid bekam, hatte sich also mit dem Herrn Gemahl in die Wolle gekriegt. Und das aus mehrfachem Grund. Stammkunde im Puff – welche Ehefrau würde da nicht auf die Barrikaden gehen? Schlimmer noch: Auf der Abschussliste der Gestapo war SS-Sturmführer Alfred von Möllendorf der Spitzenplatz offensichtlich nicht mehr zu nehmen gewesen. Mutmaßlicher Grund: Erpressung im großen Stil. Oder zumindest der Versuch.

Äußerst riskant, keine Frage. Unter Umständen jedoch aber auch lukrativ. Klinke ließ den Blick durch das verwüstete Schlafzimmer schweifen. Aufgeschlitzte Matratzen, Kopfkissen, Bettdecken – diesem Trümmerfeld nach zu urteilen war hier jede Menge Wut im Spiel gewesen.

Oder, viel wahrscheinlicher, jede Menge Ratlosigkeit.

Was die Frage aufwarf, wonach die Gestapo suchte. »Hm.« Klinke machte ein nachdenkliches Gesicht. Das genau war der Punkt. Dass es sich bei dem Objekt staatspolizeilicher Begierde um den Gegenstand handelte, den die Dame des Hauses dem Willen des Herrn Gemahls zufolge hatte aufbewahren sollen, konnte man sich an fünf Fingern abzählen. Verhör, und das gleich mehrfach, möglicherweise Folter, darüber hinaus Erpressung im großen Stil – die Brisanz des Falles war wirklich nicht zu übersehen.

»Genug für heute, Herr Kriminalassistent!«, sagte Klinke mit Blick auf den Spiegel, der über der Frisierkommode hing. Wenn er sich so anstarrte, blass, ratlos und abgekämpft, wurde ihm der Schlamassel, in dem er und Sydow steckten, wieder einmal klar. Nur gut, dass Frau und Kinder außer Reichweite waren. Jetzt, wo es unweigerlich ans Eingemachte ging.

Hinter was, das so wichtig war, dass sich rein gar nichts mehr an Ort und Stelle befand, war die Gestapo her? Mit einer Brutalität, die selbst ihn überraschte? Was war so wichtig, dass es für Moebius kein Halten mehr gab?

Zurück im Erdgeschoss blieb Klinke auf der Schwelle zum Wohnzimmer stehen. Weshalb, war ihm selbst nicht so richtig klar, denn im Grunde hatte er die Nase voll. Hier drinnen, inmitten dieses Durcheinanders, konnte er nicht mehr viel ausrichten. Von der Spurensicherung, die bestimmt längst zurückgepfiffen worden war, ganz zu schweigen. Klinke kramte das Streichholzbriefchen mit dem anrüchigen Aufdruck hervor und sah es sich nochmals an. ›Salon Kitty‹. Na ja, wenigstens etwas, tröstete er sich, als sein Blick wie zufällig auf das Bild mit dem Schriftzug ›Marineschule Mürwick‹ fiel. Der Rahmen war noch intakt, die Glasfläche zersprungen. Kein Zweifel! Wer auch immer an der Suche beteiligt gewesen war, hatte es verdammt eilig gehabt. Und obendrein über Möllendorfs Verbindungen zu Heydrich Bescheid gewusst. Sonst, so Klinkes Schlussfolgerung, wäre das Bild nicht einfach in der Ecke gelandet.

Bis er Möllendorf ausfindig gemacht hatte, dauerte es nicht lange. Blond, drahtig, hochgewachsen. Ein Recke nach des Führers Geschmack. Was in besonderem Maße auf den Mann an seiner Seite zutraf, bei dessen Anblick Klinke der kalte Schweiß ausbrach.

Ein distanziert, fast ein wenig hochnäsig wirkender junger Mann mit auffällig langer Nase und kurz geschorenem Haar. Heydrich. Irrtum so gut wie ausgeschlossen. Sydow hatte wieder mal recht gehabt.

In diesem Augenblick, als Klinkes Augen dem Riss folgten, der die Glasscheibe in zwei Hälften und somit auch Möllendorf und Heydrich voneinander trennte, klingelte das Telefon. Das Bild in der Hand, rührte sich Klinke nicht von der Stelle. Dann aber, als seine Neugier die Oberhand gewann, klemmte er es sich unter den Arm und nahm ab.

Die Stimme am anderen Ende der Leitung war ihm bestens bekannt. Bekannt und, nach den Erlebnissen des heutigen Tages kein Wunder, verhasst. »Tut mir wirklich leid, Ihre Ermittlungen zu stören!«, kam ihm Moebius um Sekundenbruchteile zuvor, während sich Klinke die Nackenhaare sträubten. »Aber ich denke, Sie sollten wissen, dass Sie seit Kurzem auf der Fahndungsliste der Gestapo stehen.«

»Was Sie nicht sagen!«

»Wenn ich Sie wäre, würde ich mich nicht so weit aus dem Fenster lehnen, Herr *Kriminalassistent*!«

»Ihre hellseherischen Fähigkeiten in Ehren, Sie *Versager*, aber wenn ich Sie wäre, würde ich mich warm anziehen!«

Ein Lachen, wie es zynischer nicht hätte ausfallen können. »Und das ausgerechnet bei den derzeitigen Temperaturen.« Moebius kriegte sich vor Heiterkeit fast nicht mehr ein. »Wieso, wenn man fragen darf?«

»Weil Sie auf *meiner* Fahndungsliste stehen!«, entgegnete Klinke, hängte auf und wollte sich gerade aus dem Staub machen, als sein Blick die Erinnerungsplakette streifte, auf die er um ein Haar getreten wäre.

»Räumungsverkauf – und das zum Nulltarif!«, murmelte er in Sydow'scher Manier, ließ sie samt Erinnerungsfoto in seinem Jackett verschwinden und verließ fluchtartig das Haus.

21

Café Kranzler, Linden/Ecke Friedrichsstraße | 14.20 h

»Und nicht vergessen, Genossin«, sank die Stimme des Führungsoffiziers zu einem beschwörenden Flüstern herab. »Sie sind es, auf der all unsere Hoffnungen ruhen.« Und dann, mit deutlichem Pathos: »Genosse Berija und insbesondere der Genosse Stalin, unser über alles geliebter Führer, verlassen sich auf Sie!«

Als ihr Führungsoffizier, gutaussehend, dunkelhaarig und elegant gekleidet, das Café verließ, atmete die attraktive Frau um die 30 auf. Typisch Radek, schluckte sie ihren Ärger rasch hinunter. Für ihren Geschmack war das Verhalten des Mannes, dessen wirklichen Namen sie nicht kannte, ausgesprochen leichtsinnig gewesen. Sie selbst, Agentin des NKWD, war da aus anderem Holz geschnitzt. Bei ihr war Vorsicht oberstes Gebot, sozusagen eine Lebensmaxime. Auf der Veranda des ›Kranzler‹, unter den Augen zahlreicher Flaneure, kam sie sich wie auf dem Präsentierteller vor.

Um ihr Glück nicht überzustrapazieren, rief die Frau den Kellner, zahlte und machte sich zum Aufbruch bereit. Sie wirkte gelassen, geradezu heiter, aber das war lediglich Fassade. Die Mission, mit der man sie betraut hatte, hörte sich wie das reinste Himmelfahrtskommando an, und sie fragte sich, warum die Wahl gerade auf sie gefallen war. Die Frau mit der modischen Sonnenbrille, brünettem Haar und hautenger Bluse samt geschlitztem Rock lächelte in sich hinein, denn eigentlich stellte sich die Frage nicht. Sie war Stalins beste Agentin, und sie wusste es. Wenn jemand Heydrichs Giftschrank auftreiben konnte, dann sie.

Erst jetzt, nachdem ihr Führungsoffizier in der Menge untergetaucht war, drehte sie sich so unauffällig wie möglich um. Zwei, drei Paare, Spaziergänger und ein Kaffeekränzchen. Allem Anschein nach war die Luft rein. Ein typischer Sonntag: Unter den Linden, drückend schwül, aber friedlich und still. Um zu erkennen, dass sich Berlin im vierten Kriegsjahr befand, musste man schon genau hinsehen.

Und doch war es so. Kiew gefallen, Leningrad im Belagerungszustand, Moskau immer noch nicht aus dem Schneider. Der Sieg, so er tatsächlich kommen würde, war in weite Ferne gerückt. Die Miene der Frau verfinsterte sich, und auf ihrer Stirn zeigten sich tiefe Falten. Eines Tages, schwor sie sich, würden die faschistischen Aggressoren für alles bezahlen. Und sie, die von Stalin Auserkorene, würde den Anfang machen. Selbst auf die Gefahr hin, dass sie dabei ihr Leben ließ.

Während sie das Streichholzbriefchen mit der Aufschrift ›Salon Kitty‹ in ihre Handtasche steckte, ließ der brünette Vamp unter der Pergola die vergangenen fünf Tage Revue passieren. Fünf Tage, die es in sich gehabt hatten. Natascha, so ihr Deckname, konnte ihr Glück kaum fassen. Möllendorf. Dass ihr ein derart dicker Fisch ins Netz gehen würde, hatte sie nicht zu träumen gewagt. Ein leibhaftiger SS-Sturmführer, und, um dem Ganzen die Krone aufzusetzen, Vertrauter von Heydrich. Sie hatte mehr Glück als Verstand gehabt. Blieb zu hoffen, dass es ihr auch weiterhin treu bleiben würde. Zumindest so lange, bis ihr Auftrag erledigt war.

Ein zynisches Lächeln, von dem die übrigen Gäste nichts bemerkten, huschte über Nataschas Gesicht. SS-Sturmführer Alfred von Möllendorf, ein Judas wie aus dem Bilderbuch. Die Tatsache, dass Heydrich ausgerechnet ihm vertraut hatte, ließ ihn in puncto Menschenkenntnis wie einen blutigen Anfänger erscheinen. Obwohl, wie sie sehr wohl wusste, er dies selbstverständlich nicht gewesen war. Kein Parteibonze, der vor seinen Schnüffeleien sicher, kein Ereignis, das von ihm nicht mit Argusaugen beobachtet worden war. Dass hierzu unter anderem auch die deutsch-sowjetischen Geheimverhandlungen zählten, war der eigentliche Grund, weshalb sie von Berija auf seinen Giftschrank angesetzt worden war. Davon, hatte ihr Radek eingeschärft, dürfe auf keinen Fall etwas publik werden. Hitlers Jugendsünden, Görings Bestechlichkeit, Goebbels' Amouren und Himmlers Verbrechen – alles gut und schön. Was allein zählte, war, dass an Stalins Bündnistreue keinerlei Zweifel aufkam. Die Folgen hiervon wären verheerend gewesen.

»Verzeihung, gnädige Frau – dürfte ich Sie wohl zu einem Aperitif einladen?«

Als einer ihrer Tischnachbarn, ein ›Möchtegern-Heesters‹ mit Bauchansatz, urplötzlich vor ihr stand, zuckte sie nicht einmal mit der Wimper. Ein Griff in ihre Handtasche, ein gezielter Schuss aus ihrer Walther 7,65, und dieser Hinterhof-Gigolo hätte ausgespielt.

So weit durfte es aber nicht kommen. »Danke!«, wimmelte sie den selbsternannten Kavalier wie ein lästiges Insekt ab. Nur kein Aufsehen, fuhr es ihr gleichzeitig durch den Sinn. Der Grund, weshalb sie sich ein zusätzliches, wenn auch gekünsteltes Lächeln abrang.

»Dann vielleicht ein andermal?«

»Ein andermal – vielleicht«, erwiderte sie kühl, bevor ›Heesters der Zweite‹ den Rückzug antrat.

Glück gehabt. Kaum imstande, ihre Wut auf alles Männliche zu unterdrücken, begutachtete sie die rot lackierten Fingernägel, drapierte das schulterlange Haar und ließ den Verschluss ihrer Handtasche hörbar einrasten. Keine zehn Sekunden länger, und sie hätte sich etwas einfallen lassen müssen.

Natascha trank ihren Kaffee aus, erhob sich und steuerte mit wiegenden Schritten auf den Ausgang zu. Obwohl sie Männer abgrundtief hasste, war sie sich ihrer Wirkung auf sie durchaus bewusst. Sie genoss die Blicke, die sie ihr nachwarfen, die unzweideutigen Anträge, die man ihr machte, das indignierte Stirnrunzeln anderer, mit weniger optischen Reizen ausgestatteten Frauen. Aber all das änderte nichts daran. Mit Ausnahme ihres Vaters, dem einzigen Mann, dem sie jemals so etwas wie Zuneigung geschenkt hatte, kannte ihr Männerhass keine Grenzen. Es war ein Mann, der sie mit 14 vergewaltigt hatte. Es war ein Mann, genauer gesagt ihr Lehrer, der sie jahrelang drangsaliert hatte, und es war ein SA-Mann aus dem Wedding, der ihren Vater vor neun Jahren zu Tode gefoltert hatte.

Und es war ein Mann, Typ ›Johannes Heesters für Arme‹, der im Begriff war, sich an ihre Fersen zu heften. Sein Pech, denn er würde dafür mit dem Leben bezahlen.

So wie alle, die ihrer Mission im Wege standen.

22

Jüdischer Friedhof an der Pankower Chaussee | *14.30 h*

Der Grabstein war umgestoßen worden, der Davidstern mit Farbe besudelt, die Gebeine überall verstreut. Sydow konnte es einfach nicht fassen. Nicht einmal vor einem Friedhof hatte dieser Wahnsinn vor vier Jahren haltgemacht.

Dieser Wahnsinn, der bereits vier Menschen das Leben gekostet und neuerdings nicht einmal die Gestapo verschont hatte. Sydow war immer noch total von der Rolle. Die ganze Fahrt über hatte er über Kruppkes Exekution nachgedacht. Doch alles Nachdenken war sinnlos, er fand keine Erklärung dafür. Bei der Vorstellung, dass sich die Gestapo gegenseitig selbst dezimierte, hielt sich sein Mitleid natürlich in Grenzen. Trotzdem, so sein Fazit, ging hier etwas nicht mit rechten Dingen zu. Der Vorfall war so bizarr gewesen, dass er geglaubt hatte, er leide unter Halluzinationen. Das Einzige, was ihn davon abhielt, war die feste Überzeugung, den Hauptakteur, Kruppkes Begleiter, schon einmal gesehen zu haben. Und das nicht erst heute Morgen, sondern vor längerer Zeit.

Doch bevor er sich weiter Gedanken machte, musste er zusehen, die Spuren dieser Barbarei zu tilgen. Das war ganz einfach seine Pflicht, Gestapo hin oder her. Sollte ihm Moebius doch eine Kugel durch den Kopf jagen, wenn ihm der Sinn danach stand. Wer immer es war, dessen Ruhe hier gestört worden war: Er würde dafür Sorge tragen, diesen Frevel wieder wiedergutzumachen. Und wenn es das Letzte war, was er in diesem Leben tat.

Die Zeit verging, und Sydow arbeitete wie in Trance. Wie er auf den Gedanken kam, war im Grunde zweitrangig, aber als er sich verzweifelt abrackerte, den mit einem Hakenkreuz beschmierten Grabstein in die Höhe zu wuchten, wandten sich seine Gedanken fast automatisch der Vergangenheit zu. Und mit ihr der Frage, warum er nicht schon frühzeitig die Konsequenzen aus diesem Wahnsinn gezogen hatte. Keuchend vor Anstrengung hielt Sydow einen Moment inne und fuhr sich durch das schweißverklebte Haar. Gezogen hatte er sie, na klar, aber viel zu spät. Erst dann, als der Bruch mit seiner Familie unvermeidlich geworden war.

Was wohl aus Rebecca, ihrer Mutter und ihrem Vater, diesem begnadeten Klarinettisten, geworden war? Er hatte sie aus den Augen verloren, so die Entschuldigung, die im Grunde keine war. Er hätte sich um sie kümmern können, ja sogar müssen. Das Mindeste nach all dem, was ihnen im November 1938 angetan worden war.

Er hatte es nicht getan, allen Selbstvorwürfen zum Trotz. Und jetzt stand er hier, die Gestapo am Hals, vier Tote auf dem Gewissen, das Leben ruiniert. Wenn es mich schon erwischen soll, kam es ihm in einem Anflug von Sarkasmus in den Sinn, dann am besten gleich hier!

Auge in Auge mit dem Totenschädel, den er aus einem Wirrwarr von Efeu, Gestrüpp und vertrocknetem Laub geborgen hatte, jagte sein Leben mit atemberaubender

Geschwindigkeit an ihm vorbei. Der Umzug nach England, die Diplomatenkarriere seines Vaters, die Schulzeit in …

Der Gedanke kam blitzartig, unerwartet und mit solcher Wucht, dass ihm buchstäblich die Luft wegblieb. War so etwas überhaupt möglich? Ein derartiger Zufall und das ausgerechnet jetzt, wo ihm das Wasser bis zum Halse stand?

»Sie kommen spät.« Die Stimme in seinem Rücken hatte etwas Vorwurfsvolles, keineswegs jedoch Bedrohliches an sich. Sie war melancholisch, weich und nicht frei von Resignation. Aber sie flößte Vertrauen ein. Und dies, wenn schon nicht sein Vertrauen in die menschliche Natur, war der Grund, weshalb Sydow den Schädel ins Gras bettete und sich ohne einen Anflug von Panik umdrehte.

Es war der anonyme Anrufer, die drei Worte hatten genügt. Sydow hatte ihn sich ganz anders vorgestellt, eher groß, kräftig und resolut. Und nicht bärtig, ungepflegt und leicht gebeugt. Das hier war ein Mann, der einiges mitgemacht hatte, obwohl sein Alter, wenn überhaupt, höchstens 30 betrug.

»Ich hoffe, Sie werden mir diesen Auftritt verzeihen – aber ich wollte auf Nummer sicher gehen.«

»Mit anderen Worten, Sie haben mich die ganze Zeit über beobachtet!«, antwortete Sydow gereizt, wobei er selbst nicht genau wusste, warum. »Falls Sie es noch nicht gemerkt haben sollten. Mir kann man tatsächlich trauen!«

Statt zu antworten, irrte der Blick des Mannes zwischen Sydow und dem geschändeten Grab hin und her. »Kommt hier droben leider immer häufiger vor!«, entgegnete er in resigniertem Ton, während er sich mit der Hand den Nacken massierte.

»Sind Sie …«, setzte Sydow zu einer Erwiderung an, brach jedoch mitten im Satz ab.

»Nein, nein, da liegen Sie völlig falsch, Herr Kommissar«, beteuerte der Mann amüsiert.

»Heißt das, Sie können Gedanken lesen?«

»Das am allerwenigsten!«, fügte er mit verschmitztem Lächeln hinzu. »Dass ich hier heimisch geworden bin, heißt jedenfalls nicht, dass ich Jude bin.«

»Heimisch? Wie darf ich das verstehen?«

»Soll ich Ihnen was sagen, Herr Kommissar? Auf die Gefahr hin, mit einem Hüter des Gesetzes in Konflikt zu geraten?«

»Nur zu.«

»Dass Sie bei der Kripo sind, merkt man wirklich sofort.«

»Etwa, weil ich die falschen Fragen stelle?«

»Schon gut, schon gut!«, lenkte Sydows Gesprächspartner mit treuherzigem Lächeln ein. »Kein Grund zur Aufregung! Um zu Ihrer Frage zurückzukommen, dies hier ist mein Domizil.«

»Wie bitte?«

»Behausung trifft es wohl eher. Oder Unterschlupf.«

»Anders ausgedrückt, Sie sind desertiert.«

»Mein Kompliment, Herr Kommissar!«, gab der Mann mit der Andeutung eines Händeklatschens zurück. »Sie begreifen wirklich schnell.«

»Danke für die Blumen!«, konterte Sydow scharf. »Jetzt ist mir einiges klar.«

»So, ist es das?« Auf einmal war der Mann wie verwandelt. Seinem Gesichtsausdruck nach zu urteilen, schien er über etwas nachzudenken. Und das ausgesprochen gründlich. Doch dann, nachdem fast eine Minute verstrichen war, streckte er plötzlich die Hand aus und sagte: »Paul Helfrich.«

»Tom Sydow. Freut mich, Ihre Bekanntschaft zu machen.«

»Mich ebenso.«

»Und das von vorhin trifft wirklich zu?«, fragte Sydow beim Händeschütteln.

»Das mit dem Domizil? Na klar. Eine gut getarnte Grube, nach Möglichkeit nicht in Grabnähe – und fertig ist die Wohnidylle. Der Vorteil dabei, man hat wenigstens seine Ruhe. Auf die Idee, ausgerechnet hier nach mir zu suchen, ist die Gestapo jedenfalls noch nicht gekommen.« Helfrich wurde plötzlich nachdenklich und merkte an: »*Noch* nicht.«

»Hört sich so an, als hätten Sie einiges hinter sich.«

»Kann man wohl sagen.«

»Und was?«

»Gute Frage.« Helfrich ließ sich auf einem Baumstumpf nieder, stützte die Handflächen auf die Knie und starrte ins Leere. »Bis Kriegsbeginn lief eigentlich alles normal. Ich wollte Ingenieur werden. Achtes Semester. Beim Wollen ist es dann allerdings geblieben. Sie haben mich eingezogen. Polen, Frankreich und quasi zur Krönung nach …«

»Russland.«

»Genau.«

»Wie gesagt, da haben Sie ja einiges hinter sich.«

Als habe sich Sydow einen makaberen Scherz erlaubt, streifte ihn Helfrich mit seinem Blick, hob einen Stein auf und wog ihn in der Hand. Dann warf er ihn in hohem Bogen ins Gebüsch. »Nichts für ungut, Herr Kommissar, aber ich glaube, Sie haben nicht die geringste Ahnung, was ich alles hinter mir habe!«

»Wenn dem so ist, lassen Sie hören.«

»Sicher?«

Sydow nickte, und um es Helfrich nicht unnötig zu erschweren, ließ er den Blick über die mit Moos, Efeu und mitunter auch Steinen bedeckten Grabplatten schweifen. Es war merkwürdig still, zu still nach Sydows Geschmack, und die Hitze machte nicht einmal vor dem von Kastanien überschatteten Friedhof Halt.

»Angefangen hat es im Juli 1941«, begann Helfrich in dem für ihn typischen, halb melancholischen, halb resignierten Ton. »Irgendwo in der Nähe von Minsk. Wo genau, weiß ich ehrlich gesagt nicht mehr.«

»Angefangen? Mit was denn?«

»Mit dieser Schlachterei.« Die Ellbogen auf den Knien, bedeckte Helfrich die Augen und schüttelte den Kopf. »Wenn mir jemand davon erzählt hätte, wäre ich dem Betreffenden an die Gurgel gegangen. Oder noch schlimmer. Im günstigsten Fall hätte ich ihm einfach nicht geglaubt.«

Nichts Gutes ahnend, deutete Sydow ein Nicken an und schwieg.

Doch Helfrich beachtete ihn nicht und fuhr wie in einem Selbstgespräch fort: »Wie gesagt, es war Mitte Juli. Und verdammt heiß. Stechmücken wie Sand am Meer. Fast 50 Kilometer in den Knochen. Wie das eben so ist – zumindest bei der Infanterie! Auf jeden Fall hatte ich mich verdammt noch mal auf die Heia gefreut. Wurde aber nichts draus. Die Parole lautete: Gelände sichern.

Freiwillige vor. Helfrich, Sie auch! Aber dalli! Wieder mal der Arsch. Wie sollte es auch anders sein.« Die Pause, die nun folgte, war wie die Ruhe vor dem Sturm. Sydow war auf das Schlimmste gefasst. »Was nun geschah, werde ich mein Lebtag nicht vergessen«, fuhr Helfrich fort. »Nach etwa einer halben Stunde kommen wir durch ein Birkenwäldchen. Plötzliche Schüsse. Salve auf Salve. MGs. So gut wie ohne Unterbrechung. Klar, denke ich, da drüben ballert irgendwo der Iwan rum. Fehlanzeige. Es war die SS.«

»Und dann?«

»Na, was wohl? Volle Deckung. Und keinen Mucks.« Helfrichs Stimme hörte sich rau an, und er gab sich erst gar nicht die Mühe, nach einer Entschuldigung zu suchen: »Was hätten wir denn machen sollen? Uns mit der SS anlegen? Um im günstigsten Fall vor dem Kriegsgericht zu landen? Wie dem auch sei. Wenn dich der Herr Bataillonskommandeur persönlich zum Schweigen verdonnert, ist höchstwahrscheinlich was faul. Und das wars natürlich auch. Partisanenbekämpfung, wenn ich so was schon höre! Jede Wette, dass das keine waren. Das waren Juden, Dutzende, Hunderte. Antreten, Feuer, rein in die Grube. Mindestens eine halbe Stunde ging das so. Bei Weitem nicht das einzige Mal, dass so etwas passiert sein soll. Später, heißt es, haben sie sogar Lieferwagen benutzt, um die armen Teufel mit den Auspuffgasen ins Jenseits zu befördern. Warum ich Ihnen das alles erzähle? Ganz einfach, der Mann, der das Erschießungskommando befehligt hat, ist mir heute Morgen wieder über den Weg gelaufen.«

»Himmler-Brille, Schmiss und ausgebleichte Haut?«

»Ich sehe, Sie denken mit, Herr Kommissar. Der Albino

mit der schwarzen Uniform, der mindestens ein paar Hundert Juden auf dem Gewissen hat, ist genau der Mann, auf den sich Ihre Ermittlungen konzentrieren sollten.«

»Und wieso?«

»Weil er es war, der dafür gesorgt hat, dass seine beiden Gorillas die Leiche auf der Parkbank deponiert haben. Ich habe es mit eigenen Augen gesehen.«

»Wie kommt es eigentlich, dass Sie sich in aller Herrgottsfrühe im …«

»Wieso ich mich ausgerechnet in diesem Moment dort rumgetrieben habe? Ganz einfach, ab und zu braucht man halt etwas Luftveränderung. Kommt davon, wenn man den lieben langen Tag auf dem Friedhof rumhängt! Äußerst ungesund, habe ich mir sagen lassen. Im Ernst, ich bin halt öfter unterwegs. Zwecks Nahrungsmittelbeschaffung. Von irgendwas muss man ja leben. Mein Glück, dass es noch ein paar Freunde gibt, die diese Bezeichnung verdienen. Kurz gesagt, ich kam gerade vom Schnorren zurück. In meiner Lage tut man das am besten nachts. War allerdings zu spät, mich wieder hierher zu verdrücken. Deswegen habe ich einfach im Tiergarten übernachtet. Keine sonderlich gute Idee, wie mir heute Morgen klar geworden ist.«

»Woher wollen Sie eigentlich wissen, dass der Mann bereits tot gewesen ist?«

»Was für eine Frage, Herr Kommissar! Nach drei Jahren Krieg kriegt man ja wohl ein Gespür dafür.«

Sydow nickte. »Allerdings!«, stimmte er Helfrich zu. »Was dann auch der Grund war, weshalb Sie einige Stunden gebraucht haben, um sich dazu durchzuringen, mit uns zusammenzuarbeiten.«

»Volltreffer, Herr Kommissar. Gegen einen hohen SS-

Offizier zu Felde zu ziehen, ist ja wohl äußerst risikoreich. *Wenn nicht gar aussichtslos.* Was mich zu der Frage bringt, welchen Nutzen meine Kooperationsbereitschaft hat. Diesen Albino vor Gericht zu zerren, ist ja wohl ein Ding der Unmöglichkeit. Und wenn wir gerade dabei sind, was wird eigentlich aus mir?«

»Gute Frage!«, warf Sydow achselzuckend ein, und fuhr damit fort, die Spuren des Grabfrevels zu beseitigen. »Ehrlich gesagt, ich habe keinen blassen Schimmer. Eins kann ich Ihnen jedoch schon jetzt garantieren.«

»Und das wäre?«, fragte Helfrich gespannt, erhob sich und ging Sydow zur Hand.

»Dass ich mit Moebius auf Heller und Pfennig abrechnen werde. Auf meine Art.«

23

Gestapo-Zentrale in der Prinz-Albrecht-Straße 8
| 15.10 h

Selbst ihn, der er gerade einen Mann exekutiert hatte, ließ der Anblick der halb tot geprügelten Frau nicht kalt. Um Kruppke, den Folterknecht, war es nicht schade gewesen. Aber das hier war etwas anderes.

Die Frau, bei der man schon genau hinsehen musste, um sie als Irene von Möllendorf zu identifizieren, kauerte im äußersten Winkel der Zelle. Wie ein waidwundes Tier, Spuren der Misshandlungen im Gesicht. Der Marder erschrak, und bei ihrem Anblick drehte sich ihm der Magen um. Ein Wunder, dachte er, dass die Frau überhaupt bei Bewusstsein ist.

Da nutzte es wenig, dass er Moebius hinters Licht geführt und der ihm seine Version von Kruppkes Tod abgekauft hatte. Die Sache hatte nämlich einen Haken. Auf Sydow, der es anscheinend ganz genau wissen wollte, wurde mit allen verfügbaren Kräften Jagd gemacht. Folglich musste er selbst sehen, wie er über die Runden kam. Er, der MI6-Agent, konnte jedenfalls nichts für ihn tun. Sonst würde seine Tarnung auffliegen. Und das konnte er nicht riskieren, den alten Zeiten zum Trotz.

Noch nicht.

Hauptsache also, Moebius hatte keinen Verdacht geschöpft. Und würde es auch in Zukunft nicht tun.

Die Miene des Marders verfinsterte sich. Mit Moebius, dem Mann, der für all das hier verantwortlich war, würde er abrechnen, aber erst, wenn der Zeitpunkt dafür gekommen war. Zuvor jedoch galt es, die gegenwärtige Situation zu meistern. Und die, bedeutete ihm sein Instinkt, war beileibe nicht einfach, um nicht zu sagen ausgesprochen prekär. Profan ausgedrückt, sie war zum Kotzen.

Um das menschliche Wrack, das man ihm zwecks ›Sonderbehandlung‹ überlassen hatte, nicht noch mehr in die Enge zu treiben, blieb der Marder regungslos stehen. Die Frau, von der er nicht wusste, ob sie nicht schon durchgedreht war, rührte sich auch nicht. Ihr Blick, sofern man dieses schreckerfüllte Starren überhaupt so bezeichnen konnte, ging ins Leere, und die zerquetschten Fingerkuppen waren nicht zu übersehen. Kein Körperteil, der ohne Blessuren geblieben war. Wenn er sie so anschaute, musste er aufpassen, dass ihm nicht der Gaul durchging.

Der Marder trat unschlüssig auf der Stelle. Zum ersten Mal, seit er hier eingeschleust worden war, hatte ihn seine Kaltschnäuzigkeit im Stich gelassen, und bevor er groß zum Nachdenken kam, war er neben der Frau niedergekniet und schloss sie in die Arme.

Gesetzt den Fall, jemand käme zur Tür herein, wäre er erledigt. Der Marder wusste es, kümmerte sich jedoch nicht darum. Warum er Kopf und Kragen riskierte, war ihm selbst nicht richtig klar. Klar war nur, dass er das, wozu ihn sein Gewissen drängte, aus Überzeugung tat.

Geraume Zeit gab die Frau keinen Laut von sich, rührte sich keinen Millimeter. Aber dann, als er schon befürchtete, Irene von Möllendorf sei tot, drang plötzlich ihre Stimme an sein Ohr: »Sie sind nicht von der Gestapo, stimmts?«

Der Blick des Marders begann zu flackern, und er hatte Mühe, seine Überraschung zu verbergen. »Wie kommen Sie darauf?«, fragte er und wandte den Kopf zur Tür.

Irene von Möllendorf, immer noch starr wie ein Leichnam, rang nach Worten. »Ich weiß nicht – aber irgendwie hatte ich von Anfang an das Gefühl, dass Sie nicht vom gleichen Schlag sind wie Kruppke oder dieser … dieser …«

Der Marder hasste es, seinen Todfeind beim Namen zu nennen, tat es dann aber doch. »Moebius.«

»Genau.« Zum ersten Mal seit seinem Auftauchen rührte sich die Frau von der Stelle. Ein Zittern durchlief ihren Körper, und sie stöhnte leise auf. »Wie dem auch sei. Dass Sie nicht von der Gestapo sind, war mir von Anfang an klar. Spätestens dann, als mich Ihre beiden Kollegen in die Mangel genommen haben.«

Wovon die Frau sprach, nämlich von ihrer ersten Begegnung heute früh, war dem Marder nur allzu klar. Selbst jetzt, Stunden später, fröstelte ihn. Dass Kruppke es war, der ihr die Daumenschrauben angelegt hatte, änderte nicht das Geringste daran. Er war Zeuge eines Verbrechens geworden, aber nicht eingeschritten. Das war es, was ihm am meisten zu schaffen machte, Giftschrank hin oder her.

»Agent 004 – Secret Service Seiner Majestät.« Das war er ihr schuldig, wenigstens das.

Anstelle einer Antwort wand sich die Frau in Krämpfen, und den Marder beschlich das Gefühl, dass ihre Tage definitiv gezählt waren. Falls dieses Dahinvegetieren überhaupt eine Frage von Tagen war.

»Angenehm!«, flüsterte ihm Irene von Möllendorf ins Ohr. »Und was kann ich für Sie tun?«

»Nichts!«, beteuerte der Marder, obwohl er wusste, dass das exakte Gegenteil zutraf.

»Mit … mit Verlaub, aber das kaufe ich Ihnen nicht ab.« Ein schmerzerfülltes Stöhnen entrang sich ihrer Kehle und hallte zwischen den Wänden der Zelle wider. Die Luft war stickig, roch nach Blut, Eiter und Schweiß. »Um Ihre Zeit nicht über Gebühr in Anspruch zu nehmen. Ich denke, es gibt da etwas, das Sie bestimmt interessiert.«

»Und was sollte das sein?«

»Das, wonach alle hier suchen.«

So zu tun, als wisse er von nichts, hatte jetzt keinen Zweck mehr. »Heydrichs Geheimakten?«, fragte der Marder, bemüht, möglichst ahnungslos zu klingen.

Die Andeutung eines Lächelns flog über Irene von Möllendorfs Gesicht. »Sie sagen es!«, keuchte sie.

Der Marder hörte gespannt zu. Aus Erfahrung wusste er, dass der alles entscheidende Moment gekommen war.

Und wurde nicht enttäuscht.

»Eigentlich war alles so wie immer«, begann sie. »Mit dem Unterschied, dass Alfred dieses Mal zu weit gegangen war.«

»Frauengeschichten?«

»Das auch. Wobei ich gelernt hatte, damit umzugehen. Womit ich allerdings nicht fertig geworden bin, ist, dass er sich immer wieder vor … vor Heydrichs Karren hat spannen lassen. Um es dezent auszudrücken.«

»So auch vergangenen Dienstag?«

»Genau. Leider war Alfred ein schwacher Mensch. Und das sollte ihm zum Verhängnis werden.«

»Die Mitschnitte auf Band?«

Irene von Möllendorf nickte. »Er ist blindlings in Himmlers Falle getappt. Zu denken, er könne ihm das Wasser reichen – einfach lächerlich! Wie dem auch sei. Am Mittwochmorgen, kurz vor Dienstbeginn, gerieten wir in Streit. So heftig wie nie zuvor. Es war wieder einmal sehr spät geworden – aber Schwamm drüber! Daran, wie gesagt, hatte ich mich ja … hatte ich mich bis zu einem gewissen Grad gewöhnt.«

»Und dann?«

»Dann ist er damit herausgerückt. Heydrichs Geheimunterlagen zu vernichten, weil der Herr Obergruppenführer um das Wohl seiner Familie besorgt ist – welch ein Wahnsinn.«

»Fast so wahnsinnig, wie sie verschwinden zu lassen und zu gegebener Zeit Kapital daraus zu schlagen.«

»Sprechen Sie es ruhig aus: um die gesamte Führung damit zu erpressen.«

»Und wen genau?«

»Alle. Angefangen bei Ribbentrop, bis hin zu Goebbels, Göring, Himmler und … und …«

»Den Führer?«

Kein Kommentar. Aber auch so war Irene von Möllendorfs Schweigen aussagekräftig genug. Der Marder räusperte sich. Die Sache stand auf des Messers Schneide. »Und wo …«, tat er sich mit seiner Frage ungemein schwer, »und wo hat er die Geheimunterlagen verschwinden lassen?«

»Auf dem Anhalter Bahnhof. Bevor … bevor er zu

seinem allwöchentlichen Bordellbesuch aufbrach.« Die Frau befreite sich aus seinen Armen und lehnte sich an die Rückwand der Zelle. Sie war bleich wie der Tod und wohl auch nicht mehr allzu weit davon entfernt.

»Und wo genau?«

»Das weiß ich nicht.«

Die Züge des Marders verhärteten sich. »Keine Andeutung, kein Hinweis, kein Indiz?«

»Nicht, dass ich wüsste. Es sei denn ...« Kaum noch imstande, sich aufrecht zu halten, kehrte plötzlich Leben in das von Schwellungen, Blutergüssen und Schürfwunden entstellte Gesicht zurück.

»Es sei denn, was?«

»Es sei denn, es hat etwas mit der Erinnerungsplakette zu tun. Die mit dem Eichenlaub und der kaiserlichen Flagge darauf.«

»Welche Erinnerungsplakette?«

»Kurz bevor wir miteinander in Streit geraten sind, habe ich ... habe ich Alfred dabei überrascht, wie ... wie er ...« Die Stimme der Frau geriet ins Stocken und verstummte dann ganz. Die Augen weit aufgerissen, starrte sie ins Leere.

»Der Schlüssel!«, stieß der Marder dank einer plötzlichen Eingebung hervor. »Wo hat er den Schlüssel zu seinem Versteck verschwinden lassen?« Dass es sich dabei um ein Gepäckfach handelte, lag fast auf der Hand.

»Die Erinnerungsplakette!«, presste die Frau mit letzter Kraft hervor.

Der Marder dachte fieberhaft nach. Wo zum Teufel hatte er während des Verhörs heute Morgen eine Plakette hängen sehen?

Dann, wider Erwarten, fiel es ihm doch noch ein. »Die neben dem Bild, das ihn zusammen mit seinem Offiziersjahrgang zeigt?«, fragte er, aufs Äußerste erregt.

Doch die Antwort auf seine Frage blieb aus. Kaum war sie verklungen, als sich Irene von Möllendorf aufbäumte, zur Seite kippte und leise wimmernd in der Schwärze der Ohnmacht versank.

Eine Ohnmacht, aus der sie nie mehr erwachen sollte.

24

Schlesischer Bahnhof | *15.55 h*

»Nerven hast du ja, Tom, das muss dir der Neid lassen!«, fiel die Reaktion auf Sydows Anruf alles andere als positiv aus. Aber mit etwas anderem hatte er auch nicht gerechnet. Diesbezüglich war er Realist genug.

»Wieso?«

»Na, du machst mir vielleicht Spaß! Tust so, als seist du über beide Ohren verknallt, spielst den Rosenkavalier, sülzt mir die Ohren voll – und lässt dich über ein halbes Jahr nicht mehr blicken! Nicht genug damit, kriege ich anschließend raus, dass du stolzer Besitzer eines Harems bist! Wie heißt denn des Paschas neue Favoritin, wenn man fragen darf? Oder ist sie vielleicht sogar verheiratet?«

»Jetzt komm schon, Veronika, hab dich nicht so.«

»Heißt das etwa, du willst …«

»Mit dir reden, ganz recht!«, konnte Sydow den Kopf gerade noch aus der Schlinge ziehen. Ärger hatte er weiß Gott schon genug am Hals.

»Soso, auf einmal!«, hatte die Empörung seiner Gesprächspartnerin den Zenit glücklicherweise überschritten. »Und wieso?«

»Veronika – der Lenz ist da!«

»Deine Witze werden auch immer schlechter.«

»Einfach so. Der alten Zeiten wegen!«, ergänzte Sydow nervös. Der wild gestikulierende Mann vor der

Telefonzelle, in der er sich gerade befand, trug ebenfalls nicht zu seiner Beruhigung bei.

»Das kannst du deiner Großmutter erzählen. Komm schon, Tom. Machen wir uns nichts vor. Du steckst in der Klemme, stimmts?«

Ohne den Mann zu beachten, wandte sich Sydow ab, fingerte in der Jackentasche herum und dämpfte den Ton. »Vorsichtig ausgedrückt.«

»Schulden?«

»Blödsinn. So gut solltest du mich wenigstens kennen.«

»Frauengeschichten?«

»Jetzt hör mir gut zu, Veronika, wenn du denkst, ich rufe einfach so zum Spaß bei dir an, dann …«

»Wie bitte? Nicht zum Spaß?«, fiel ihm die Frau am Telefon mit unüberhörbarer Ironie ins Wort. »Ja, wenn das so ist, musst du ja bis zum Hals …«

»… in der Scheiße stecken!«, platzte Sydow fast der Kragen. »Du hast es erfasst, mein Schatz!«

Endlich. Sein Dienstausweis. Mal sehen, ob die Nummer wirken würde.

»Und jetzt kannst du mich mal!« Sie tat es. Kaum klebte der Ausweis hinter der Scheibe, schrumpfte der Choleriker mit den Segelohren auf Normalgröße und trat den Rückzug an.

»Was hast du da eben gesagt?«

»Natürlich nicht du, Zuckerpüppchen, wo denkst du hin!«

»Sydow, Sydow, wenn du so weitermachst, nimmt es ein böses Ende mit dir.«

»Du weißt gar nicht, wie recht du damit hast.« Sydow sah sich hastig um. Obwohl die Bahnsteighalle fast leer war, wurde er sein ungutes Gefühl nicht los. »Also, was ist? Lust auf ein kleines Stelldichein?«

»Unter einer Bedingung.«

»Und die wäre?«

»Dass du zur Abwechslung mit offenen Karten spielst, Tom.«

»Also gut. Arbeitest du immer noch in der Telefonzentrale?«

»Bei Heydrich und Co.? Na klar.« Kaum waren die Worte verhallt, kehrte Totenstille ein. Sydow wollte schon aufhängen, als er erneut die Stimme seiner Gesprächspartnerin vernahm. »Moment mal –«, sagte sie in deutlich verändertem Ton, »willst du etwa damit sagen, du hast irgendetwas mit …«

»Hab ich dich falsch verstanden, oder wolltest du, dass ich mit offenen Karten spiele?«

Veronikas Gedanken zu erraten war keine große Kunst. Top oder Flop, das war die Frage. Wenn sie jetzt auflegte, würde sie sich eine Menge Ärger ersparen.

Aber das tat sie nicht. »Und wo?«, fragte sie gedämpft, doch laut genug, um ihre Anspannung deutlich werden zu lassen.

»Im ›Nussbaum‹«, fiel Sydow ein Stein vom Herzen. »In einer Stunde. Ich hoffe, das reicht, um dich schön zu machen.«

»Arschloch!«, ließ die Antwort nicht lange auf sich warten.

Dann war die Leitung tot.

25

›Reichsführung SS‹, Prinz-Albrecht-Straße 9 | 16.25 h

»Mein ist der Hort, mir muss er gehören!«

»C hier! Walhalla auslösen!«

»Walhalla auslösen.«

Der Blick, den ihm der Reichsführer zuwarf, bevor er sich wieder dem Fenster zuwandte, war deutlich genug. SS-Obersturmführer Carl Gustav Moebius, mit Himmlers Gedankengängen bestens vertraut, hatte verstanden und schaltete das Tonband Marke ›Grundig‹ ab.

Walhalla – ein Reinfall. Schlau eingefädelt, aber nicht schlau genug. Heydrich war eben doch nicht unfehlbar gewesen. Darauf, dass ausgerechnet Möllendorf ihn hintergehen würde, wäre er, Moebius, jedoch im Traum nicht gekommen. Kamerad bei der Reichsmarine, Saufkumpan, Alter Ego – und dann so etwas. Heydrich, der abgebrühte Verräter, und Möllendorf, sein Adlatus. Kaum nachvollziehbar, wer von beiden den anderen an Hintertriebenheit übertraf.

Ein Problem indes, das völlig bedeutungslos war. Hing doch nicht nur seine Karriere, sondern auch die etlicher hochrangiger Persönlichkeiten von der Beantwortung einer einzigen Frage ab: Wo hatte Möllendorf die Geheimakten deponiert?

Darauf, und nur darauf, musste er seine Energie

konzentrieren. Egal, wer ihm dabei in die Quere kam. Mochte er nun Sydow, Klinke oder sonst wie heißen. Um Himmlers Auftrag auszuführen, war ihm jedes Mittel recht. Ohne Rücksicht, wer dabei zu Schaden kam. Pech für ihn, dass er diese beiden Quertreiber unterschätzt hatte. Ein bedauerlicher Fauxpas, der sich nicht wiederholen würde. Der sich nicht wiederholen *durfte*. Beim nächsten Mal war Sydow geliefert. Schneller, als er denken konnte. Und sein Assistent, dieser aufgeschwemmte Presssack, mit dazu.

»Wie weit, wenn die Frage gestattet ist, sind Ihre Ermittlungen eigentlich gediehen?«

Tief in Gedanken, hatte Moebius nicht bemerkt, dass sich Himmler umgedreht und ihn mit verkniffenem Blick fixiert hatte. Der Obersturmführer, der sich wie ein unaufmerksamer Schüler vorkam, fuhr zusammen, wich ihm aus und nahm instinktiv Haltung an. »Nur noch wenige Tage, Reichsführer, und die Affäre Möllendorf wird zu Ihrer Zufriedenheit …«

»Sind Sie so schwer von Begriff, oder tun Sie nur so? Nicht übermorgen, nicht morgen, sondern heute noch! Kapiert? Falls nicht, das Ganze noch mal zum Mitschreiben. Ich gebe Ihnen bis Mitternacht Zeit, um herauszufinden, wo dieser Möllendorf Heydrichs Geheimakten gebunkert hat! Bis Mitternacht, verstanden? Und keine Minute länger. Sonst können Sie Ihren Hut nehmen.«

»Mit Verlaub, Reichsführer. Sie verlangen Unmögliches.«

»Ich will Ihnen was sagen, Sie Schlauberger!«, konterte Himmler, umrundete den Schreibtisch und trat mit verschränkten Armen auf Moebius zu. »Noch so eine

Panne wie mit diesem Dilettanten namens Kruppke, und ich lasse Sie an die Ostfront versetzen! Und überhaupt: Was haben Sie sich eigentlich bei diesem Bombenanschlag gedacht? Wenn schon Mafia-Methoden, sollten sie wenigstens erfolgreich sein!«

»Ich verstehe, Reichsführer«, antwortete Moebius und warf dem knapp 42-jährigen Himmler einen flüchtigen Seitenblick zu.

»Anscheinend nicht, Sie Idiot!«

Obwohl Himmler wesentlich kleiner als Moebius war, verfehlte der Zornesausbruch des zweitmächtigsten Mannes im Reich seine Wirkung nicht.

»Es soll nicht wieder vorkommen, Reichsführer!«, erwiderte der Obersturmführer devot.

»Das will ich auch hoffen! *Um Ihretwillen.*« Himmler, trotz Totenkopfmütze, Eichenlaubkragen und dunkler Uniform nur mehr eine Karikatur nordischer Ideale, wandte sich kopfschüttelnd ab. »Sonst sehe ich mich gezwungen, meine Drohung in die Tat …«

Wie auf Bestellung klingelte in diesem Moment das Telefon. Moebius, der mit dem Schlimmsten gerechnet hatte, atmete erleichtert auf.

»Himmler.« Gerade eben noch der Jähzorn in Person, hellte sich die Miene des Reichsführers merklich auf. Das Gespräch dauerte nicht lange, höchstens eine Minute. Danach war Himmler wie ausgewechselt, die gute Laune in Person.

»Na also, warum denn nicht gleich!«, rief er aus, rieb sich die Hände und nahm hinter dem Schreibtisch Platz.

»Darf man fragen, worum es geht?«, hatte Moebius offenbar seine Lektion gelernt.

»Man darf!«, erwiderte Himmler knapp, stützte die Ellbogen auf und beugte sich nach vorn. »Jeder, selbst unfähige Kreaturen wie Sie, Moebius, bekommt bekanntlich eine zweite Chance.« Um sein Gegenüber noch gefügiger zu machen, als es ohnehin schon war, hielt der Reichsführer mehrere Sekunden inne und wandte sich den Papieren auf seinem Schreibtisch zu. »Ist Ihnen eigentlich klar, dass sich unter Heydrichs Geheimakten das Originalprotokoll der Konferenz am Großen Wannsee befinden könnte?«, wich er einer Auskunft mit sichtbarer Häme aus.

»Voll und ganz, Reichsführer.«

»Dann sehen Sie zu, dass Sie diesen ... wie war doch gleich sein Name?«

»Von Sydow, Reichsführer.«

»Doch nicht etwa *der* Sydow?«

Moebius nickte. »Der Sohn von Ribbentrops Ministerialdirigenten«, gelang es ihm nur mit Mühe, die Fassung zu bewahren.

»Dann nichts wie ran, Obersturmführer!«

Moebius scharrte verlegen mit dem Fuß. »Wenn Sie die Bemerkung gestatten, Reichsführer – ich verstehe nicht ganz, worum ...«

»Aber ich, Sie Meisterspion! Um es kurz zu machen. Der Zufall – tut mir leid, dass ich das so betonen muss –, der Zufall wollte es, dass ein Volksgenosse mit diesem Sydow aneinandergeraten ist. Und zwar kurz nachdem er den Fahndungsaufruf im Radio gehört hat. Ein Glück, dass er im Gegensatz zu Ihnen über ein Minimum an Kombinationsgabe verfügt!«

»Ihre Befehle, Reichsführer?«

»Na, was wohl? Diesen Volksverräter dingfest zu

machen – tot oder lebendig! Geht das in Ihren Teutonenschädel rein?«

Moebius nickte. Sydow würde bezahlen. Für alles. Und sei es für Dinge, die er nicht zu verantworten hatte.

Er würde diese Chance nutzen.

Gnadenlos.

26

London-Westminster, 10 Downing Street | *15.30 OZ*

»Ich will jetzt wissen, was los ist, verdammt noch mal!« Jason McLeod, Wing Commander bei der Royal Air Force, schlug mit der flachen Hand auf das Armaturenbrett und funkelte den Fahrer des Aston Martin wütend an. Er hatte seine Heimlichtuerei gründlich satt.

»Nur die Ruhe, junger Mann«, war alles, was dem feinen Pinkel am Steuer einfiel, bevor sie die Westminster Bridge überquerten. »Schönes Wetter, nicht wahr?«

McLeod blieb glatt die Spucke weg. Sandsäcke, Flakstellungen und Stacheldraht, dazwischen riesige Trümmerhaufen – und dieser schräge Vogel mit Melone redete vom Wetter! Einfach nicht zu fassen.

Um sich abzulenken, ließ der 28-jährige Wing Commander den Blick über das Panorama der City schweifen. Seitdem der angeblich größte Feldherr aller Zeiten nun auch mit den Russen im Clinch lag, hatte sich die Lage zwar spürbar gebessert. Aus dem Schneider waren London und Großbritannien damit aber noch lange nicht. Eine Fahrt durch das Regierungsviertel, und man wurde eines Besseren belehrt. Ein Wunder, dass Big Ben und Westminster Abbey kaum etwas abgekriegt hatten.

»Das ist aber das Einzige!«, nahm McLeod den Ball seines mysteriösen Chauffeurs nach der Überquerung der Westminster Bridge wieder auf.

»Nur keine Panik!«, retournierte der mit der gleichen stoischen Gelassenheit. »Ein, höchstens zwei Jahre, und diesem Brüllaffen wird die Luft ausgehen.«

»Na, wenn Sie sich da nur nicht irren.«

»Ich irre mich nie!«, erwiderte der Mann ungerührt, verzog keine Miene und merkte absichtlich verzögert an: »Zumindest nicht, was den angemessenen Umgang mit dem Führer des Großdeutschen Reiches angeht.«

»Ach, daher weht der Wind«, erwiderte sein impulsiver Begleiter und richtete den Blick wieder nach vorn. »Ein Sonderauftrag.«

»Sie begreifen schnell, junger Mann«, ließ die Antwort von Sir Stuart Menzies, Chef des MI6, nicht lange auf sich warten.

»Ist das etwa der Grund, weshalb ich seit einem Vierteljahr nur Starts und Landungen auf irgendwelchen Rüttelpisten geübt habe?« Der Wing Commander, flachsblond, wettergegerbt und mit nimmermüder Dynamik ausstaffiert, konnte sein ungestümes Temperament kaum noch im Zaum halten. »Ein Vierteljahr, und das ausgerechnet dann, wenn uns die Nazis die Hölle heißmachen?« McLeod lief vor Ärger rot an. »Ich weiß ja nicht, wie Sie das sehen, aber wahrscheinlich hätte man mich anderswo dringender gebraucht!«

»Nur die Ruhe, junger Mann! Ihre Bewährungsprobe kommt noch früh genug!«, erwiderte Menzies, blinkte und bog nach links in die Downing Street ein.

Erst jetzt, im Angesicht des salutierenden Constable, kühlte sich der ungestüme Waliser wieder ab und warf dem Mann, der seinen Mittagsschlaf gestört hatte, einen prüfenden Seitenblick zu. »Kann es sein, dass Sie sich verfahren haben?«, fragte er mit spürbarem Unbehagen, als der Aston Martin vor dem Amtssitz des Premierministers hielt.

»Keineswegs!«, antwortete Menzies, nahm die Aktentasche vom Rücksitz und stieg aus.

»Oder dass nicht doch eine Verwechslung vorliegt?«

»Wieder falsch!«, versicherte der Geheimdienstchef lächelnd und winkte McLeod, ihm zu folgen.

»Dann würde ich jetzt wirklich gerne wissen, was Sie mit mir vorhaben!«, beharrte der Waliser und strich seine Uniformjacke glatt.

»Das, junger Mann«, flüsterte ihm Menzies augenzwinkernd zu, während sich die Tür von 10 Downing Street öffnete, »wird Ihnen Churchill höchstpersönlich sagen.«

*

»In Berlin landen – ich?« Sekundenbruchteile lang dachte McLeod, er habe sich verhört.

»In der Tat!«, bekräftigte Churchill und nippte an seinem Tee. »Oder ist das etwa ein Problem?«

McLeod warf einen verstohlenen Blick zu Menzies, der mit undurchdringlicher Miene auf dem Sofa saß.

Fehlanzeige.

»Natürlich nicht, Sir!«

Der Premierminister stellte die Teetasse ab, entspannte sich und ließ die Arme auf der Rückenlehne des Plüschsofas ruhen, das vor dem Kaminsims im Empfangszimmer seines Amtssitzes stand. Menzies, der stillvergnügt lächelte, tat es ihm gleich.

»Dann wäre das ja wohl geklärt!«, erwiderte Churchill

lapidar, schlug die Beine übereinander und tauschte einen vielsagenden Blick mit dem Geheimdienstchef aus.

»Eine Frage noch, Sir.«

»Und die wäre?«

»Warum gerade ich?«

»Weil, wie ich mir habe sagen lassen, Sie, mein Junge, einer der besten Piloten der Royal Air Force sind.«

»Danke, Sir.« McLeod, die Uniformmütze unter der Achsel und in Habachtstellung, ließ sich durch Churchills Kompliment nicht blenden. »Und wozu das Ganze ... ich meine ... welchen Sinn sollte ein derart waghalsiges Unternehmen ...«

»Was den Sinn angeht, machen Sie sich am besten keine Gedanken!«, machte Menzies unmissverständlich klar. »Alles, was wir von Ihnen wissen möchten, ist, ob Sie sich zutrauen, den Auftrag auszuführen.«

»Dazu müsste ich zunächst einmal wissen, wo genau ich überhaupt landen soll.«

»Jedenfalls nicht da, wo Flugzeuge gemeinhin zu landen pflegen«, warf Churchill ein und trank einen weiteren Schluck Tee. »Brr – scheußliches Zeug, Sir Stuart, finden Sie nicht auch?«

»Tut mir leid, Sie enttäuschen zu müssen, Sir. Ich habe dem Alkohol abgeschworen.«

»Seit wann können Sie eigentlich Gedanken lesen?«

»Wenn die Bemerkung erlaubt ist, Sir. Erfahrung, jahrelange Erfahrung.« Menzies lächelte in sich hinein. »Doch um auf den Punkt zu kommen, Sir: Ich denke, wir sollten – um beim Thema Alkohol zu bleiben – Wing Commander McLeod reinen Wein einschenken. Zumindest halbwegs.«

Mit einer Miene, wie man sie sich angewiderter nicht

vorstellen konnte, stellte Churchill die Teetasse ab und dachte nach. »Finden Sie?«

»In der Tat, Sir.«

»Ist Ihnen klar, mein Junge, dass Sie über das, worüber hier gesprochen wird, strengstes Stillschweigen zu bewahren haben?«

»Voll und ganz, Sir.«

»Kein Wort, nicht einmal gegenüber Eltern, Freunden, Verwandten?«, insistierte Churchill und warf dem Gemälde, das Königin Victoria im Kreise ihrer Familie zeigte, einen flüchtigen Seitenblick zu.

McLeod erstarrte. »Selbstverständlich, Sir!«, bestätigte er sofort.

»Ich hoffe, Ihnen ist darüber hinaus bewusst, dass Sie von diesem Moment an keinerlei Kontakte mehr pflegen dürfen – auch und vor allem solche privater Natur? Dass Sie sozusagen unter Quarantäne stehen?«

McLeod holte Luft und atmete tief durch. »Das ist es, Sir.«

»Danke, das genügt mir!«, antwortete Churchill, schenkte sich ein Glas Brandy Marke Napoleon ein und zwinkerte dem Wing Commander zu. »Hoffen wir, dass Ihre Mission kein Waterloo wird!«

»Keineswegs, Sir«, war Menzies die Zuversicht in Person. »Die Chancen stehen zwar in etwa bei eins zu zehn, aber McLeod wird das Kind schon schaukeln!«

Die drei Männer brachen in Gelächter aus, das sich jedoch schnell wieder legte.

»Und worin genau besteht mein Auftrag, Sir?«, konnte McLeod seine Neugier kaum noch bezähmen.

»Sie sind dran, Sir Stuart!«, erteilte Churchill Menzies das Wort.

»Sie sollen einen unserer Jungs raushauen, junger Mann. Wenn alles gut geht, wird es ihm gelingen, die Nazis bis auf die Knochen zu blamieren.« Menzies räusperte sich und fuhr mit ernster Miene fort: »Der Ehrlichkeit halber sollte ich vielleicht hinzufügen, dass Ihnen der Betreffende nicht unbekannt ist.«

»Und um wen handelt es sich, Sir?«

»Um Max Claasen, junger Mann. Seines Zeichens Untersturmführer der SS.«

Bevor McLeod antworten konnte, erhob Churchill sein Glas und prostete den Anwesenden zu. »Cheers, Gentlemen!«, rief er bestens gelaunt aus. »Auf gutes Gelingen!«

27

Berlin-Kreuzberg, Anhalter Bahnhof | *16.45 h*

Der Meute immer um eine Nasenlänge voraus. Sydow war wirklich auf Draht. Das musste ihm der Neid lassen.

»Jetzt mach schon, du Idiot!« Er hatte es eilig, der Kübelwagen, der in Höhe des Hotels ›Kaiserhof‹ in die Wilhelmstraße einbog, offensichtlich nicht. Der Marder drückte auf die Hupe, vollführte ein waghalsiges Ausweichmanöver und beschleunigte auf 80 Sachen.

Ausgerechnet jetzt, wo jede Minute zählte. Einfach zum Verrücktwerden.

Gemessen an der Pleite, die er soeben erlebt hatte, aber eher ein Klacks. Die Plakette, hinter der er her war, war nicht mehr an Ort und Stelle, unauffindbar, als habe sie sich in Luft aufgelöst. Schlimmer ging es nicht. So viel war jetzt schon sicher. Der Anblick der Wand, auf der sich ihre und die Umrisse des Erinnerungsfotos abzeichneten, würde ihn bis in die schlimmsten Albträume verfolgen.

Heydrichs sagenumwobene Geheimakten, deponiert in einem Schließfach auf dem Anhalter Bahnhof. Und dann noch auf einen Sprung ins Bordell. Das sah diesem Möllendorf wirklich ähnlich. Der Mundwinkel des Marders verformte sich zu einem maliziösen Grinsen. Ein Ganove, dem niemand eine Träne nachweint, bilanzierte er. Und, weitaus schlimmer, ein Dilettant, wie er im Buche stand.

Als er die Anhalter Straße erreichte, bog der Marder nach rechts, stellte den Mercedes Benz 230 ab und ging den Rest des Weges zu Fuß. Gut möglich, tröstete er sich, dass die Polizei im Besitz des Schlüssels war, damit aber nichts anzufangen wusste. Oder war es am Ende gar nicht Sydow gewesen, dem die Eintrittskarte zum Hort des Bösen in die Hände gefallen war? Wie dem auch sei. Die Gestapo war es jedenfalls nicht. Andernfalls hätte er es erfahren, er saß ja an der Quelle. Vielleicht die Haushälterin, die im Garten herumgeschnüffelt hatte? Oder jemand Wildfremdes? Der große Unbekannte, mit dem niemand, nicht einmal er selbst, gerechnet hatte?

Einerlei. Jetzt, da er wusste, wonach er suchen musste, tappte er wenigstens nicht mehr im Dunkeln. Besser noch, er hatte schon einen Plan.

Ob er klappen würde, war allerdings die Frage.

Zum Anhalter Bahnhof, von wo aus die Züge in Richtung Leipzig abfuhren, war es nur ein Katzensprung, und auf dem Askanischen Platz, hinter dem sich das imposante Gebäude aus gelbem Backstein erhob, herrschte reger Betrieb. Der Marder, dem dies nicht ungelegen kam, rückte seine Sonnenbrille zurecht und sah sich unauffällig um. Dichtes Gewimmel, Geschiebe, Gedränge. Zeitungsjungen, Reisende, Gepäckträger. Darunter auch jede Menge Damen auf der Suche nach einem spendablen Kavalier. Der ideale Ort, um unerkannt zu bleiben.

Eine Melodie auf den Lippen, die er von seiner Schulzeit in Eton her kannte, schlenderte er zum Fahrkartenschalter, löste eine Fahrkarte erster Klasse und tauchte in das Gewühl vor der Absperrung ein. Dort wimmelte es geradezu von Polizisten, und als sein Blick auf das überdimensionale Fahndungsplakat fiel, wurde ihm der Grund dafür klar.

Thomas Randolph von Sydow, Gefährte gemeinsamer Internatstage. Eigentlich hatte er sich gar nicht groß verändert. Sydow, der Herzensbrecher, McLeod, das Sport-As, und er, der Spaßvogel, eine unnachahmliche Mixtur. Sie hatten den Laden ordentlich aufgemischt, bis hin zur Drohung mit dem Hinauswurf. Genutzt hatte es nicht viel. Der Spitzname ›Die drei Musketiere‹, ein Geistesblitz des seinerzeitigen Rektors, hatte den Nagel jedenfalls voll auf den Kopf getroffen. Der Marder seufzte, und ein wehmütiges Lächeln flog über sein Gesicht. Ein Jammer, dass der Blutsbruder von einst auf der falschen Seite stand.

Nur nicht sentimental werden, rief sich der Marder zur Ordnung, bahnte sich einen Weg durch die Menge und stieg die Stufen zum Bahnsteig hinauf. Der Lautsprecheransage zufolge fuhr der Schnellzug aus Leipzig gerade ein, und die Zeit lief ihm davon. In der weiträumigen, von mehr als 60 Meter langen Eisenbindern überwölbten Bahnhofshalle herrschte hektische Betriebsamkeit, aber das konnte ihm nur recht sein. Ein Griff unter das Jackett, wo sich seine schussbereite Mauser 08 befand. Schließlich konnte man ja nie wissen. Dann bog der Marder in Richtung Gepäckaufgabe ab.

»Sehr verehrte Reisende – hier eine kurze Durchsage! Der Schnellzug nach Leipzig fährt um 17.05 Uhr von Bahnsteig drei ab. Nächstmögliche Fernverbindung, Montag früh um 7.35 Uhr.«

Obwohl er unter großer Anspannung stand, blickte der Marder ohne erkennbare Anzeichen von Hast auf die Uhr.

Noch sieben Minuten.

Bis dahin musste sich der Hort in seinen Händen befinden.

Und dann nichts wie ab in den Zug, untertauchen bei seinem Kontaktmann und ein paar Wochen später nach Hause.

*

»Routinekontrolle – was soll das heißen?«

»Auf die Gefahr, mich zu wiederholen –«, gab der Marder kurz angebunden zurück, während er seinen Dienstausweis wieder verschwinden ließ und sich rasch nach potenziellen Lauschern umsah, »bin ich Ihnen, wie gesagt, keinerlei Auskünfte schuldig! Oder möchten Sie, dass ich mir Ihren Namen notiere?«

Nein, das wollte der Schalterbeamte mit dem Kaiser-Wilhelm-Bart nicht. Der Wink mit dem Zaunpfahl hatte genügt.

»Ein weiser Entschluss.« Der Marder warf einen verstohlenen Blick auf die Uhr. Noch fünf Minuten. »Hätten Sie dann wohl endlich die Freundlichkeit, mir die Liste auszuhändigen? In der Hoffnung, dass dies keine allzu großen Umstände macht?«

»Selbstverständlich, Herr Untersturmführer.«

Na, also! Warum nicht gleich? Die feingliedrigen Hände des Marders tänzelten auf der blankpolierten Oberfläche des Schalters hin und her, und winzige Schweißperlen traten auf seine Stirn.

Noch vier Minuten.

»So, Herr Untersturmführer«, wirkte der Schalterbeamte wie ausgewechselt, während er ihm den Leitz-Ordner präsentierte, »hier die gewünschte ...«

»Geben Sie her.«

Da nicht einmal Möllendorf so dreist gewesen wäre, mit seinem richtigen Namen zu unterschreiben, würde ihn das zusätzlich Zeit kosten. Der Marder riss den Ordner mit der Aufschrift ›Schließfächer‹ an sich, schlug den Deckel zurück und blätterte ihn hastig durch. Die Zeit zerrann ihm zwischen den Fingern, und mit ihr die Gelassenheit, auf die er sich so viel zugutehielt.

Glück im Unglück, dass sich unter dem fraglichen Datum nur ein einziger Eintrag befand. Glück vor allem, dass der Schalterbeamte anscheinend ein ganz Penibler war. ›Dienstag, 02.06.1942, 21.20 Uhr. Nummer des Schlüssels: 56.

Name: Heribert von ...‹

Geschafft.

Trotz der Anspannung, unter der er stand, konnte sich der Marder ein Grinsen nicht verkneifen. Adel verpflichtet, dachte er. Auch und gerade dann, wenn man andere übers Ohr hauen will.

Noch drei Minuten.

»Danke, das wäre alles.«

»Aber ich dachte ...«

Während er den Korridor entlang hastete, an dessen Ende sich der Raum mit den Schließfächern befand, ließ der Marder die Hand in die Tasche gleiten. Der Dietrich. Alles kam jetzt darauf an, dass er beim Schlösserknacken nichts verlernt hatte.

Noch zwei Minuten.

»Warum so eilig, Untersturmführer?«

Keine drei Schritte von seinem Ziel entfernt, verlangsamte der Marder seinen Schritt und drehte sich so gelassen wie möglich um. Dass dies in unmittelbarer Nähe der Männertoilette geschah, war reiner Zufall.

Ein Zufall freilich, der ihm angesichts seiner prekären Lage wie gerufen kam.

Die Stimme des Mannes, der seine Pfade im denkbar ungünstigsten Moment gekreuzt hatte, hätte er aus Hunderten heraushören können, und der Versuchung, ihm eine Kugel durch den Kopf zu jagen, konnte er fast nicht widerstehen. Er hätte nicht die geringste Chance gehabt, aber das war nicht der Punkt.

»Irre ich mich, oder hatte ich Ihnen nicht befohlen, sich den Potsdamer Bahnhof vorzuknöpfen?«

Das Problem war, dass Moebius nicht alleine, sondern in Begleitung zweier Kollegen war. Und dass der Zug soeben den Bahnhof verließ. Die Chance, unerkannt zu entkommen, war somit vertan.

Time out. Nichts ging mehr. Zumindest für den Augenblick.

Im Begriff, nach der Waffe zu greifen, lächelte er und tat so, als suche er nach seinem Feuerzeug. »Tut mir leid, Obersturmführer, da muss mir doch glatt ein Fehler unterlaufen sein.«

Moebius hob die Augenbrauen, stemmte die Hände in die Hüften und sah ihn von oben bis unten an. Doch der Funke, der sein Misstrauen hätte entfachen können, war nicht stark genug. »Ein Fehler, der sich hoffentlich nicht wiederholen wird!«

»Keinesfalls, Obersturmführer«, erwiderte der Marder und steckte sich eine Camel an. »Ein Schnitzer, wie er mir eben unterlaufen ist, passiert mir nicht zweimal. Darauf können Sie Gift nehmen!«

28

Nikolaiviertel, Gaststätte ›Zum Nussbaum‹ | 17.30 h

Veronika spielte ihre Rolle perfekt, besser als Greta Garbo, Lilian Harvey und Zarah Leander zusammen. Und vor allem sah sie hinreißend aus. Eng anliegendes, rot gepunktetes Kleid, Schuhe mit hohen Absätzen, Nylonstrümpfe und ein Borsalino, der irgendwie an Marlene Dietrich erinnerte. Einfach umwerfend. Sydow war regelrecht von den Socken. Veronika ging nicht, sie tänzelte, ein veritables Naturtalent. Als sie den ›Nussbaum‹, Sydows Stammkneipe, betrat, richteten sich sofort ein Dutzend Augenpaare auf sie. Eigentlich viel zu schade, um sich vor meinen Karren spannen zu lassen, fuhr es ihm durch den Sinn, aber da er nach jedem Strohhalm griff, dachte er lieber nicht darüber nach.

Keine Frage, an Veronika war eine Schauspielerin verloren gegangen. Um keinen Verdacht zu erregen, ließ sie ihn einfach links liegen, bestellte eine Berliner Weiße und nahm am Nebentisch Platz. Die holzgetäfelte Wirtsstube, in der schon Zille zu den Stammkunden gehört hatte, war nicht sehr groß, dafür kannte aber jeder jeden, weshalb ein Spitzel sofort aufgefallen wäre.

Als die allgemeine Aufmerksamkeit wieder verebbte, kramte Veronika ihren Taschenspiegel hervor, begutachtete ihr Profil und steckte sich eine Ernte in den Mund. Es war das Zeichen, auf das Sydow gewartet hatte.

»Feuer, gnädige Frau?«

Veronika nickte, inhalierte und blies Sydow den Rauch ins Gesicht. »Na, Herzensbrecher!«, witzelte sie mit aufreizendem Augenaufschlag. »Was steht zu Diensten?«

Sydow und der Wirt wechselten einen raschen Blick. Letzterer grinste über beide Backen und schaltete den Phonographen ein.

»Zunächst danke, dass du überhaupt …«

»Deine Willy-Fritsch-Nummer kannst du dir sparen!«, funkelte ihn Veronika an, verstaute ihren Spiegel und rückte näher. Der Phonograph plärrte ›Lili Marleen‹, ein Umstand, der sie zusätzlich in Rage versetzte.

»Reine Vorsichtsmaßnahme!«, versuchte Sydow sie zu beschwichtigen. »Aber um zum Thema zu kommen, du hattest recht, ich stecke in der Klemme.«

»Ist inzwischen auch zu mir durchgedrungen!«, antwortete Veronika. »Machs also kurz.« Dann fügte sie hinzu: »Und mach, dass du fortkommst, bevor sie dich hopsnehmen und du auf Nimmerwiedersehen in der Prinz-Albrecht-Straße verschwindest. Ich hoffe, du weißt, was ich für dich alten Scheißkerl riskiere!«

»Weiß ich.«

»Dann also raus mit der Sprache!«, flüsterte Veronika und sah demonstrativ geradeaus. Der Wirt, immer noch im Glauben, hier bahne sich etwas an, zog sich an den äußersten Rand des Tresens zurück und blickte mit demonstrativem Gleichmut in den Biergarten hinaus, der im Schatten des weitverzweigten Namenspatrons seiner Eckkneipe lag. »Oder lass mich raten! Es hat was mit einem Herrn namens ›von M‹ zu tun.«

»Stimmt.«

»Weißt du überhaupt, in welches Wespennest du da gestochen hast?«

»Klar.«

Veronika trank einen Schluck, betupfte die Lippen mit dem Handrücken und würdigte Sydow keines Blickes. Obwohl sie der Ufa alle Ehre gemacht hätte, waren ihre Nerven zum Zerreißen gespannt, die mit reichlich Tusche versehenen Wimpern in ständiger Bewegung. »Um es kurz zu machen, Traum meiner schlaflosen Nächte! Ich weiß bis ins Detail Bescheid.«

»Du weißt was?«

»Du hast richtig gehört. Um dem Herrn Kriminalhauptkommissar – besser gesagt, steckbrieflich gesuchten Vaterlandsverräter – ein wenig auf die Sprünge zu helfen. In der Nacht von Dienstag auf Mittwoch vergangener Woche hatte ich in der Zentrale Dienst.« Veronika wandte den Blick zur Seite und sah Sydow prüfend an. »Überrascht?«

»Wenn ich ehrlich bin – ja.«

»Hört sich aber nicht unbedingt danach an.«

»Komm schon, Veronika …«

»Ich weiß, was du sagen willst: ›Tu es um der alten Zeiten willen‹.« Die 25-jährige Blondine geriet ins Stocken, fuhr mit dem Handballen über den Augenwinkel und seufzte: »Meinetwegen.« Und kurz darauf: »Also, wie gesagt, war ich letzte Woche für die Spätschicht eingeteilt. Verdammt langweilige Angelegenheit. Aber dann, wenige Minuten vor 21 Uhr, kam ordentlich Leben in die Bude.«

»Wieso?«

»Weißt du, wenn mir langweilig ist, höre ich hin und

wieder ein bisschen mit. Ja, ja, weiß schon, was du sagen willst! Strengstens verboten, kannst von Glück sagen, dass keiner was mitgekriegt hat! Bin auch kuriert, darauf gebe ich dir Brief und Siegel!« Veronika drückte ihre Zigarette aus, schob ihre Weiße beiseite und bestellte sich ein Glas Berliner Kindl. »Prost!«, rief sie in Richtung eines Spiegels mit der Aufschrift ›Vereinsbrauerei Rixdorf‹ aus. »Auf dich, altes Haus, auf dass du möglichst lange unter den Lebenden weilst!«

»Und dann?«

»Dann, Schmusebär, kam der interessante Teil. Und zwar in Gestalt eines Ferngesprächs. Kurz vor 21 Uhr, genauer gesagt 20.55 Uhr. Direktverbindung. Hab mich aber trotzdem eingeklinkt.« Die Telefonistin im RSHA sah sich instinktiv um. Das Interesse für das, was sie mit Sydow zu besprechen hatte, war jedoch gleich null. »Und soll ich dir was sagen? Da war noch jemand in der Leitung.«

»Wie bitte?« Sydow wurde aschfahl und warf einen Blick in die Runde. »Bist du dir da auch ganz sicher?«

»Wenn du wie ich drei Jahre in der Branche tätig bist, fällt dir so was auf Anhieb auf. Schon mal was von Nebengeräuschen gehört? Egal, da lungert also wer in der Leitung rum. Nix wie raus da, denk ich mir. Aber dann wars bereits zu spät. Ging nicht mehr, war vor Schreck wie erstarrt.«

Sydow, dem allmählich dämmerte, auf welche Pointe sich Veronikas Geständnis zubewegte, hielt den Atem an. Die Frage, die ihm auf der Zunge lag, behielt er taktvollerweise für sich.

Er bekam die Antwort auch so. »Das ist doch der Heydrich, denk ich und krieg das große Zittern.«

»Heydrich? Bist du dir da auch ganz …«

»Gehts noch ein bisschen lauter? Klar bin ich das. Mitgekriegt hab ich aber trotzdem nicht viel. Außer dem Codewort. Hat sich verdammt noch mal nach Absprache angehört.«

»Ein Code?«

»›Walhalla auslösen!‹, hat der Heydrich gesagt. Gleich zwei Mal. Damit es der Möllendorf nur ja …«

»Was hast du da eben gesagt?«

»... kapiert. Sag mal, Katerchen, wirst du langsam taub, oder was?«

»Schon möglich. War das alles?«

»So gut wie. Der Möllendorf konnte es zunächst gar nicht fassen. Da ist der Heydrich dann richtig sauer geworden. Von wegen seiner schwangeren Frau und so. Richtig hektisch. Und dann hat er einfach aufgelegt.«

»Und woher weißt du so genau, dass es Möllendorf war?«

»Wollte mir mal an die Wäsche.« Veronika hielt inne und sprach mit sarkastischem Unterton: »So wie das bei euch Männern hin und wieder der Fall zu sein pflegt.«

Der Wink mit dem Zaunpfahl wäre nicht nötig gewesen. Sydow hatte es buchstäblich die Sprache verschlagen. »Und was jetzt?«, fragte er, mehr an die eigene Adresse als an die seiner Exfreundin gerichtet.

»Jetzt, mein Schatz, mach ich mich dünne!«, antwortete Veronika Vehrenkamp, packte ihre Siebensachen und machte Anstalten zu gehen. »Ich nehme an, das da geht auf dich!«, lächelte sie mit einem Blick auf die Getränke, wurde im nächsten Moment jedoch todernst. »Machs gut, Tom!«, flüsterte sie Sydow ins Ohr, drückte ihm einen flüchtigen Kuss auf die Wange und strich ihm übers Haar. »Und pass auf dich auf!«

»Und du auf dich!«, murmelte Sydow und winkte Veronika hinterher, bevor sie in Richtung Nikolaikirche entschwand. Dann trank er sein Pils in einem Zug leer. »Ein halbes Dutzend ist genug!«, fügte er hinzu, ohne Klinke, der im selben Moment zur Tür hereinstürmte, die gebührende Aufmerksamkeit zu widmen.

»Allzeit bereit für ein Tête-à-Tête – so was lob ich mir!«, keuchte sein schwergewichtiger Assistent, während er sich nach potenziellen Spitzeln umsah. Er war völlig außer Puste, die Spuren der vergangenen Stunden, die sich tief in seinem Gesicht eingegraben hatten, nicht zu übersehen.

»Spät kommt Ihr, doch Ihr kommt! Der weite Weg entschuldigt Euer Säumen.«

»Schiller!«, blaffte Klinke zurück. »Falls du es noch nicht weißt: Gemessen an der Scheiße, in der wir stecken, sind jegliche Witze …!«

»Scheint so, als hättest du recht!«, fiel ihm Sydow ins Wort, da einige der Anwesenden bereits die Köpfe hoben. Dann stand er auf, zahlte und bugsierte Klinke zur Tür. »Parole?«

»Volle Deckung!«, erwiderte Klinke und folgte ihm auf dem Fuß.

*

»Und was jetzt?« Das Kinn auf die Handballen gestützt, saß Klinke auf der Bank und stierte missmutig vor sich hin.

»Gute Frage!«, kehrte Sydow den Abgebrühten heraus. Dass er nur so tat, hätte ein Klinke in Normalform sicherlich gemerkt. So aber wirkte die Zurschaustellung demonstrativer Gelassenheit wie eine Provokation auf ihn.

»Ist das alles, was du zu dem Schlamassel zu sagen hast?«

»Vorschlag: Warum nicht alles noch einmal in Ruhe überdenken?«, war Sydow bemüht, seinem Partner den Wind aus den Segeln zu nehmen. Dennoch ließ er die Umgebung keinen Moment aus den Augen. Außer den üblichen Spaziergängern, Ausflüglern und Kneipenbesuchern, die es zum Flanieren ins Nikolaiviertel trieb, war jedoch nichts Verdächtiges zu sehen.

»Wenn wir gerade von Ruhe reden – ist dir eigentlich klar, worauf wir uns da eingelassen haben?«, fragte Klinke, den es nicht mehr auf der Bank vor der Nikolaikirche hielt.

»Komisch – aber eine gewisse Veronika Vehrenkamp hat mich vorhin fast das Gleiche gefragt.«

»Wobei es, wenn ich dich richtig verstehe, nur eine Alternative gibt, und die lautet, die Sache vollends durchzuziehen.«

»Genau!«, war Sydow entschlossen, etwaige Zweifel von vornherein zu zerstreuen. »Oder hast du es dir etwa anders überlegt?«

»Quatsch.«

»Dann das Ganze noch einmal von vorn!«, schlug Sydow sichtlich erleichtert vor und sah sich nach etwaigen Lauschern um.

»Nur zu – bin ganz Ohr.«

»Verbindlichsten Dank. Also, vergangenen Dienstag, vor ziemlich genau fünf Tagen, geht um 20.55 Uhr im Prinz-Albrecht-Palais ein Anruf ein. Adressat: Alfred von Möllendorf, SS-Sturmbannführer, notorischer Schürzenjäger und Intimus eben jenes Mannes, der am anderen Ende der Leitung ist.«

»SS-Obergruppenführer Reinhard Tristan Heydrich, geschäftsführender Statthalter von Böhmen und Mähren und Himmlers rechte Hand. Und einer der größten Verbrecher aller Zeiten.«

»Warum so zurückhaltend? Du bist doch sonst nicht so! Wie dem auch sei. In der Gewissheit, dass seine Tage gezählt sind, erteilt Heydrich einen verschlüsselten Befehl – ›Walhalla auslösen!‹. Was nichts anderes bedeutet, als dass von Möllendorf, der offenbar Zugang zu seinen Geheimakten besitzt, diese umgehend zu vernichten hat. Der Grund: Sollte sein Giftschrank in Himmlers Hände fallen, ist Heydrich wohl nicht ganz zu Unrecht um das Wohl seiner Familie besorgt. Das gilt es zu verhindern, mithilfe eines Mannes, den er seit über 20 Jahren kennt und dem er offenbar blind vertraut.«

»Ein klassischer Fall von Hybris.«

»Schwer nachvollziehbar, wenn man Heydrich näher kennt, aber wahr. Stellt sich doch heraus, dass es sich bei Möllendorf nicht etwa um einen echten Kameraden, sondern einen Ganoven der Güteklasse A gehandelt zu haben scheint. Will heißen, bei der Durchsicht besagter Geheimakten überlegt es sich der Herr von und zu anders.«

»Ein Freund, ein guter Freund, das ist das Schönste, was es gibt auf der Welt! Ein Freund bleibt immer Freund und wenn die ganze Welt zusammenfällt.« Einmal in

Fahrt, war Klinke nicht mehr zu bremsen und trällerte mit verklärtem Blick: »Drum sei doch nicht betrübt, wenn dich dein Schatz nicht mehr liebt …«

»Komm du mir nicht mehr mit meinem Humor!«

»Wo waren wir gerade stehen geblieben?«, war Klinke vernünftig genug, den Bogen nicht zu überspannen.

»Bei der abgefeimtesten Gaunerei, die mir bislang untergekommen ist!«, kehrte Sydow zum Thema zurück. »Anders ausgedrückt: Möllendorf ist zwar nicht der Hellste, dafür aber mit einer gesunden Portion krimineller Energie ausgestattet, weshalb er beschließt, aus dem Wissen um die Geheimnisse des Dritten Reiches Kapital zu schlagen. Im Klartext deutet alles darauf hin, dass er beabsichtigt, die Führung zu erpressen.«

»Wogegen eigentlich nichts einzuwenden gewesen wäre«, bemerkte Klinke trocken.

»Klar doch! Womit allerdings weder Heydrich noch sein Busenfeind gerechnet haben, tritt ein. Der Anschluss des Herrn Reichsstatthalters wird abgehört, was dazu führt, dass sich Möllendorfs Pläne umgehend in Luft auflösen.«

»Sicher, dass sich deine Ex das alles nicht einfach aus den Fingernägeln gesaugt hat?«

»Vollkommen. Wie sonst wäre es zu erklären, dass ihn die Gestapo einen Tag später hopsgenommen hat?«

»Wohl kaum.« Klinke schaute ärgerlich. »Gesetzt den Fall, du hast recht, dann dürften die Jungs in der Prinz-Albrecht-Straße inklusive Reichshühnerzüchter Himmler ziemlich dumm aus der Wäsche geglotzt haben.«

»Das mit Sicherheit. Ist es von Möllendorf doch gelungen, den Giftschrank samt Inhalt auf diskrete Art und Weise verschwinden zu lassen. Der Grund, weshalb sich Moebius umgehend Möllendorfs Frau vorgeknöpft hat. Anfänglich, so steht zu vermuten, mithilfe von Zuckerbrot und dann, wie dir seine Haushälterin zuzuflüstern geruhte, mit …«

»Daumenschrauben.« Klinke machte ein betretenes Gesicht, und das Lachen war ihm endgültig vergangen. »Ganz schön dilettantisch!«, bemerkte er geraume Zeit später.

»Was denn?«

»Na ja –«, druckste Sydows Assistent herum, griff in die Hosentasche und warf das Streichholzbriefchen mit der Aufschrift ›Salon Kitty‹ bald in die rechte, bald in die linke Hand, »dass er der Versuchung erlegen ist, sich mithilfe der Geheimunterlagen schadlos zu halten, kann ich ja nachvollziehen, aber noch in der gleichen Nacht in den Puff zu gehen, sich mit seiner Frau anzulegen und dann noch von ihr zu verlangen, sie solle …«

»Was schleppst du denn eigentlich die ganze Zeit mit dir rum, Dicker?«, fiel Sydow Klinke ins Wort und deutete auf die Innentasche seines Jacketts.

»Das da?«, erwiderte Klinke und bemühte sich vergeblich, das Bild mit dem Konterfei von Möllendorf herauszuziehen. Ohne groß darüber nachzudenken, hatte er es zwar mitgehen lassen, in der Aufregung jedoch glatt vergessen. Mit der Erinnerungsplakette, protzig, sperrig und schwer, verhielt es sich ebenso. »Das Bild aus der Verbrecherkartei.«

»Himmler und Goebbels?«, feixte Sydow mit sichtlichem Vergnügen.

»Möllendorf und Heydrich, du …«, setzte Klinke zu einer Schimpfkanonade an, war jedoch so sehr in Anspruch genommen, dass der Rest des Satzes in einem Schwall von Flüchen unterging.

»Nur die Ruhe, Dicker, noch ist nicht aller Tage Abend. Lass dir Zeit!«

»Ach, rutsch mir doch den …«, knirschte Klinke mit krebsrotem Kopf, zog, zerrte und zeterte – so lange, bis sein Griff ins Leere ging, das Bild auf dem Pflaster landete und sich die silberne Erinnerungsplakette samt Rahmen in ihre Bestandteile auflöste.

»Sachbeschädigung!«, rief Sydow amüsiert aus. »Und das ausgerechnet bei einem Beweisstück! Herr Kriminalassistent, ich fürchte, das wird Sie teuer zu …«

Da es weiß Gott wenig genug zum Lachen gab, hatte Sydow die Chance dazu nicht ungenutzt verstreichen lassen wollen. Selbst auf die Gefahr hin, dass Klinke, Freund und Helfer in der Not, zur Zielscheibe seines Spotts werden würde. Mit dem Hintergedanken, es ihm bei Gelegenheit heimzuzahlen, ließ dieser sich nichts anmerken und stimmte in Sydows Gelächter mit ein.

Doch beiden, Sydow wie auch Klinke, der dazu etwas länger brauchte, sollte das Lachen buchstäblich im Halse stecken bleiben.

»Denkst du, was ich denke?«, fragte Sydow mit ungläubigem Blick, nachdem er die Schwarz-Weiß-Aufnahme in die Brusttasche gesteckt und die Einzelteile der Erinnerungsplakette, nach innen hohl und somit offensichtlich eine Art Geheimversteck, von allen Seiten begutachtet hatte.

Selten, wenn überhaupt, um eine Antwort verlegen, blieb Klinke zunächst stumm. »Anzunehmen!«, fasste er sich betont kurz, den Schlüssel mit der Nummer 56 in der rechten Hand.

»Falls das, was ich annehme, stimmt«, fand Sydow die Sprache nur mühsam wieder, nahm den Schlüssel in Empfang und ließ ihn in der Hosentasche verschwinden, »scheint dieser Möllendorf bezüglich der Wahl seines Verstecks nicht sonderlich geschickt verfahren zu sein. Anders ausgedrückt: Er hat sich wie ein blutiger Anfänger aufgeführt.«

»Und dafür bezahlt.«

Sydow nickte. »Kann man wohl sagen!«, pflichtete er Klinke bei. »So sehr, dass er beschlossen hat, sich das Leben zu nehmen.«

»Fragt sich nur, wie er an das Zyankali rangekommen ist. Für den Fall, dass er es nicht die ganze Zeit über mit sich rumgeschleppt hat.«

»Äußerst unwahrscheinlich, wenn du mich fragst.«

»Stimmt.« Ohne auf Anhieb den Grund zu kennen, kehrten Sydows Gedanken zu seinem Aufeinandertreffen mit den beiden Gestapo-Beamten und dem rätselhaften Verhalten des Mannes mit der Sonnenbrille zurück. Dass er sie trug, änderte nichts daran. Er hatte ihn vor längerer Zeit schon einmal gesehen, möglicherweise vor Jahren, nicht erst heute früh. Aber das war momentan nicht der Punkt. Der Punkt war, wieso er nicht eingegriffen hatte, selbst dann nicht, als sein Kollege niedergestreckt worden war. Und warum er ihn exekutiert hatte, kaltblütig, mit sichtlicher Freude daran.

»Und dieser Helfrich? Was ist mit dem?«, zerrte ihn Klinkes Frage wieder in die Gegenwart zurück. »Denkst du, man kann ihm ohne Weiteres trauen?«

»Unbedingt.«

»Will heißen, aus Angst vor weiteren Folterungen, von denen er laut Obduktionsbericht deines Pathologen-Kumpels jede Menge über sich ergehen lassen musste, bringt sich Möllendorf schließlich um. Mit oder ohne fremde Hilfe, wäre noch zu klären. Auf jeden Fall, so steht zu vermuten, weiht er niemanden sonst in sein süßes Geheimnis ein.«

»Und sein Abstecher in den Puff? Bekanntlich sind da schon ganz andere Kaliber schwach geworden.«

Im Begriff, etwas zu erwidern, geriet Klinke plötzlich ins Stocken: »Angenommen, Möllendorf war wirklich so dämlich, wie es den Anschein hat.«

»War er.«

»Komm schon Tom, du glaubst doch nicht etwa im Ernst, dass er sich die Mühe gemacht hat, Heydrichs Dossier in einem Schließfach verschwinden zu lassen, um es anschließend brühwarm auszuplaudern?«

»Glauben heißt bekanntlich nicht wissen.«

»Auf gut Deutsch: Dir steht der Sinn nach erotischen Eskapaden!«, spöttelte Klinke und warf Sydow das Streichholzbriefchen zu. »Ein Glück, dass wir nicht lange zu suchen brauchen!«

»Du hast es erfasst, Dicker!«, entgegnete Sydow, steckte es ein und tätschelte die Wange seines Assistenten. »Oder hast du vielleicht eine bessere Idee?«

»Essen gehen.«

»Erst die Arbeit, dann das Vergnügen!«, erwiderte Sydow und grinste breit. »Dank eingehender Ermittlungen eines gewissen Erich Kalinke sind wir zwar in den Besitz des Schlüssels zum Hort des Bösen gelangt, das wars dann aber auch schon.«

»Im Klartext: Eine Stippvisite in diesem ›Salon Kitty‹ ist die einzige Chance, die wir noch haben.«

»Messerscharf gefolgert, Herr Kalinke.«

»Kriminalassistent, wenn ich bitten darf!«

»Wenn schon, dann aber auf Lebenszeit!«, witzelte Sydow und wandte sich instinktiv um. »Wie spät ist es eigentlich?«

»Hahaha!«, gab sich Klinke gelassen, schnitt eine Grimasse und sah beiläufig auf die Uhr. »5.45 Uhr!«, antwortete er mit verständnislosem Blick. »Wieso willst du das so genau wissen?«

Doch Sydow, auf einmal aschfahl, hörte nur noch mit einem Ohr hin, ging in Deckung und zog seine Waffe: »Weil jetzt zurückgeschossen wird!«*, stieß er hervor und bedeutete Klinke, es ihm gleichzutun.

Klinke verstand, doch seine Reaktion kam um Sekundenbruchteile zu spät. Im Visier eines der beiden Gestapo-Fahnder, die wie aus dem Nichts aufgetaucht waren, blieb ihm keine Zeit mehr, die Waffe zu ziehen. Die Kugeln kamen in rascher Folge, jede davon ein Treffer, durchsiebten den Körper des Zwei-Zentner-Mannes, als sei er aus Papier. Doch so leicht ließ sich ein Erich Kalinke nicht unterkriegen. Selbst dann, als das Magazin seines Kontrahenten leer war, hielt er sich immer noch aufrecht, die riesigen Pranken auf die Brust gepresst.

Dann brach er zusammen, ein Lächeln im Gesicht. »Auf Lebenszeit!«, hauchte er, während ihm ein Sammelsurium von Bildern, Stimmen und Geräuschen die Sinne zu verwirren begann.

---

* Anspielung auf Hitler-Rede bei Kriegsbeginn: ›Seit 5.45 Uhr wird jetzt zurückgeschossen!

Davon, dass Tom Sydow, der einzige Mann, zu dem er je aufgeblickt hatte, die beiden Agenten der Reihe nach liquidierte, bekam Klinke so gut wie nichts mehr mit. Der Aufschrei, der durch die Kehlen der Passanten drang, das aufgeregte Rufen seines Kollegen, ja selbst das Bellen der Handfeuerwaffen. All das berührte ihn nicht mehr. Das Einzige, was ihn noch am Leben hielt, war der verzweifelte Aufschrei Sydows, als er sich über seinen von Kugeln durchsiebten Körper beugte. Aber auch das rettete ihn nicht, und ein paar Sekunden später war Erich Kalinke tot.

29

Berlin-Wilmersdorf, Giesebrechtstraße 11 | 19.05 h

»Wusste ichs doch, dass du ein Bulle bist!« Nach außen hin gewohnt souverän, um nicht zu sagen kalt wie ein Fisch, knöpfte sich Natascha alias Magda Jannowitz die Bluse zu, ordnete ihr Haar und begab sich auf die Suche nach ihrem Schminkkoffer, um frisches Rouge aufzutragen. Das hatte sie auch bitter nötig, war die hochdekorierte Sowjet-Agentin doch so kalt erwischt worden wie noch nie.

Die Suche dauerte länger als erwartet, und was Natascha am meisten irritierte, war die Tatsache, dass ihr jegliche Kaltschnäuzigkeit fehlte. Bis zu dem Zeitpunkt, als sie dieser Bulle angequatscht hatte, war noch alles in Ordnung gewesen, eigentlich wie immer. Die Kundschaft, reichlich Prominenz, Parteibonzen und Mitglieder des Diplomatischen Korps, war die gleiche. Das Ambiente, ein Edelbordell, das höchsten Ansprüchen genügte, war das gleiche. Und die allabendliche Routine, die Suche nach dem sprichwörtlichen dicken Fisch, der den Genossen vom NKWD von Nutzen sein würde, war die gleiche. Nur sie, Stalins Speerspitze, wie Berija sie zu titulieren pflegte, war nicht mehr die Gleiche. Und das, nicht zuletzt aber auch der durchdringende Blick dieses Bullen, war das eigentlich Bestürzende für sie.

Auf die Idee, Alarm zu schlagen, wäre sie trotzdem nicht gekommen. Dafür war die Angelegenheit viel zu heiß. Und sie, die sie Männer gewöhnlich kalt ließen, viel zu konfus. Um Zeit zu gewinnen, zog Natascha ihre Schönheitskorrektur absichtlich in die Länge, wobei es allerdings nichts zu beschönigen gab. Sie war einfach der Typ, auf den die Männer flogen, der brünette Vamp, der die Kerle nach Belieben um den Finger wickelte. Bis dieser Bulle aufgetaucht war, der so aussah, als hätte man ihn gerade aus der Gosse gezogen und ihr das Bild von Möllendorf unter die Nase gerieben hatte. Das hatte sie buchstäblich umgehauen, und wenn sie diesen Typen richtig einschätzte, war ihm das nicht entgangen.

»Wieso gerade ich?«, fragte Natascha, darauf aus, möglichst gelassen zu wirken. Ein Blick auf den Bullen, und ihr war klar, dass er sich davon nicht täuschen ließ. Natascha hätte sich ohrfeigen können wegen ihrer Unbeholfenheit. Hinzu kam noch etwas anderes. Etwas, das sie nie und nimmer für möglich gehalten hätte.

Dieser Typ gefiel ihr. Und das sogar ziemlich gut. Er hatte einfach das gewisse Etwas. Blaue Augen, rotblondes Haar und Grübchen. Ein Mann mit Humor, das sah man ihm an. Aber auch einer, mit dem nicht zu spaßen war.

»Purer Instinkt!«, antwortete der Mann, der sich ihr als Hauptkommissar Sydow vorgestellt hatte. Es war die Art, wie er es sagte, die Nataschas romantische Anwandlungen auf der Stelle zunichtemachte. Seine Stimme hatte etwas Unberechenbares an sich. Etwas Rücksichtsloses. Der Eindruck, der sich ihr aufdrängte, wirkte fast absurd, aber je länger sie diesen Sydow in Augenschein nahm, umso mehr gewann sie den Eindruck, der Mann habe mit dem Leben abgeschlossen. Ein Mann, der auf nichts und niemanden mehr Rücksicht zu nehmen gewillt war.

Folglich ein Mann, vor dem man sich in Acht nehmen musste. Die geringste Blöße, und sie konnte ihre Mission abschreiben. »Also: Wann genau haben Sie den Mann auf dem Bild hier gesehen?«

»Überhaupt nicht. Wir sind hier schließlich kein Kindergarten.«

Der Bulle lächelte, auf eine Art, die ihr den kalten Schweiß unter den Achseln hervortrieb. Die Schürfwunde in seinem Gesicht, allem Anschein nach frisch, war dazu angetan, ihre Anspannung noch zu erhöhen. ›Crew 22‹, ließ sich der Kommissar das Heft jedoch nicht aus der Hand nehmen. »Was, Gnädigste, glauben Sie, hat das wohl zu bedeuten? Doch wohl nur, dass das Bild bereits 20 Jahre alt ist. Auf ein Neues. Wann und bei welcher Gelegenheit haben Sie den Mann oben rechts schon einmal gesehen? Um Missverständnissen von vornherein vorzubeugen – es ist der da!«

Nichts einfacher, so zu tun, als sei ihr Möllendorf noch nie über den Weg gelaufen, aber aus einem unbestimmbaren, kaum zu erklärenden Grund entschied sich Natascha für das Gegenteil: »Vergangenen Dienstag!«, lenkte sie ein und setzte sich neben dem Kommissar aufs Bett, die Beine eng aneinandergepresst.

Der tat so, als sei sie Luft für ihn und ließ den Blick durch das mit Hausbar, echtem Perser und Ledersesseln geradezu luxuriös ausstaffierte Séparée schweifen, wobei Louis-XV-Tapeten und gedämpftes Kerzenlicht dem Ganzen sozusagen den letzten Schliff verliehen. An seinem Gesicht, auf dem ein angewidertes Lächeln aufblitzte, war jedoch genau zu erkennen, was der Kommissar davon hielt.

Wenn sie geglaubt hatte, der Bulle würde sich damit

zufriedengeben, sah sich Natascha jedoch getäuscht. »Stammkunde?«, fragte er mit einem Ausmaß an Geringschätzung, das nicht mehr zu überbieten war.

»Der? Bei mir?«

»Mit anderen Worten, der Herr ist Ihnen bestens bekannt!«, ließ sich der Bulle nicht aufs Glatteis führen und steckte das Bild wieder ein. »Darf man fragen, wie sehr?«

»Eben so, wie das bei Stammkunden ist!«, wäre Natascha beinahe der Kragen geplatzt.

»Besonders deshalb, da es sich um einen überaus einflussreichen Kunden gehandelt zu haben scheint. Wer wäre auch so dumm, es sich mit Heydrichs rechter Hand zu verderben!«

Von seinem Beruf hatte dieser Bulle eine Menge Ahnung, das musste ihm der Neid lassen. »Bevor Sie mich danach fragen: Ich kannte nur seinen Namen, mehr war da nicht.«

»Und der wäre?«

»Alfred von Möllendorf.«

»Halten Sie mich wirklich für so dumm, dass ich Ihnen das Märchen von der Edelkurtisane und dem bösen Wolf abkaufe? Ich darf doch wohl annehmen, dass Sie mit Ihrem schwarzen Ritter von der SS etliche Male intim geworden sind. Das löst die Zunge, um es dezent zu sagen. Da erzähle ich Ihnen doch wohl nichts Neues!«

»Was wollen Sie damit sagen?«

»Ich will damit sagen, dass mir das Gerede um den heißen Brei langsam aber sicher auf die Nerven geht! Im Klartext: Ich möchte von Ihnen jetzt alles – aber auch wirklich alles – über Möllendorf erfahren!«

»Wieso eigentlich? Hat er etwas verbrochen?«

Der Bulle lachte kurz auf, und Natascha, die neben ihm auf der Bettkante saß, rückte so weit wie möglich von ihm weg. Dieser Kerl war nicht nur ausgebufft, sondern auch willens, mit allen Mitteln ans Ziel zu kommen. Sogar mithilfe von Methoden, die Polizisten normalerweise nicht anzuwenden pflegten. »Könnte man so sagen! Wobei ich mir sicher bin, dass Sie mehr darüber wissen, als Sie mir Glauben machen wollen. Darum zum Was-weiß-ich-wievielten Mal. Packen Sie endlich aus, sonst sehe ich mich gezwungen, Methoden anzuwenden, die ich im Grunde verabscheue!«

»Also gut. Er war Dienstagabend bei mir.«

»So weit waren wir bereits. Und weiter?«

»Wollen Sie vielleicht, dass ich eine detaillierte Schilderung abgebe, wie ich mit ihm …«

»Dass Sie Ihr Handwerk verstehen, sieht man Ihnen an!«, unterbrach sie der Bulle mit beißendem Spott. »Was mich dagegen interessiert, ist, wann er kam, wie lange er blieb und worüber Sie gesprochen haben. *Danach*.«

»Wann er kam? So gegen 22.30 Uhr.«

»Gehts vielleicht etwas genauer?«

»Leider nicht.«

»Also gut! Wann ist er wieder gegangen?«

»Relativ spät. Kann sein, dass es schon 3 Uhr war oder so.«

»Oder so!« Der Bulle gab ein verächtliches Schnauben von sich. »Donnerwetter – der gute Herr von und zu muss Sie ja ordentlich in Atem gehalten haben!«

»War ja auch kein Wunder.«

»Wieso?«

»Weil es Dienstag war.«

»Will heißen?«

»Der Tag, an dem für die normale Kundschaft Betriebsruhe ist. An dem Heydrich und Konsorten, unter anderem auch Möllendorf, unter sich waren, wenn Sie verstehen, was ich meine?«

»Folglich der Tag, an dem die Mikrofone ausgeschaltet waren?«

Wieder einmal kalt erwischt, musste sie sich etwas einfallen lassen. Dieser Bulle war nicht nur ausgebufft, sondern brandgefährlich. Einer von der Sorte, die über Leichen ging. »So zu tun, als wüssten Sie von nichts, würde jetzt einen ganz, ganz schlechten Eindruck machen!«, ließ er keinen Zweifel daran, dass er nicht lange fackeln würde. »Falls es Sie beruhigt, darf ich Ihnen mitteilen, dass die Abhöranlage drunten im Keller momentan nicht funktionstüchtig ist.«

»Was wollen Sie damit sagen?«

»Und der Pappkamerad, der sie normalerweise bedient, ebenso.«

Keine weiteren Fragen. Natascha schlug die Augen nieder und legte die Hände in den Schoß. Gegen diesen Bullen mit dem Dreitagebart war kein Kraut gewachsen.

»Schön, dass Sie bereit sind, Vernunft anzunehmen.«

Und Gedanken lesen konnte er zu allem Überfluss auch. Natascha streifte ihre hochhackigen roten Lackschuhe ab, verpasste ihnen einen Tritt und wandte sich dem Mann zu, der sie wie kein Zweiter in die Enge getrieben hatte. Und noch weiter in die Enge treiben würde. »Fragen Sie, und Sie werden Ihre Antwort bekommen. Insofern ich eine weiß.«

»Schön, dass Sie es einrichten können! Und deshalb mache ich es auch ganz kurz. Damit Sie sich wieder den Freuden des Lebens zuwenden können.« Mit dem Wort ›geringschätzig‹ war der Blick, den ihr der Bulle zuwarf, nur unzureichend umschrieben. »Und darum, Gnädigste, nur noch eine einzige Frage – mit der Bitte um eine präzise Antwort. Worüber genau hat Möllendorf mit Ihnen gesprochen?«

»Geprahlt hat er, und nicht zu knapp. Von wegen er hätte sie alle in der Hand und so.«

»Wen genau?«

»Na, wen wohl – die ganz hohen Tiere!«

»Wie hoch?«

»Bis es höher nicht mehr geht.«

»Erpressung?«

»So was in der Art!«

»Ich verstehe.«

Natascha warf Sydow einen flüchtigen Seitenblick zu, erhob sich und sah zum Fenster hinaus. Die drückende Schwüle hatte etwas nachgelassen, und von Osten her zog eine Gewitterfront herauf. »Der Coup seines Lebens, hat er gesagt.«

»Und weiter nichts?«

»Doch.« Natascha holte tief Luft, bevor sie weitersprach. »Dass sich *das* Staatsgeheimnis schlechthin in seinem Besitz befände, zwecks späterer Verwendung sozusagen. In einem seiner Meinung nach todsicheren Versteck.«

»Das waren seine Worte?«

Natascha nickte.

»Und wo?«

»Keine Ahnung!«, warf Natascha achselzuckend ein.

»Wirklich nicht?«

»Wenn ichs Ihnen doch …!«, brach es aus Natascha

hervor, bevor ihr die Luft wegblieb, weil sie die Mündung einer Walther PPK an der Schläfe spürte.

»Jetzt hören Sie gut zu, Gnädigste!«, verschärfte der Bulle unüberhörbar den Ton. »Entweder Sie packen aus, oder Sie werden Ihr blaues Wunder erleben. Dass Sie mir nichts vormachen können, dürften Sie ja wohl mitgekriegt haben! Also, wo hat dieser Dreckskerl die Geheimdossiers gebunkert?«

»Ich weiß es nicht, verdammt noch mal!«

»Falls Sie mit dem Gedanken spielen, auf eigene Faust zu operieren: Geben Sie sich keine Mühe!«, fuhr sie der Bulle an und hielt ihr einen Safeschlüssel vor die Nase, den er kurz darauf wieder verschwinden ließ.

»Fehlt also nur noch die Schatzkarte.«

»Du hast es erfasst, Süße!«, antwortete der Bulle, riss sie herum und drückte ihr den Lauf auf die Stirn. »Und jetzt raus mit der Sprache – deine Zeit läuft ab!«

Zu ihrem eigenen Erstaunen war Natascha völlig ruhig, und als ihr der rote Fleck knapp oberhalb der Gürtellinie auffiel, der sich langsam, aber unaufhaltsam auf seinem Hemd ausbreitete, lächelte sie, schob die Walther PPK zur Seite und bedachte Sydow mit einem triumphierenden Blick: »Falls Sie es noch nicht gemerkt haben sollten, Herr Kommissar –«, höhnte sie, »Ihre wahrscheinlich auch!«

30

Berlin-Friedrichshain, Proskauer Straße | *20.08 h*

Der letzte halbe Kilometer war der schlimmste. Sydow machte eine kurze Verschnaufpause, biss die Zähne zusammen und schleppte sich weiter.

Nur ein Streifschuss, hatte er anfangs gedacht. Zu Recht. Und sich nicht weiter drum gekümmert. Klinke hatte seine Hilfe nötiger gehabt. Aber er war zu spät gekommen, wie so oft.

Für Selbstmitleid war zum gegenwärtigen Zeitpunkt jedoch kein Platz. Er war ganz nah dran. Das merkte er genau. Wenn man wie er fast zehn Jahre bei der Kripo war, entwickelte man ein Gespür dafür. Zugegeben, von seiner Stippvisite in diesem Nobelpuff hatte er sich mehr erwartet. Wesentlich mehr. Hinzu kam, dass irgendetwas mit dieser äußerst attraktiven Frau mit Sicherheit nicht stimmte. Klinke hätte ihn jetzt bestimmt für bekloppt erklärt. Aber sie hatte etwas an sich gehabt. Etwas, das nur schwer in Worte zu fassen war. Für jemanden, der in die Enge getrieben wurde, hatte sie nämlich erstaunlich gelassen reagiert. Ganz anders, als man es normalerweise in einer derartigen Situation erwarten würde. Keine Frage, diese Frau war es gewohnt, mit ihren Gefühlen hinterm Berg zu halten. Zwischen ihr und den Nutten, mit denen er es bei seinen bisherigen Ermittlungen zu tun gehabt hatte, lagen jedenfalls Welten. Selbst wenn man berücksichtigte, dass in einem Bordell der SS das Beste gerade einmal gut genug zu sein schien.

Derlei Spekulationen, so reizvoll sie auch waren, brachten ihn jedoch nicht weiter. Sydow war schweißgebadet, seine Stirn glühend heiß, und er konnte sich kaum noch auf den Beinen halten. Je näher er seiner Wohnung kam, umso mehr schwindelte ihn, umso stärker die Zweifel, die sich in ihm regten. Jetzt nur nicht schlappmachen, hämmerte er sich ein, obwohl ihn der Gedanke beschlich, dass genau das innerhalb der nächsten Minuten passieren würde.

Nur noch diese eine Ecke, dann war es geschafft.

Kaum war sein Aufatmen verebbt, meldete sich sein Instinkt, in diesem Falle Gespür für Gefahr. Sydow zog seine Waffe und pirschte sich mit dem Rücken zur Wand an die Häuserecke heran. Glück für ihn, dass es dunkel wurde. So hatte er wenigstens eine gewisse Chance.

Die Limousine, die gerade vorfuhr, war ihm bestens bekannt. Der obligatorische Mercedes Benz 230, also doch. Er hätte es sich denken können. Wie nicht anders zu erwarten, waren sie ihm dicht auf den Fersen. Etwas zu dicht zwar, da ihm jetzt keine Zeit mehr blieb, sich droben in seiner Wohnung mit Munition, Mullbinden und Tabletten zu versorgen, aber was machte das schon! Sydows Griff um seine Walther PPK verstärkte sich, genauso wie die Versuchung, die Sache jetzt und hier auszufechten. Dass er ihr nicht erlag, wunderte ihn, aber als sein Blick auf sein blutdurchtränktes Hemd fiel, das durch sein Jackett nur notdürftig verdeckt wurde, besann er sich und zog sich in die nächstbeste Toreinfahrt zurück.

Sämtliche Gebäude, die meisten aus der Zeit vor der Jahrhundertwende, waren durch einen gemeinsamen Hinterhof miteinander verbunden. So auch das, in dem er wohnte. Sein Glück. Während er über den Hof wankte, flogen die Ereignisse des Tages noch einmal an ihm vorbei. Sydow stöhnte innerlich auf. Klinke tot, Helfrich untergetaucht, Kruppke exekutiert, Böhm auf der Flucht und er, Sydow, so gut wie schachmatt – von den Opfern des Bombenanschlags gar nicht zu reden. Es war viel passiert an diesem Tag. Mehr, als er ertragen konnte.

Nichts wie hoch in seine Wohnung. Und dann würde er weitersehen. Trotz der Tatsache, dass sein Körper nach wie vor funktionierte, wurde Sydow von lähmender Müdigkeit erfasst. Kaum imstande, klar zu denken, schleppte er sich über den Hof und hielt auf die Hintertür seines Hauses zu. Dass das, was er da tat, Wahnsinn war, wusste er, aber es kümmerte ihn nicht mehr. Ebenso wenig, dass irgendein Fahnder ihn bereits im Visier haben könnte. Der Drang, sich in seiner Wohnung zu verschanzen, war übermächtig geworden, vergleichbar mit dem eines verwundeten Raubtiers, das sich in seiner Höhle verkriecht.

Als die Hoftür hinter ihm ins Schloss fiel, atmete Sydow hörbar auf. Die erste Etappe war geschafft, die nächste jedoch viel schwieriger. Die Blutung war nicht mehr zu stoppen, und Sydow klammerte sich verzweifelt am Treppengeländer fest. Auf einmal, so schien es, war der Weg in den dritten Stock zu einem unüberwindbaren Hindernis geworden, und er ertappte sich bei der Vorstellung, wie vorteilhaft eine Festnahme in diesem Moment doch wäre.

Zu seiner Überraschung trat dieser Fall jedoch nicht ein. Trotzdem wurde er das Gefühl nicht los, dass jemand in der Nähe war. Wie er darauf kam, war ihm nicht wirklich klar, denn im Flur war es stockdunkel. Sydow wischte sich den Schweiß von der Stirn, suchte Halt am Geländer und arbeitete sich Schritt für Schritt, Stufe um Stufe voran. Wenn ihm jetzt, noch dazu in diesem Zustand, jemand in die Quere käme, wäre er erledigt, selbst wenn es einer der Hausbewohner war. Doch es war und blieb still. Sydow presste einen unterdrückten Fluch hervor. Alles wirkte so unwirklich, nachgerade bizarr, und trotz seiner blutverklebten Hände, die ihren Abdruck auf dem Geländer hinterließen, kam er sich wie in einem Albtraum vor.

Als er vor seiner Tür stand, konnte er es selbst kaum glauben. Doch dann, als der Schlüssel bereits im Schloss steckte, war da wieder dieses Gefühl von vorhin, merkwürdigerweise jedoch ohne eine Spur von Beklemmung in ihm zu erzeugen. Eines jedoch konnte er mit Sicherheit sagen: Er war nicht allein.

Sydow sollte recht behalten, wenn auch auf eine Weise, die er sich nie und nimmer hätte vorstellen können.

Im Begriff, die Tür aufzuschließen, während er die linke Hand auf die Wunde presste, hörte er plötzlich ein Geräusch, das vom nächsthöheren Treppenabsatz kam. Ein Knarren, das, wie er reflexartig erkannte, auf die Anwesenheit einer weiteren Person schließen ließ. Da es stockdunkel war, er aber nicht einmal mehr die Kraft besaß, zur Waffe zu greifen, stützte sich Sydow gegen den Türrahmen, drückte auf den Lichtschalter und drehte sich langsam nach rechts.

Zunächst einmal war er überrascht. Weniger aufgrund der Tatsache, dass die Beleuchtung auf dem Treppenabsatz nicht funktionierte, sondern deshalb, weil es eine Frau war, die allem Anschein nach auf ihn gewartet hatte. Zuerst dachte er, es sei Evelyn, mit der er sich vorgestern verkracht hatte, oder vielleicht Veronika oder wer ihm sonst noch alles über den Weg gelaufen war.

Aber dem war nicht so.

Als die mittelgroße, schlanke und sichtlich mitgenommene Frau aus dem Halbdunkel hervortrat, hielt Sydow den Atem an. Und war sprachlos.

Jetzt fängst du langsam an durchzudrehen, meldete sich seine innere Stimme zu Wort. Er war völlig durcheinander, so perplex wie schon lange nicht mehr. Dementsprechend lange, für seine Begriffe eine Ewigkeit, blieb er einfach stehen, unfähig, sich von der Stelle zu rühren.

Er kannte diese Frau, wenngleich er sie völlig anders in Erinnerung hatte. Vier Jahre waren eben eine lange Zeit. Ein Zeitraum, in dem sich ein Mensch verändern konnte. Angesichts dessen, was sie hinter sich hatte, auch kein Wunder. Obwohl er sich dafür schämte, blieb Sydows Blick wie gebannt auf ihr haften. Sanft gewelltes, schulterlanges Haar, dunkle Augen, geschwungene Brauen, dazu ein wehmütiges Lächeln – ein Gesicht wie dieses vergaß man einfach nicht. Selbst wenn, wie ihm schmerzlich bewusst wurde, seit seinem letzten Zusammentreffen mit ihr viel Zeit vergangen war.

»Hallo, Tom!«, tat sie sich offensichtlich genauso schwer wie er. »Wie geht es dir?« Aber dann, auf der vorletzten Stufe, wurde sie plötzlich leichenblass und schlug die Hand vor den Mund.

»Nicht der Rede wert!«, gab sich Sydow betont lässig, als ihr Blick auf die Schusswunde fiel. »Und du, Rebecca?«, presste er wie ein schüchterner Pennäler hervor. »Wie geht es dir?«

Eine Frage, die an Unbeholfenheit nicht zu überbieten war. Sydow hätte sich dafür ohrfeigen können, wollte seinen Schnitzer wiedergutmachen. Dazu sollte es jedoch nicht kommen. Auch ohne umständliche Erklärungen hatte Rebecca die Situation sofort erfasst, schloss die Tür auf und bugsierte ihn in die Wohnung hinein. Zu schwach, um von irgendwelchem Nutzen zu sein, ließ Sydow es einfach geschehen.

»Lass sehen, Tom!« Als sei nichts geschehen, schon gar nicht das, was ihr am heutigen Tage widerfahren war, schlang Rebecca den Arm um ihn und dirigierte ihn behutsam in Richtung Wohnzimmercouch. Sydow ließ auch das geschehen, aber als Rebecca Anstalten machte, ihm das Hemd aufzuknöpfen, wich er ihr schüchtern aus.

»Das hätte ich mir wirklich nicht träumen lassen!«, sprach sie mit hintergründigem Lächeln, während sie die Wunde in Augenschein nahm. Sydow war das alles ziemlich peinlich, und wahrscheinlich sah man ihm das auch an.

»Was denn?«

»Dich überhaupt einmal erröten zu sehen.«

Sydow lächelte schwach, und wäre der Schmerz nicht gewesen, der dafür sorgte, dass er sich mit zusammengebissenen Zähnen auf dem Sofa krümmte, hätte es vermutlich irgendeine halbherzige Rechtfertigung gegeben. Dafür und für manch anderes, was ihm auf der Zunge lag, war jedoch nicht die richtige Zeit, die Verletzung ernsthafter als gedacht. »Du kommst im richtigen Moment!«, flüsterte er und warf einen hastigen Blick zur Tür.

»Bist du dir da wirklich sicher?«

Sydow ließ sich mit seiner Antwort Zeit. Sein Gequatsche war ihm ohnehin peinlich genug. »Ich wüsste jedenfalls nicht, was ich ohne dich anfangen sollte!«, hörte sich sein Kommentar trotzdem wenig überzeugend an.

Darin vertieft, den Saum seines Hemdes von der Wunde zu lösen, schien Rebecca seine Worte nicht gehört zu haben. Zumindest tat sie so. »Ich nehme an, das Verbandszeug ist irgendwo im Bad?«, fragte sie.

Sydow nickte, und während Rebecca sich auf die Suche machte, wanderte sein Blick erneut zur Tür. Sein Atem beschleunigte sich, und als Rebecca zurückkam, richtete er sich mühsam auf. »Hör zu, Rebecca!«, beschwor er sie, »wenn du klug bist, bring dich so schnell wie möglich in …«

»... in Sicherheit? Ist es das, was du mir sagen willst?«, fiel ihm Rebecca ins Wort. »Kommt mir irgendwie bekannt vor, Tom!«

»Die Gestapo ist hinter mir her – deswegen.«

»Trifft sich gut – hinter mir auch!«, erklärte Rebecca lapidar, stellte Verbandszeug, Jod und Necessaire auf den Tisch und drückte ihn sanft aufs Sofa hinab. »So – und jetzt halt einfach still!«

Sydow setzte zu einer Erwiderung an, hielt jedoch lieber den Mund.

»Achtung – gleich tuts ein bisschen weh!«, murmelte Rebecca kurz darauf, einen jodgetränkten Wattebausch in der Hand. Sydow legte den Kopf in die Handfläche und biss die Zähne zusammen. Von wegen ›ein bisschen‹!, fuhr es ihm durch den Sinn, als Rebecca die Wunde zu säubern begann. Der Schmerz ging durch Mark und Bein, speziell dann, als sie zur Pinzette griff, um die Wunde, die sich bereits entzündet hatte, von Textilfasern zu säubern.

»An dir ist wirklich eine Ärztin verloren gegangen!«, bedankte sich Sydow, als die Prozedur vorüber war. Rebecca ignorierte dies völlig, legte den Arm unter seine Achsel und stemmte seinen Oberkörper so vorsichtig wie möglich hoch, in der Absicht, die Wunde zu bandagieren.

»Vater war Arzt, schon vergessen?«, fragte sie, als Sydow schon nicht mehr mit einer Antwort rechnete. Sie tat dies beiläufig, ohne die Spur eines Vorwurfs im Ton.

Sydow nickte, und der Stich, den er in diesem Moment empfand, schnürte ihm die Kehle zu. »Eines Tages, das schwöre ich dir«, begehrte er wütend auf, »werden sich diese Verbrecher für das, was sie angerichtet haben, zu …«

»Schon gut, Tom!«, unterbrach ihn Rebecca sanft. »Was du tun konntest, hast du schließlich getan.«

»Hab ich nicht. Euch davor zu warnen, was dieser Goebbels im Schilde führt, war ja wohl weniger als genug.«

»Darauf kommt es nicht an, Tom.«

»Worauf dann?«

»Du hast getan, was du konntest, Tom. Leib, Leben und Karriere riskiert. Und damit mehr, als die meisten aufs Spiel zu setzen bereit waren.«

»›Reichskristallnacht!‹« Sydow spie das Wort förmlich aus, was Rebecca, die letzte Hand an seinen Verband legte, mit einem besorgten Stirnrunzeln quittierte.

»Und dein Vater?«

»Vater? Den hab ich seit damals nicht mehr wiedergesehen. Was im Übrigen auch für mein Schwesterherz gilt.«

»Und trotzdem, ich möchte die Jahre, in denen ich mit Agnes befreundet gewesen bin, nicht missen.« Ein Lächeln auf den Lippen, rollte Rebecca die Überbleibsel der Mullbinde zusammen und legte sie wieder zurück auf den Tisch. »Schließlich haben sie mir ja auch einen großen Bruder beschert«, ergänzte sie und warf Sydow einen hintergründigen Seitenblick zu. »Noch dazu einen, für den ich überhaupt nichts konnte!«

Krebsrot im Gesicht wusste Sydow nicht, wohin mit seinem Blick, und rutschte nervös auf der Couch hin und her. »Ob du es nun wahrhaben willst oder nicht, Herr von Sydow –«, flüsterte Rebecca halb belustigt, halb nachdenklich vor sich hin, »es stimmt! Auf dich, wenn schon nicht auf deine Schwester, war wenigstens immer Verlass.«

»Und deine Mutter?«, lenkte Sydow aus purer Verlegenheit vom Thema ab.

»Später, Tom – nicht jetzt!«, gab sich Rebecca plötzlich zugeknöpft, während sich ihre Augen mit Tränen füllten. »Die Zeit ist einfach noch nicht reif dafür.«

Sydow verstand, und die Mischung aus Gram, Reue und Schuldgefühlen, die er in diesem Moment empfand, ließ ihn die Schusswunde glatt vergessen. Geraume Zeit saßen sie einfach nebeneinander, jeder für sich, außerstande, die richtigen Worte für die Geschehnisse zu finden.

»Gott gebe, dass sie es bereits überstanden hat!«, war alles, wozu sich Rebecca durchringen konnte, und obwohl er ihren Blick mied, saß Sydow ein Riesenkloß im Hals.

Doch dann, schon allein, um sich abzulenken, ergriff er die Initiative. »Hör zu, Rebecca!«, redete er fast beschwörend auf sie ein. »Wir müssen uns etwas einfallen lassen, sonst …«

Sydow hielt abrupt inne, denn im selben Moment klingelte das Telefon. Tief in Gedanken, fuhr Rebecca in die Höhe, doch Sydow war schneller, rappelte sich auf und griff zum Hörer. »Ja?«

»Sydow, altes Haus – na, wenn das keine Freude ist!«, tönte es ihm vom anderen Ende der Leitung entgegen. »Zeit für einen kleinen Plausch?«

Total von der Rolle, hielt Sydow den Atem an, und eine wirre Abfolge von Bildern, Gesprächsfetzen und Eindrücken jagte durch sein Gehirn. Er hatte Mühe, sich zu konzentrieren, ein Dilemma, das dem Anrufer offenbar nicht entging: »Sag mal, freust du dich etwa nicht?«, setzte er sofort nach, hocherfreut, ihn kalt erwischt zu haben.

Nein, ganz bestimmt nicht. Angesichts des Verdachts, den er im Stillen hegte, war ihm das Lachen auf der Stelle vergangen. Ein Verdacht, der seit mehreren Stunden in ihm geschlummert, durch die Stimme des Anrufers aber erst richtig in sein Bewusstsein gedrungen war. Sydow klopfte das Herz bis zum Hals, und sein Blut pulsierte so heftig wie nie. Also doch. Er hatte es, wenn schon nicht gewusst, so doch wenigstens geahnt. Der Mann, der Kruppke mit einem Lächeln auf den Lippen ins Jenseits befördert hatte, war ihm bestens bekannt. Und das war noch untertrieben. Er war einmal sein Freund gewesen. Klinke nicht mitgerechnet vielleicht der beste, den er jemals hatte.

»Klar doch!« Echte Wiedersehensfreude hörte sich anders an, und der Argwohn in Sydows Stimme war nicht zu überhören. »Wie gehts?«

»Danke der Nachfrage!«, antwortete der Marder hörbar amüsiert und fügte hinzu: »Was man von dir, altes Haus, unter den gegebenen Umständen wohl nicht sagen kann!«

»Was soll das heißen?«

»Das soll heißen, Kater Tom«, witzelte der Anrufer, »dass ich Obersturmführer Moebius, meinen allseits geschätzten Vorgesetzten, nur mit Mühe davon abhalten konnte, dir halb Berlin auf den Hals zu hetzen!«

Auf einen Schlag wie elektrisiert, begann Sydow zu begreifen, trat ans Fenster und schob den Vorhang ein paar Zentimeter beiseite. Die Dunkelheit brach herein, und drunten auf der Straße war kein Mensch zu sehen. Um den Bomberstaffeln des Gegners die Orientierung zu erschweren, war die Straßenbeleuchtung außer Betrieb. Der Mann in der Telefonzelle auf der gegenüberliegenden Straßenseite war dennoch gut zu erkennen. Es war der Mann, der ihm vertraut gewesen war wie kaum ein Zweiter. Der Mann, der Kruppke exekutiert hatte. Aber auch der Mann, dessen Absichten er immer noch nicht durchschaute.

Der Mann mit den Nerven aus Stahl.

Dass er gerade jetzt zu ihm hinaufwinkte, grenzte schon fast an Impertinenz. »Wenn du schon dabei bist, die Lage zu sondieren«, war sein Verhalten in puncto Kaltschnäuzigkeit nicht zu überbieten, »tu mir bitte den Gefallen und wirf einen Blick nach rechts.«

Sydow hasste es, wie eine Marionette manipuliert zu werden, konnte der Versuchung jedoch nicht widerstehen. »Und was hat das Ganze zu bedeuten?«, fragte er, als er Moebius, seinen Intimfeind, auf dem Beifahrersitz des Mercedes Benz 230 sitzen sah.

»Der gute Tom Sydow – immer ein wenig schwer von Begriff!«

»Raus mit der Sprache – was hast du vor?«, fuhr Sydow den Zimmergenossen gemeinsamer Internatstage an.

»Nennen wir es ein kleines Geschäft – um die Angelegenheit nicht unnötig zu verkomplizieren. Wer weiß, vielleicht gelingt es auf diesem Wege, unsere freundschaftlichen Bande wieder zu aktivieren.«

»Ein Geschäft, soso.«

»Warum denn so misstrauisch, Tom?«, gab sich der Marder betont kühl. »An deiner Stelle würde ich mir erst anhören, was für uns beide dabei herausspringen könnte.«

»Für uns beide?«

»Du hast richtig gehört. Um es kurz zu machen, Tom, wie du dir sicher vorstellen kannst, weiß ich über die Affäre Moebius bestens Bescheid. Jedenfalls gut genug, um darüber im Bilde zu sein, dass deine Bemühungen an einem toten Punkt angelangt sind.«

»Und woher willst du das wissen?«

»Komm schon, Tom, machen wir uns nichts vor! Alles, was du bis jetzt rausgekriegt hast, ist, dass Möllendorf tatsächlich Selbstmord begangen hat.«

»Wobei Moebius, um eine falsche Fährte zu legen, Kruppke den Befehl gab, ihm eine Kugel samt Abschiedsbrief zu verpassen. Richtig?«

»Na klar, Herr Kommissar.«

»Zu dumm, dass sich sein Stiefellecker über den Unterschied zwischen rechts und links nicht vollständig im Klaren war.«

Der Marder lachte in sich hinein. »Hast du von der Gestapo vielleicht was anderes erwartet? Trotzdem, mein Kompliment.«

»Ein Kompliment, das ich leider nicht erwidern kann.«

»Und wieso?«

»Weil ich nicht weiß, was du vorhast, darum!«

»Warum denn so misstrauisch, Don Juan? Dass deiner neuesten Eroberung kein Haar gekrümmt wird, versteht sich ja wohl von selbst!«

»Woher weißt du, dass ...«

»Weil die Pforte zu deinem Harem seit geraumer Zeit unter Bewachung steht. Schon gewusst, dass reichsweit nach dir gefahndet wird? Wobei du von Glück sagen kannst, dass Moebius deine Ergreifung zur Chefsache gemacht und den ausdrücklichen Befehl erlassen hat, bei deiner Verhaftung zugegen zu sein. Wieso, kannst du dir wahrscheinlich denken! Und was diese Rebecca Kahn betrifft: Einer der beiden Agenten, die schräg gegenüber hinter dem Rollladen kleben, hat sie anhand der Fahndungsdatei zweifelsfrei identifiziert. Will heißen: Gäbe es mich nicht, wärst du dazu auserkoren, die Radieschen von unten anzugucken! Nicht gerade das, was man eine Perspektive nennt, oder?«

»Was hast du vor, Max?«

»Bravo, Tom! Dass du dich an meinen Namen erinnerst, hätte ich nicht zu hoffen gewagt!«

»Wenn Moebius rauskriegt, was du auf dem Kerbholz hast, wird dir das Lachen vergehen.«

»Schon möglich. Aber wenigstens sitzen wir dann im gleichen Boot.« Der Marder pausierte, warf einen Blick über die Schulter und fuhr in gepflegtem Konversationston fort: »Doch zurück zu unserem Geschäft, Tom. Im Grunde verhält es sich wie früher in der Schule. Wir sind aufeinander angewiesen.«

»Ich wüsste nicht, wieso.«

»Und ob! Oder muss ich noch groß betonen, dass wir beide hinter dem gleichen Schatz her sind?«

Sydow, der Moebius nicht aus den Augen ließ, nickte widerstrebend mit dem Kopf.

»Wusste ichs doch! Nichts leichter, als die Beute miteinander zu teilen, findest du nicht?«

»Und weshalb sollte ich das tun?«

»Ganz einfach, weil du, Kater Tom, im Besitz des Schlüssels zum Hort des Bösen bist.«

»Woher willst du das wissen?«

»Lassen wir das Versteckspiel, Tom. Dafür kennen wir uns beide doch wohl gut genug. Machen wirs kurz! Ich weiß, wo sich die Geheimdossiers befinden, und du, Edler von Sydow, hast den Schlüssel dazu. So wie früher! Ich weiß, wo man die schärfsten Bräute auftreiben kann, und Kater Tom wickelt sie um den Finger!«

»Sehr witzig, Max. Das Problem ist nur, dass du bei deinen Planspielen jemanden vergessen hast.«

»SS-Obersturmführer Moebius – du hast recht. Höchste Zeit, sich mit dem Herrn etwas näher zu befassen.«

Beim Klang des Lachens am anderen Ende der Leitung zuckte Sydow jäh zusammen. Da war etwas, das ihn aufhorchen ließ, eine Art Vorgeschmack auf das Geschehen, dessen Zeuge er nun wurde.

In der für ihn typischen, nonchalanten Art legte der Marder den Hörer beiseite, winkte zu ihm hinauf und schlenderte lächelnd zu der Limousine zurück, die in Sichtweite der Telefonzelle am Straßenrand stand. Er lächelte auch dann noch, als er die Beifahrertür geöffnet, ein paar Worte mit Moebius gewechselt und ihn mit einem gezielten Handkantenschlag außer Gefecht gesetzt hatte.

Sydow traute seinen Augen nicht. Das traf auch auf Rebecca zu, die in diesem Moment neben ihn trat. Für das, was dort drunten vor sich ging, hatte keiner der beiden eine Erklärung.

Noch nicht.

Offenbar hatte der Marder nichts dem Zufall überlassen. Nachdem Moebius zusammengesackt war, kurbelte er das Fenster hoch und schloss die Tür. Dann schlenderte er zum Kofferraum, ohne jegliche Hast. Sydow und Rebecca tauschten einen überraschten Blick. Noch war ihnen nicht klar, was der schlaksige, 1,90 m große Endzwanziger mit dem betont lässigen Auftreten vorhatte. Das sollte sich jedoch bald ändern, und je länger Sydow und Rebecca das Schauspiel verfolgten, desto mehr stockte ihnen der Atem.

Nachdem der Marder den Kofferraum geöffnet hatte, kramte er einen Schlauch hervor, stülpte ihn über den Auspuff und ließ den Kofferraumdeckel wieder einrasten. Dann nahm er das andere Schlauchende zur Hand, drückte es gegen die Heckscheibe und zog ein Requisit aus der Gesäßtasche, das wie ein vorsintflutlicher Glasschneider aussah. Mit dessen Hilfe und dem Schlauchende als Schablone ritzte er einen Kreis in die Scheibe, ließ den Schlauch auf den Boden gleiten und warf den

Glasschneider achtlos weg. Dann zog er seine Mauser 08 aus dem Halfter und schlug die Heckscheibe mithilfe des Kolbens ein. Was blieb, war ein kreisrundes Loch, und noch während der Marder das Schlauchende wieder in die Hand nahm und durch das Loch ins Innere der Limousine einführte, wurde Sydow von einer plötzlichen Ahnung erfasst. Rebecca hatte denselben Gedanken, doch im Gegensatz zu Sydow wandte sie sich mit wachsbleicher Miene ab.

Was nun folgen würde, stand ihm klar vor Augen, und für den Bruchteil einer Sekunde spielte Sydow mit dem Gedanken, es Rebecca gleichzutun. Was ihn daran hinderte, wusste er selbst nicht so genau, aber die Erinnerung an Klinkes Tod genügte, das Geschehen weiter zu verfolgen.

An dem, was nun geschah, hätte er sowieso nichts mehr ändern können. Ob er es billigte, war allerdings eine Frage, über die er jetzt lieber nicht nachdenken wollte.

Der Marder jedenfalls schien zum Äußersten entschlossen. Nachdem er den Schlauch weit genug ins Wageninnere eingeführt hatte, rieb er sich die Hände und schlenderte gemächlich zur Beifahrertür zurück. Allem Anschein nach war Moebius im Begriff, das Bewusstsein wiederzuerlangen, doch der Marder war schneller. Bevor sich der Obersturmführer zur Wehr setzen konnte, hatte er ihm ein Paar Handschellen angelegt, ein weiteres Paar, das er im Handschuhfach deponiert hatte, darin verhakt, die einzige noch freie Schlinge um das Steuer geschlungen und mit zufriedenem Lächeln einrasten lassen.

Sydow lief es eiskalt den Rücken hinunter, und es

fiel ihm schwer, in dem Mann, der gerade den Zündschlüssel betätigte, seinen ehemaligen Zimmergenossen zu erkennen. Und doch war dem so. Was ihn, der ihm als Max Claasen bekannt war, dazu trieb, wusste er nicht, doch er ahnte, dass dies alles nicht ohne Grund geschah.

Nicht ohne Grund und, soweit er ihn kannte, vor allem nicht ohne exakten Plan. Claasen war ein Mann, der nichts dem Zufall überließ. Ein Mann, der, hatte er erst einmal einen bestimmten Weg eingeschlagen, sich nicht mehr davon abbringen ließ.

Von nichts und niemandem.

So wie jetzt, in diesem Augenblick.

Der Rest erledigte sich von alleine, und nachdem er den Mercedes Benz 230 gestartet hatte, stieg der Marder aus, ging zur Motorhaube und öffnete sie. Ein paar Handgriffe, und das Standgas lief mit hoher Drehzahl, ein paar mehr, und sämtliche Türen waren abgeschlossen. Gerade rechtzeitig, bevor Moebius vollends zu Bewusstsein kam und die Lage, in der er sich befand, zu realisieren begann.

Doch da war es schon zu spät. Der Motor lief auf vollen Touren, spuckte Kubikmeter auf Kubikmeter Kohlenmonoxid aus. Was Moebius betraf, blieb er zunächst ruhig. Er saß einfach nur da, den Blick auf den Marder gerichtet, der mit einem Zigarillo im Mund neben der Beifahrertür stand. Mit dieser Ruhe war es jedoch rasch vorbei. Keine Minute war vergangen, als das Gas in immer dichteren Wolken ins Innere der Limousine drang. Eingedenk der Tatsache, dass es für ihn kein Entrinnen gab, riss Moebius den Kopf herum, starrte den Schlauch an, der ihm zum Verhängnis wurde. Und dann, als sein Schicksal besiegelt war, geriet der Obersturmführer in Bewegung. Er zappelte, fluchte, schrie – aber es sollte ihm nichts nützen. Die Handschellen, mit denen er ans Steuer gekettet war, taten ihren Dienst. Da nützte es nichts, dass Moebius wie ein Besessener um sich trat. Er saß in der Falle, ob er es wahrhaben wollte oder nicht.

Das Ende kam schnell, doch bevor es kam, war der Marder längst wieder am Apparat und sagte: »Damit wir uns richtig verstehen, Tom – dieser Mann hat Tausende auf dem Gewissen. Das wissen wir genau.«

»Und wer, bitte schön, sind ›wir‹?«

»Gestatten, dass ich mich vorstelle: Agent 004, Secret Service Seiner Majestät.«

»Ich nehme an, dass du für das, was du gerade tust, Gründe hast.«

»Gründe? Mehr als genug. Was diejenigen persönlicher Natur betrifft, bitte ich um etwas Geduld. Moebius betreffend kann ich dir jedoch eines sagen: Dieser Mann hat es verdient! Schon mal etwas von Gaswagen gehört? Purer Zufall, dass ich dahinter gekommen bin. Nach außen hin läuft das Ganze unter dem Deckmäntelchen der Partisanenbekämpfung. Die meisten von denen, die dieser Dreckskerl auf dem Gewissen hat, haben allerdings noch nie ein Gewehr in der Hand gehabt. Kapiert? Oder muss ich etwa noch deutlicher werden? Und jetzt entschuldige mich, ich habe nämlich zu tun! Oder bist du imstande, die beiden Schnüffler im dritten Stock gegenüber zu liquidieren? Nein? In diesem Fall musst du dich noch einen Moment gedulden!«

Während er einen Blick auf Moebius warf, der mit

ausgestreckter Zunge wie ein Berserker herumzappelte, legte Sydow auf. Dann sah er Claasen hinterher, der sich auf den Weg zur gegenüberliegenden Haustür machte. Dort angekommen, drückte er auf die Klingel, drehte sich um und winkte zu ihm hinauf.

Dann drückte er seinen Zigarillo aus, schraubte einen Schalldämpfer auf seine Mauser und flüsterte vor sich hin: »Höchste Zeit, den Job zu Ende zu bringen!«

*

»Du, Rebecca? Das kommt überhaupt nicht infrage!«, entschied Sydow barsch. »Wenn hier einer den Kopf hinhält, dann …«

»Lass gut sein, Tom – es stimmt!«, warf Claasen ein, während er das Magazin seiner Mauser auswechselte. »Je unauffälliger, desto besser!«

»Ohne mich.«

»Das stimmt ausnahmsweise.« Mit dem Rücken gegen den Türbalken gelehnt, trug der Marder die übliche Gelassenheit zur Schau. Unter der Oberfläche sah es jedoch anders aus. Die Ereignisse waren nicht spurlos an ihm vorübergegangen, allen Anstrengungen, dies zu kaschieren, zum Trotz. Unter seinen Achseln klebte der Schweiß, und der Blick, mit dem er Sydow bedachte, war fahrig und stumpf.

»Und wieso?« Kaum hatte er Claasen geantwortet, griff sich Sydow an die Hüfte, was jener mit dem für ihn typischen, mit Ironie durchsetztem Lächeln quittierte.

»Darum!«, versetzte der Marder, zündete sich eine John Player an und deutete auf seinen Verband. »In deiner Verfassung würdest du keine 100 Meter weit kommen. Und selbst wenn – das Risiko ist zu groß. Halb Berlin ist hinter dir her, schon vergessen? Von der Gestapo, die Himmel und Hölle in Bewegung setzen wird, ganz zu schweigen.«

»Und du?«

Die grünen, nahezu wimpernlosen Augen des Marders blitzten kurz auf, bevor er sich mit einer legeren Handbewegung durch die zerzausten Haare fuhr. »Ich? Bevor ich die beiden Schnüffler aus dem Verkehr gezogen habe, war einer von ihnen gerade am Telefonieren. Noch Fragen? Hinter mir, denke ich, sind sie inzwischen noch mehr her als hinter dir. Außerdem, fällt mir gerade ein, gibt es momentan weit Wichtigeres zu tun!«

»Und für mich auch!«, rief Rebecca, drehte sich auf dem Absatz um und begab sich nach draußen.

»Und das wäre?«, fragte Sydow, wobei im Unklaren blieb, an wen die Frage gerichtet war.

»Ein Anruf, der, so hoffe ich, uns dreien das Leben retten wird!«, antwortete der Marder.

»An den Retter in der Not?«

»So was in der Art.«

»Wie selbstlos!«, stieß Sydow sarkastisch hervor, bevor ihn ein neuerlicher Krampf auf das Sofa zwang.

Im Begriff, den Hörer in die Hand zu nehmen, drehte sich der Marder auf dem Absatz um. »Hast du vielleicht eine bessere Idee?«, fauchte er.

»Kommt drauf an, was du ausgeheckt hast.«

»Das kannst du getrost mir überlassen!«, konterte Claasen und nahm den Hörer in die Hand. »Oder trauen mir Eure Lordschaft etwa immer noch nicht über den Weg?«

»Nicht, bevor du sämtliche Karten auf den Tisch gelegt hast.«

»Typisch Sydow – trau keinem über 20!«, setzte sich Claasen vehement zur Wehr und sagte: »Zuerst werde ich besagten Anruf tätigen, dann wird deine ... deine ...«

»Belassen wir es bei ›Bekannte‹.«

Die Lippen des Marders kräuselten sich, aber ein Blick auf Sydow überzeugte ihn, dass diesbezüglich nicht mit ihm zu spaßen war. »Also gut! Erst der Anruf, dann der große Auftritt deiner Bekannten und dann, so Gott will, nichts wie ab nach Hause!«

»Wie bitte?«

»Fassen Sie sich in Geduld, von Sydow, und Sie werden in Bälde im Bilde sein!«, äffte der Marder den Direktor des Eton College nach, seine Glanznummer aus gemeinsamen Tagen im Internat.

Trotz wahrhaft höllischer Schmerzen konnte sich Sydow ein Lächeln nicht verkneifen. »Da bin ich aber gespannt!«

»Alles halb so wild!«, war der Marder bemüht, seine Anspannung herunterzuspielen, während er eine Berliner Nummer wählte. Als das Freizeichen ertönte, blies er den Rauch seiner John Player in die Luft und blinzelte nervös. »Jetzt geh schon ran!«, fluchte er vor sich hin, spürbar erleichtert, als sich sein Adressat endlich meldete.

Es war ein kurzes Gespräch, mithin das kürzeste, an das sich Sydow erinnern konnte. »Rheingold« war alles, was der Marder sagte, woraufhin er rasch wieder auflegte. Auf den fragenden Blick seines Schulkameraden reagierte er nicht.

Doch der gab sich keinesfalls zufrieden. »Darf man fragen, wen du eben an der Strippe gehabt hast?«, fragte Sydow.

»Jemand, dessen Wohnung soeben frei geworden ist.«

»Einer eurer Agenten?«

»Sagen wirs mal so: eine Art Verbindungsmann.«

»Und zu wem?«

»Bedaure, streng geheim.«

»Höchste Zeit, dir deine Geheimniskrämerei abzugewöhnen, findest du nicht?«

Der Anflug eines Lächelns erhellte Claasens Gesicht. »Immer mit der Ruhe!«, wehrte er ab. »Sonst ist es keine Überraschung mehr!«

»Auf die Gefahr, dir auf den Wecker zu gehen. Auf Überraschungen jeglicher Art kann ich gerne …«

Anstatt Claasen die in seinen Augen passende Antwort zu geben, blieb Sydow mitten im Satz stecken und starrte mit ungläubigem Blick zur Tür. Nicht anders der Marder. Um die junge Frau wiederzuerkennen, musste man schon zwei Mal hinsehen, und selbst dann konnte er es nicht glauben. Noch nie hatte er eine derartige Metamorphose erlebt, und das wollte bei ihm etwas heißen.

In der kurzen Zeit, die ihr zur Verfügung gestanden hatte, schien sich Rebecca grundlegend verändert zu haben. So sehr, dass Sydow sie fast nicht wiedererkannte. Sie trug die Haare nicht mehr offen, sondern streng gescheitelt, darüber hinaus Nylonstrümpfe und ein sündhaft teures Kostüm. Die dazu passende Bluse hatte mit Sicherheit ein Vermögen gekostet, die Stöckelschuhe bestimmt auch. »Wie gut, dass du einen so großen Bekanntenkreis hast!«, frotzelte sie, woraufhin Sydow rot wie eine Tomate wurde. »Alles vorhanden – Ausweis inklusive. Sieht ganz danach aus, als sei die Dame in Eile gewesen!«

Claasen, der Sydows Verlegenheit in vollen Zügen genoss, konnte sich ein Grinsen nicht verkneifen. »So ist er eben, Fräulein!«, goss er reichlich Öl ins Feuer. »Ein echter Mann von Welt.«

Beim Klang der Sirene, die sich mit hoher Geschwindigkeit näherte, blieb ihm jedoch das Lachen im Halse stecken. »Höchste Zeit, von hier zu verduften!«, trieb er Sydow zur Eile an, nachdem er einen Blick aus dem Fenster geworfen hatte.

»Und wohin?«

»In eine, um es im Fachjargon zu sagen, konspirative Wohnung!«, antwortete der Marder, prüfte seine Mauser P 08 und hievte Sydow in die Höhe. »Wobei Ihnen, gnädiges Fräulein, die Hauptrolle zufallen wird. Das heißt, falls der Edle von Sydow sein Plazet gibt. Der Ehrlichkeit halber sei gesagt, dass es kaum eine andere Möglichkeit gibt. Wenn überhaupt jemand unerkannt an die Schatzkiste rankommen kann, dann Sie. Für dich, mein Bester, meine Wenigkeit mit eingeschlossen, stehen die Chancen bei null. Oder darunter!«

Sydow atmete tief durch und nickte. »Dann viel Glück!«, flüsterte er Rebecca zu, während er den Schlüssel für das Schließfach in ihre Hand gleiten ließ. »Und pass auf dich auf.«

»Keine Sorge!«, beruhigte ihn Rebecca, ein Lächeln im Gesicht, das nur schwer zu deuten war. »Du weißt doch, für mich gibt es nichts mehr zu verlieren. Höchstens zu gewinnen.«

»Dann wären wir uns ja einig!«, vollendete der Marder und versetzte Sydow, der sich nicht von Rebecca losreißen konnte, einen Rippenstoß.

»Treffpunkt?«, war alles, was Sydow über die Lippen brachte.

»Kompliment, du denkst aber auch an alles!« Der Marder sah auf die Uhr, überlegte kurz und sagte: »Von jetzt an gerechnet in circa dreieinhalb Stunden.«

»Also um Mitternacht.«

»Genau, Fräulein.«

»Und wo?«, fragte Sydow, dem die Aktion immer noch nicht geheuer war.

»Als Berliner, nehme ich an, dürften dir die Torhäuser auf der Ost-West-Achse nicht unbekannt sein.«

Sydow sah den Marder entgeistert an. »Sag mal, Max –«, brach es aus ihm hervor, »Hast du eigentlich noch alle Tassen im …?«

»Ich denke schon. Da wir quasi auf dem Sprung sind, nur so viel: Vorausgesetzt, wir sind noch am Leben, werden wir dort einen meiner Kontaktleute treffen. Er wird uns raushauen, worauf du dich verlassen kannst!«

»Aha, Mister Geheimnisvoll. Und um wen handelt es sich, wenn die Frage gestattet ist?«

Obwohl die Sirene bedrohlich nahe war, hatte Claasen seinen Humor nicht gänzlich verloren:

»Beherrschen Sie sich, von Sydow!«, unterbrach er ihn im Eton-Akzent. »Wenn die Zeit reif ist, werden Sie Ihre Antwort erhalten!« Um unmittelbar darauf hinzuzufügen: »Und jetzt raus hier, Don Juan – bevor sie uns beide an die Wand stellen!«

Ohne Sydow zu beachten, schlängelte sich der Marder an ihm vorbei und dirigierte Rebecca zur Tür. Sydow folgte ihnen, drehte sich auf der Schwelle jedoch noch einmal um.

Ein Tag der Abschiede, dachte er, während er den Blick über sein Grammofon, die Plattensammlung und das übliche Durcheinander in seiner Junggesellenbude schweifen ließ. Zuerst Behrens, dann Veronika und dann, am schmerzlichsten von den dreien, Klinke. Sein Leben, so viel stand fest, würde nie mehr so sein wie früher.

Aber nur dann, falls er den heutigen Tag überstand.

»Kommst du, Tom?«, drang Rebeccas Stimme an sein Ohr, und obwohl er es selbst kaum glauben konnte, verflüchtigte sich sein Pessimismus im Nu.

Kein Zweifel, er, Tom Sydow, würde ihn überstehen.

Egal, wer ihm dabei im Wege stand.

31

West Malling Airfield | *19.28 h OZ*

»*Runway clear – taking off*«, antwortete McLeod, fuhr die beiden Rolls-Royce-Motoren hoch und startete durch. Endlich ging es los. Die Warterei hatte ein Ende.

Kaum hatte seine ›Mossie‹, ein umgebauter Nachtjäger vom Typ Mosquito NF Mk. XIX, die Startgeschwindigkeit erreicht, hob Wing Commander Jason McLeod auch schon ab. Vor ihm zweieinhalb Stunden Flugzeit, ein Großteil davon über feindlichem Gebiet. Nach landläufiger Auffassung kein Zuckerschlecken, für ihn dagegen ein Klacks. Für diese Kaltblütigkeit, die nicht, wie bei so vielen, nur vorgetäuscht war, war er allgemein bekannt. Letztendlich einer der Gründe, weshalb die Wahl auf ihn gefallen war.

Einer der Gründe, beileibe jedoch nicht der einzige. Zum einen war da die Sache mit Claasen. Wenn er ehrlich war, hatte er immer noch daran zu knabbern. Streng geheim, aha. Nachhaken zwecklos. Bei Menzies sowieso. Das konnte einen wirklich wahnsinnig machen. Darüber hinaus war er natürlich der Beste, den Menzies hatte kriegen können. McLeod räkelte sich genüsslich in seinem Sitz. Bescheidenheit war noch nie sein Ding gewesen.

Höhe: 2.000 Meter. Öldruck: normal. Tank: zum Bersten voll. McLeod warf einen Blick aus der Pilotenkanzel. Von feindlichen Flugzeugen keine Spur. Tief unter ihm breitete sich bereits die Dunkelheit aus. Davon durfte man sich freilich nicht täuschen lassen. Hatte er erst die französische Küste erreicht, würde es ziemlich ungemütlich werden. Dafür würde die deutsche Luftabwehr schon sorgen.

Höhe: 2.500 Meter. McLeod sah auf die Uhr. Noch 25 Minuten, und er würde sich dem Bomberverband anschließen, der vom Treffpunkt aus in Richtung Reichshauptstadt flog. Dann aber, in gut zwei Stunden, wäre er auf sich allein gestellt. Der zweifellos schwierigste Teil des Unternehmens. Eine Mission, für die es schlicht und ergreifend keinen Präzedenzfall gab.

3.000. Noch gut 1.000 Meter, und er hatte die Flughöhe erreicht. McLeods Griff um die Steuerung lockerte sich. Zeit, sich ein wenig zu entspannen. Die beiden Rolls-Royce-Motoren, 3.270 PS stark, funktionierten perfekt. Für die Radarpeilung galt das Gleiche. Auf Dauer konnte einem der Ton, den er via Kopfhörer empfing, zwar gehörig auf die Nerven gehen. Er hörte sich wie eine Oboe an, und er hasste klassische Musik. Aber nur so würde er den Bomberverband überhaupt ausfindig machen können. Gesetzt den Fall, der Gegner knackte seine Frequenz, konnte er die Operation ›Rheingold‹ nämlich glatt vergessen. Dann würde er weiß Gott wo landen, nur nicht in Berlin.

Wenn überhaupt.

»It's a long way to Tipperary, it's a long way to go!« Ein Lied auf den Lippen, das ihn an die Collegezeit erinnerte, überflog McLeod die französische Küste. Fast automatisch kehrte er dabei in Gedanken zu Max Claasen zurück. Claasen, Sydow und seine Wenigkeit – ein geradezu unschlagbares Team. Der Wing Commander lächelte stillvergnügt in sich hinein. Da war kein Auge trocken geblieben, kein Spaß zu derb gewesen, als dass man vor ihm zurückgeschreckt wäre. Wie hatte sie der Internatsleiter doch gleich genannt? Genau – ›die drei Musketiere‹! Wenn ein Spitzname je berechtigt gewesen war, dann dieser.

Keine zehn Meilen von Calais entfernt, schraubte McLeod seine Thermoskanne auf und genehmigte sich einen Schluck Tee. Die Nacht war wolkenlos, von Turbulenzen in Form feindlicher Flakbatterien keine Spur. Folglich war seine Rechnung aufgegangen. Für eine einzige Mosquito, noch dazu eine mit Höchstgeschwindigkeit, war dem Gegner die Munition offenbar zu schade. Da man ihm in puncto Schnelligkeit ohnehin nichts anhaben konnte, war darüber hinaus kein einziger Nachtjäger zu sehen. McLeod grinste und trommelte vergnügt auf dem Armaturenbrett herum.

Doch er hatte sich zu früh gefreut.

Der Wetterbericht, den er über Funk erhielt, hörte sich alles andere als vielversprechend an. Genaugenommen sogar vernichtend.

Schwere Sommergewitter über Berlin. Ausgerechnet dann, wenn es darauf ankommen würde.

McLeod fluchte wie ein Rohrspatz.

Das hatte ihm gerade noch gefehlt.

32

Berlin-Mitte, Potsdamer Platz | *21.13 h*

Als Natascha aus der Straßenbahn stieg, war es 21.13 Uhr. Zumindest nach ihrer Armbanduhr. Und auf die, wenn schon nicht auf ihren Instinkt, war wenigstens Verlass.

Dass dieser sie im Stich gelassen hatte, ärgerte sie fast so sehr wie die Tatsache, dass sie beinahe die Nerven verloren hätte. Dieser Bulle hatte sie in die Enge getrieben, keine Frage. Schade um ihn, wirklich schade. Eine Unachtsamkeit, und schon war er auf die Verliererstraße geraten.

Sie war am Zug, und diesen Vorteil würde sie nicht mehr aus der Hand geben.

Während sie in Höhe des Hotels Fürstenhof die Saarlandstraße überquerte, dachte Natascha an ihre Jugend zurück. Damals, vor gut zehn Jahren, war alles anders gewesen, der Potsdamer Platz das Herz von Berlin. Hotels, eines mondäner als das andere, Bars und Cafés, in denen Künstler, Literaten und Filmstars verkehrten, Kinos, Leuchtreklame und Amüsements rund um die Uhr. Und heute? Fehlanzeige, abgesehen vielleicht von ein paar Schiebern, Parteibonzen und Kriegsgewinnlern, die sich im Kaisersaal des ›Esplanade‹ herumdrückten und so taten, als sei nichts geschehen. Selbst die Leuchtreklame am ›Haus Vaterland‹, an dem sie soeben vorbeieilte, existierte nicht mehr. Um feindlichen Bombergeschwadern die Orientierung zu erschweren, war Verdunkelung angeordnet, und vom Berlin der 20er-Jahre war nichts mehr zu sehen.

Aber das würde anders werden. Überhaupt würde alles anders werden. Für das, was sie angerichtet hatten, würden die Nazis dereinst bezahlen. Die Welt nach Hitler würde eine bessere werden. Dessen war sie sich absolut sicher. Dafür, und nur dafür, war sie bereit, ihr Leben zu riskieren.

Riskant war das, was sie vorhatte, nämlich allemal. Riskant und, sollte ihr Coup gelingen, ein Schlag, von dem sich Himmler, Goebbels und Co. so schnell nicht wieder erholen würden. Heydrichs Geheimdossiers in ihrer Hand – allein schon der Gedanke daran ließ sie die Risiken ihrer Mission auf einen Schlag vergessen. Was sie brauchte, war lediglich ein Quäntchen Glück, Kaltschnäuzigkeit und einen wachen Verstand. Eigenschaften, über die sie seit jeher verfügte. Bis, ja bis dieser Bulle mit dem durchdringenden Blick aufgekreuzt war.

Er war auf der richtigen Spur gewesen, und er hatte den Fehler gemacht, ihr diesen Safeschlüssel zu zeigen. Von diesem Moment an war alles klar gewesen. Pech für ihn, so kurz vor dem Ziel noch abgefangen zu werden. Insofern er überhaupt imstande war, einen Arzt aufzutreiben.

Ein Lächeln auf den Lippen, überquerte Natascha den Askanischen Platz, verlangsamte ihren Schritt und steuerte auf das Eingangsportal des Anhalter Bahnhofes zu. »Eine Fahrkarte kaufen – *für alle Fälle*!« Drei Worte, die es wahrhaftig in sich hatten. Normalerweise war Möllendorf immer pünktlich gewesen, bis auf die

Minute. Eben ein Preuße aus echtem Schrot und Korn. Auf ihre Frage, wo er denn so lange gesteckt habe, hatte er besagte Antwort gegeben. Eine Bemerkung, der sie zunächst wenig Beachtung geschenkt, die aber vor dem Hintergrund von Sydows Auftritt eine ganz andere Bedeutung erhalten hatte. In diesem Moment, dem Augenblick höchster Bedrängnis, war auf einmal alles klar gewesen. Möllendorfs Verspätung, der kurze Weg von der Prinz-Albrecht-Straße bis hierher, die Drohung, er habe sämtliche Bonzen bis in höchste Kreise hinauf in der Hand, das Verhör, in dessen Verlauf ihr dieser Bulle den Schlüssel mit der Nummer 56 unter die Nase gerieben hatte – alles passte zusammen, Stück für Stück, Puzzleteil um Puzzleteil. Kaum mehr fähig, ihre Triumphgefühle zu unterdrücken, malte sie sich aus, wie es wäre, wenn sie Heydrichs Geheimdokumente in den Händen hielt. Für Himmler und Konsorten würde es den Anfang vom Ende bedeuten, für sie die größte Genugtuung ihres Lebens. Erst damit, das stand für sie fest, wäre der Tod ihres Vaters gerächt, ihre Tätigkeit von Erfolg gekrönt.

Dermaßen in Gedanken, dass sie beinahe unter ein Taxi geraten wäre, musste sich Natascha zur Ordnung rufen. Dies war die letzte Etappe, das Finale, der Moment, in dem sich alles entscheiden würde.

Vorausgesetzt, sie behielt einen klaren Kopf.

*

Sie war dieses Gefühl nicht losgeworden. Dieses Gefühl, dass etwas schief gehen würde.

Wider Erwarten hatte sie jedoch Glück gehabt. Keine

Ausweiskontrolle, keine lästigen Fragen – nichts. Verglichen mit dem, was sich in Toms Wohnung abgespielt hatte, war die Fahrt mit der U-Bahn die reinste Erholung gewesen. Von Zivilfahndern, Greiftrupps und Gestapo-Agenten jedenfalls keine Spur. Einzige Ausnahme: eine Polizeistreife im Bahnhof Friedrichsstraße. Und das war es dann auch schon gewesen.

Ein Grund zur Erleichterung, aber nicht für sie. Dafür hatte sie in den vergangenen Monaten einfach zu viel durchmachen müssen. Mutters Deportation, Bonins Ermordung und die Verhaftung, der sie nur um Haaresbreite entgangen war, wahrlich genug, um darüber in Verzweiflung zu geraten. Rebecca atmete tief durch und ließ den Blick über die lange Reihe der Schließfächer gleiten. So sehr sie versuchte, sich das Gegenteil einzureden, wurde sie das Gefühl nahenden Unheils nicht los.

Auf die Idee, alles stehen und liegen zu lassen, wäre sie trotzdem nicht gekommen. Sie würde diese Sache zu Ende bringen, Mutter, Bonin und all den anderen zuliebe. So kurz vor dem Ziel aufzugeben kam nicht infrage.

Der Raum, in dem sich die Schließfächer befanden, war nicht sehr groß, von daher leicht zu überschauen. Die Tür stand offen, aber da um diese Tageszeit kaum noch Züge verkehrten, war die Gefahr, in eine Falle zu laufen, relativ gering.

Optimistisch betrachtet.

Und wenn nicht, musste sie es trotzdem riskieren. Jetzt gleich, bevor aus ihren Vorahnungen Wirklichkeit wurde.

Um an das Fach mit der Nummer 56 zu gelangen, musste Rebecca in die Hocke gehen, und während sie den Schlüssel ins Schloss steckte, ertappte sie sich bei dem Gedanken, was geschähe, wenn ihr jemand zuvorgekommen war.

Sämtlichen düsteren Vorahnungen zum Trotz rastete der Schlüssel jedoch problemlos ein. Mehr noch, die Tür öffnete sich wie von selbst.

Als Rebecca einen Blick ins Innere des Schließfaches warf, war sie fast ein wenig enttäuscht. Obwohl, wie sie zugeben musste, ihre Vorstellung von seinem Inhalt allenfalls höchst vage gewesen war. Über das, was sie erwartete, war nicht einmal Tom genau im Bilde gewesen, und außerdem hatten sie auch keine Zeit gehabt, groß darüber zu diskutieren. Worüber sie hingegen genauestens Bescheid wusste, war, auf wessen Betreiben die zu erwartenden Geheimdokumente beiseitegeschafft worden waren. Ein Mann, dessen Namen zu nennen sie nicht über sich brachte.

Gemessen an ihren Erwartungen, nahm sich die sorgsam verschnürte Einlegemappe mit dem Einband aus rotem Leder geradezu bescheiden aus. Ein Aktenbündel wie jedes andere, sollte man meinen. Sogar der obligatorische Staubfilm durfte nicht fehlen. Nur zu gern hätte Rebecca einen ersten Blick riskiert, und sie konnte der Versuchung nur mit Mühe widerstehen.

Die Vernunft war stärker, vom Impuls, sich in Sicherheit zu bringen, gar nicht zu reden. Urplötzlich, ohne dass sie es sich erklären konnte, klebte der Schweiß an ihren Schläfen, und als sie sich aufrichtete, wurde ihr so schwindelig, dass sie für einen Moment die Augen schloss.

Als Rebecca sie wieder öffnete, fuhr ihr der Schreck dermaßen in die Glieder, dass sie das Aktenbündel beinahe fallen gelassen hätte. Sie hatte Mühe, sich auf den Beinen zu halten, und die Erkenntnis, dass alle Mühe vergeblich gewesen war, brachte sie fast um den Verstand.

Der Albtraum, dem sie entronnen zu sein glaubte, würde weitergehen.

*

Natascha traute ihren Augen nicht, und bis sie begriff, dass sie düpiert worden war, sollten mehrere Sekunden vergehen. Sekunden, in denen sie durch die Hölle ging.

Nur ein paar Meter von der Bahnhofshalle entfernt, in der immer noch reger Betrieb herrschte, bekam Natascha von alldem nichts mehr mit. Auf einmal war da nur noch sie, Magda Jannowitz alias Natascha, Agentin des NKWD, und diese Frau, deren Namen, geschweige denn Identität, sie nicht kannte.

Sie konnte sich das alles nicht erklären. Beim besten Willen nicht.

Wie Natascha blitzartig bewusst wurde, war ihre Kontrahentin ausgesprochen hübsch, ja sogar attraktiv. Und das in einem Maße, dass sie, auf die Männer gewöhnlich flogen, sich in ihrer Gegenwart wie eine Landpomeranze vorkam. Dunkles Haar, geschwungene Brauen, ausdrucksstarker Blick – eine Nazi-Agentin sah weiß Gott anders aus. Zumindest in diesem Punkt war ihr Instinkt noch intakt. Diese Frau konnte alles Mögliche sein. Eine Handlangerin der Gestapo war sie ganz bestimmt nicht. Vielleicht war das auch der Grund, warum Natascha, die mit allen Wassern gewaschene NKWD-Agentin, die Waffe in ihrer Handtasche aus den Fingern gleiten ließ.

Die Frau ihr gegenüber, der nicht entgangen war, wer sich dort befand, lächelte. In diesem Moment war Nataschas Niederlage besiegelt. Dass daraus innerhalb kürzester Zeit ein Sieg werden würde, konnte sie in diesem Moment noch nicht ahnen. Sie stand einfach nur da, unfähig, das Heft in die Hand zu nehmen.

In der Frau, die das Schließfach abschloss, das Aktenbündel in einer Tragetasche verstaute und sie mit einem gewinnenden Lächeln anblickte, hatte Magda Jannowitz alias Natascha ihren Meister gefunden.

»Agentin im Dienst der Alliierten?«, fragte die Frau mit einer Selbstverständlichkeit, die Natascha auch noch den letzten Rest an Wind aus den Segeln nahm.

Das Einzige, wozu sie sich daraufhin aufraffen konnte, war ein Nicken. Danach blieb Natascha buchstäblich die Spucke weg.

»In diesem Fall, denke ich, könnte eine kurze Unterredung nicht schaden!«, schlug Rebecca vor, hängte ihre Tragetasche über die Schulter und bedeutete dem Traum aller Männer, ihr zu folgen.

»Im März 1947 machte der US-Ankläger in den Nürnberger Nachfolgeprozessen eine Entdeckung. Bei dem als ›Geheime Reichssache‹ gekennzeichneten und in einem Ordner des Auswärtigen Amts abgehefteten Dokument handelte es sich um ein Sitzungsprotokoll. An der Sitzung hatten 15 hochrangige Angehörige der Staatsbürokratie sowie von Dienststellen der SS und der NSDAP teilgenommen. Stattgefunden hatte sie am 20. Januar 1942 in einer Villa am Berliner Wannsee. Die US-Ermittler waren auf das einzige erhalten gebliebene Exemplar des Protokolls dieser Sitzung gestoßen, die Nummer 16 von ursprünglich 30.«

(Mark Rosemann: Die Wannsee-Konferenz. Wie die NS-Bürokratie den Holocaust organisierte. Propyläen, München/Berlin 2002, S.7)

RHEINGOLD

Berlin/London

(Sonntag, 07.06.1942/Montag, 08.06.1942)

33

Berlin-Kreuzberg, Wrangelstraße | *21.55 h*

»Bruder? Wie bitte? Bruder?«

»Aber ja, Herr Kommissar.« Was sich wie eines von Claasens Wortspielen anhörte, war in Wahrheit bitterer Ernst. Während sich Sydow auf dem Sofa ausruhte, stand der Marder mit gezückter Waffe am Fenster und ließ die Straße nicht aus den Augen. »Du hast richtig gehört. Jahrgang 1918, sechs Jahre jünger als ich.«

»Warum hast du uns dann nie von ihm …«

»Weil mich Vater zum Schweigen verdonnert hat – darum.«

»Aber wieso denn?«

»Schlecht fürs Geschäft – was weiß denn ich!« Der Marder stieß ein gallenbitteres Lachen aus, steckte seine Mauser in den Gürtel und kramte seine letzte John Player hervor. »Wie dem auch sei: Mathias war so etwas wie unser Familiengespenst. Ständig zugegen, jedoch geflissentlich verschwiegen. Mongoloide. Im Heim, seit ich denken kann.«

»Auch dann, als ihr in England wart?«

»Gerade dann.«

»Und danach?«

»Nachdem sich Vater zu verzocken und anschließend die Kugel zu geben geruhte, sind Mutter und ich, wie du ja weißt, Hals über Kopf nach Deutschland zurück. Mithilfe meines Onkels, der ihr unter die Arme griff, hat sie sich halbwegs über Wasser halten können! Um dem Schlamassel zu entgehen, bin ich 1934 in die SS eingetreten. Noch Fragen?«

»Ja.«

»Und die wären?«

Die Hand auf die Hüfte gepresst, sah Sydow zum Fenster hinüber und fragte: »Warum?«

»Irren ist menschlich – das müsstest *du* doch am besten wissen.« Claasen rauchte den Zigarillo an und schwieg sich geraume Zeit aus. Dann sagte er: »Du wirst es nicht glauben, Tom – ich war wirklich der Meinung, wir würden wieder bessere Zeiten erleben. Wie so viele andere auch. Wie *Millionen* andere auch. Dass mich die Realität so schnell einholen würde, hätte ich mir nie im Leben träumen lassen.«

»Und das in deiner Position?«

»Damit hat es nichts zu tun, Tom.«

»Womit dann?«

Ohne sich zu Sydow umzudrehen, holte der Marder tief Luft und murmelte: »Mit Mathias.«

»Deinem Bruder?«

Claasen nickte. »Du hast es erfasst, Kater Tom. Und jetzt willst du sicher wissen, wieso.«

Sydow wandte sich ab und schwieg.

»Schon gut, Tom – wenn es einer erfahren soll, dann du.« Der Marder sog an seinem Zigarillo, gab seinen Beobachtungsposten auf und lehnte sich gegen die Wand. »Wie gesagt – wir sind dann wieder nach Deutschland zurück. Und ich in die SS. Keine Ahnung, wie mein Onkel das hingekriegt hat. Vermutlich Beziehungen. Meinen Bruder, das Familiengespenst, habe ich jedenfalls bewusst verschwiegen. War wohl auch gut so. Was nicht heißen soll, dass ich mich nicht um ihn gekümmert hätte. Das schon. Intensiv sogar. Aber eben inkognito. Beziehungsweise unter falschem Namen.« Der Marder schloss die Augen und fuhr sich mit dem Handrücken über die Stirn. »Dass ich mich dafür zu Tode geschämt habe, brauche ich wohl nicht zu sagen.«

Sydow, der sich nicht zum Richter aufschwingen wollte, lehnte sich zurück und schwieg.

»Dann schließlich«, fuhr der Marder geraume Zeit später fort, »etwa zwei, drei Monate nach Mutters Tod, also vor knapp sieben Jahren, hielt ich eines Tages einen Brief in der Hand. Absender: ›Heil- und Pflegeanstalt Lüneburg‹.« Claasen drückte das Zigarillo aus und ließ sich neben Sydow auf dem Sofa nieder. »Angebliche Todesursache: Herzversagen. Dabei war Mathias gerade einmal 17. Mit anderen Worten, ich ließ die Sache nicht auf sich beruhen. Da ich inzwischen bei der Gestapo gelandet war, saß ich sozusagen an der Quelle.«

»Und das bedeutet?«

»Das bedeutet, dass mein Bruder an den Folgen der gesetzlich verordneten Zwangssterilisation elend zugrunde gegangen ist. Wie, möchte ich aus Pietätsgründen lieber verschweigen. Und das mit 17 – kapiert?«

»Verdammte Scheiße, ja!«

»Und jetzt willst du sicher wissen, wie es der MI6 geschafft hat, mich an Land zu ziehen, oder?«

»Keine große Kunst mehr, würde ich sagen.«

»In der Tat.« Der Marder stützte das Kinn auf die Handballen und stierte ins Leere. Es begann zu regnen, und der Wind frischte merklich auf. »Weiß der Teufel, wie der Secret Service überhaupt auf mich gekommen ist!«, murmelte er. »Eins musste man den Jungs jedoch lassen – sie wussten bestens Bescheid. Angefangen hat es jedenfalls beim 36er-Neujahrsempfang, bei dem ich zur Observation eingeteilt war. Das muss man sich vorstellen! Du gibst dich als deutscher Geschäftsmann aus, *die* Tarnung schlechthin, und dann quatscht dich einer vom MI6 an, der bis ins Detail über dich im Bilde ist. Das haut einen wirklich um.«

»Keinerlei Skrupel?«

Claasen hob das Kinn und sah Sydow forschend an. »Und du?«

»Jede Menge. Besonders, als es Rebeccas Familie an den Kragen ging.«

»Soll das etwa heißen, dass sie eine …«

»Das soll heißen, dass sie eine Jugendfreundin von mir ist. Beziehungsweise von meiner Schwester.«

»Verstehe!«, antwortete der Marder süffisant.

»Ich weiß nicht, was es daran herumzumäkeln gibt, Max!«

Der Marder verkniff sich ein neuerliches Lächeln und wechselte rasch das Thema. »Dein Problem!«, warf er mit erhobenen Händen ein. »Um jedoch auf deine Frage zurückzukommen: Meine Skrupel zu überwinden ist mir weiß Gott nicht leichtgefallen. Schließlich ist dies immer noch mein Land. Wenn es auch, wie dir unschwer entgangen sein dürfte, nicht mehr lange dauern wird, bis es von diesen Verbrechern in den Ruin getrieben wird. Sagen wirs mal so, Tom. Es war meine Art, für den Tod meines Bruders Rache zu nehmen. Darüber hinaus natürlich für alles, was diese Menschenschinder auf dem Kerbholz haben. Wie lang des Führers Sündenregister inzwischen ist, brauche ich dir wohl nicht zu sagen. Nehmen wir doch nur einmal diesen Moebius. Dass wir davon erfahren haben, was er sich an der Ostfront so alles geleistet hat, war purer Zufall. Mobile Vergasungsanstalten in Form von Lieferwagen – anfangs konnte ich es einfach nicht glauben, wurde jedoch bald eines Besseren belehrt. Was ich damit sagen will? Dass eine Regierung, die so etwas duldet, unweigerlich dem Untergang geweiht ist! Wenn nicht in diesem, dann spätestens im nächsten oder übernächsten Jahr. Darauf kannst du Gift nehmen, Tom. Und soll ich dir was sagen: Wenn nicht bald jemand etwas dagegen unternimmt, haben es unsere Landsleute auch nicht anders verdient!«

Falls Claasen eine Antwort erwartet hatte, war Sydow nicht bereit, ihm eine zu geben. Über das, was er hätte tun oder vielmehr unterlassen sollen, wollte er jetzt lieber nicht nachdenken. Und schon gar nicht reden. Dem Tod nur knapp entronnen, begann der heutige Tag seinen Tribut zu fordern, und wenn es etwas gab, das ihn aufrecht hielt, dann der Wunsch, Rebecca wohlbehalten wiederzusehen. Alles andere, so wichtig es auch sein mochte, musste warten.

Der Marder erriet seine Gedanken, warf einen Blick auf die Uhr und sagte: »10.05 Uhr. Höchste Zeit, dass wir uns auf die Socken machen!«

»Denkst du, wir werden es schaffen?«

Binnen Sekundenbruchteilen wieder der Alte, schnellte Claasen in die Höhe und machte sich zum Aufbruch bereit. »Ich muss doch sehr bitten, Sydow –«, konnte er seinem Hang zum Komödiantentum einmal mehr nicht widerstehen. »Etwas mehr Stehvermögen stünde Ihnen wahrhaftig besser zu Gesicht!«

34

Hotel Excelsior, Saarlandstraße | *22.50 h*

»Und was haben Sie jetzt vor?«

Das Ambiente war mondän, die Musik gedämpft, die Ledersessel bequem und der Oberkellner ein Genosse vom NKWD. Natascha lächelte entspannt und sah die Frau, aus der sie immer noch nicht schlau wurde, neugierig an. Heydrichs Giftschrank war geknackt, der Coup ihres Lebens perfekt. Ein Blick hatte genügt, um die Brisanz des Materials überdeutlich zu machen. Die rote Mappe mit den SS-Runen, so dürftig sie auf den ersten Blick auch erscheinen mochte, enthielt Sprengstoff pur. Geheime Dossiers über Hitlers Herkunft, die Affäre mit seiner Nichte, die er buchstäblich in den Selbstmord getrieben hatte. Dazu jede Menge Details über seine nicht gerade lupenreine Vergangenheit. Kein Gerücht, dem Heydrich nicht nachgegangen, keine Schwäche, die nicht hinreichend dokumentiert worden war. Und dann erst dieser Goebbels. Eine wahre Fundgrube. Insbesondere bezüglich seiner Amouren. Hochinteressant aber auch die Details zum Thema Ehekrise, von Gerüchten über eine Liaison seiner Frau mit Hitler gar nicht zu reden. Beweise über Görings Drogensucht, zahllose Korruptionsaffären und Unterschlagungen rundeten den Eindruck der Verkommenheit, den man allein schon bei oberflächlicher Betrachtung gewann, entsprechend ab. Folglich konnte Natascha zufrieden sein. Und das Wichtigste: Das Gesprächsprotokoll über die geheimen deutsch-sowjetischen Friedensverhandlungen vom Frühjahr befanden sich vollständig in ihrer Hand. ›Im Bestreben, einen Schlussstrich unter die seit dem 22.06.1941 offen zutage getretenen Feindseligkeiten zu ziehen ...‹ – na ja, daraus würde wohl nichts mehr werden. Natascha legte das Protokoll wieder in die Mappe zurück. Genosse Berija würde zufrieden sein, Stalin hoffentlich auch. Ihre Mission war erfüllt, ach was, ein durchschlagender Erfolg! Eine Nacht im Untergrund, höchstens zwei. Dann würde sie sich mithilfe ihres Führungsoffiziers in die Schweiz absetzen.

»Was ich jetzt vorhabe?«, streifte Natascha ihre Zukunftsvisionen ab, während ihr Blick durch die Bar des ›Excelsior‹ schweifte. Ein gesetzter älterer Herr in Begleitung einer auf Lolita getrimmten Prostituierten seilte sich gerade in Richtung Hotelzimmer ab, weshalb sie mit der Frau, deren Namen sie immer noch nicht kannte, alleine war. »Keine Ahnung. Und Sie?«

Anstatt zu antworten, stierte die Frau ins Leere. Natascha schüttelte kaum merklich den Kopf. Aus der soll einer schlau werden, machte sie ihrer Verblüffung in Gedanken Luft. Erst dieses bizarre Aufeinandertreffen auf dem Anhalter Bahnhof. Und dann, um die Verwirrung komplett zu machen, noch die Bereitschaft, auf einen Großteil der Geheimdossiers zu verzichten. Aus freien Stücken! Diese Frau gab einem wirklich ein Rätsel nach dem anderen auf. Naivität, Zufall oder wohldurchdachter Plan? Das war die Frage. In wessen Auftrag sie handelte, die nächste. Von der alles entscheidenden, wie sie in den Besitz des Safeschlüssels gekommen war, überhaupt nicht zu reden. Natascha mimte die Unbeteiligte, atmete nichtsdestoweniger jedoch tief durch. Dass es sich bei der Frau, aus der sie wohl niemals schlau werden würde, um eine Agentin handelte, konnte sie einfach nicht glauben.

Da steckte etwas anderes dahinter. Mehr, als sie möglicherweise ahnte. Was genau, konnte ihr letztendlich gleichgültig sein. Sie, die Speerspitze des NKWD, hatte ihre Schäfchen im Trockenen. Und das war immer noch das Wichtigste.

»Ich weiß es nicht!«, antwortete die Frau nach einer Weile und blätterte die Akte in ihrer Hand zum wiederholten Male durch. Sie trug den Stempel ›Geheime Reichssache‹, wie sämtliche übrigen Dokumente auch, darüber hinaus den Vermerk ›30 Ausfertigungen – 1. Ausfertigung‹ und jede Menge Namen und Zahlen, die ihr auf den ersten Blick nichts sagten. Der Grund, weshalb Natascha ihr kaum Beachtung geschenkt und sie der Frau auf ihren ausdrücklichen Wunsch hin überlassen hatte. Womöglich ein Fehler, aber selbst wenn, war daran kaum noch etwas zu ändern. Gemessen an dem, was sich in Händen dieser mysteriösen Schönheit befand, war sie mehr als nur gut bedient. Fertig.

»Weshalb … weshalb sind Sie dann überhaupt ein solches Risiko eingegangen, wenn …«

»Weil ich mich dazu verpflichtet gefühlt habe!«, erklärte die Frau klipp und klar und trank ihren Kaffee aus. Ihr Blick, von tiefen Schatten getrübt, schweifte dabei ins Leere.

Für Nataschas Begriffe klang das reichlich mysteriös, und um ihre Ratlosigkeit zu überspielen, tat sie das Gleiche und warf einen Blick auf die Uhr.

10.55 Uhr. Höchste Zeit, die Zelte abzubrechen.

»Dann also auf Wiedersehen!«, sagte sie, nahm die Ledermappe an sich und reichte der Frau die Hand. Doch alles, was sie als Antwort bekam, war ein Kopfnicken. Ein Kopfnicken, die Andeutung eines Lächelns und einen dieser Blicke, die ihr auf ewig ein Rätsel bleiben würden.

Allein schon deshalb, weil Natascha bemerkte, dass der Frau die Tränen in die Augen stiegen.

*

In großen Arbeitskolonnen, unter Trennung der Geschlechter, werden die arbeitsfähigen Juden straßenbauend in diese Gebiete geführt, wobei zweifellos ein Großteil durch natürliche Verminderung ausfallen wird.

Der allfällig endlich verbleibende Restbestand wird, da es sich bei diesem zweifellos um den widerstandsfähigsten Teil handelt, entsprechend behandelt werden müssen, da dieser, eine natürliche Auslese darstellend, bei Freilassung als Keimzelle eines neuen jüdischen Aufbaues anzusprechen ist. (Siehe die Erfahrung der Geschichte.)

Im Zuge der praktischen Durchführung der Endlösung wird Europa vom Westen nach Osten durchkämmt. Das Reichsgebiet einschließlich ›Protektorat Böhmen und Mähren‹ wird, allein schon aus Gründen der Wohnungsfrage und sonstigen sozial-politischen Notwendigkeiten, vorweggenommen werden müssen. Die evakuierten Juden werden zunächst Zug um Zug in sogenannte Durchgangsghettos verbracht, um sie von dort aus …

Rebecca stockte der Atem, und gegen den Schmerz, den sie beim Anblick der 15 Seiten empfand, fühlten sich die Qualen der Hölle wie Balsam an. Ihr war, als holte man ihr bei lebendigem Leibe das Herz aus der Brust. Für das, was sie da las, fehlten ihr die Worte, und der Boden unter ihren Füßen geriet ins Wanken. Die maschinengeschriebenen Wörter wirbelten durcheinander, formierten sich neu und ergaben nicht mehr den geringsten Sinn. Nichts ergab überhaupt mehr einen Sinn. Die 15 Seiten, das, was daraus folgte, ihre ganze erbärmliche Existenz. Nur ein einziges Wort mehr, und sie würde den Verstand verlieren.

Bis er wieder funktionierte, verging eine halbe Ewigkeit. Rebeccas Atem ging stoßweise, wie ein Schmiedehammer, der aus dem Takt geraten war. Nichts und niemand konnte ihr jetzt mehr helfen, und wenn es die Hölle auf Erden gab, dann steckte sie mittendrin. Auf einen Schlag war die Welt eine andere geworden, ohne dass sie, Rebecca Kahn, darauf vorbereitet gewesen wäre.

Eine Welt, in der für sie kein Platz mehr war.

Fast automatisch schlüpfte ihre Hand in die Tasche, die ihre Kontrahentin in der Eile stehen gelassen hatte. Dort stieß sie auf etwas Hartes, Metallisches.

Todbringendes.

So sehr sie dem Gedanken daran immer ausgewichen war, hatte der Tod seine Schrecken für sie verloren, kam er ihr urplötzlich wie eine Verheißung vor. Auf einmal, von einem Augenblick auf den anderen, gab es nichts mehr, was sie mit diesem Leben verband, außer dem Bedauern, diesen Schritt nicht schon viel früher getan zu haben. Ein Lächeln glitt über Rebeccas Gesicht und zog die Spuren, welche die letzten Monate darin hinterlassen hatten, wie von Zauberhand glatt. In ein paar Sekunden würde alles vorüber sein. Dann würde sie Vater, Mutter und all die anderen wiedersehen.

Den Zeigefinger am Abzug umschloss Rebeccas Hand den kalten Stahl. Einen Wimpernschlag später sah sie sich um und atmete erleichtert durch. Bis der Barkeeper reagieren würde, wäre sie bereits tot.

Daheim. Bei Vater und Mutter.

Aller Sorgen und Nöte ledig.

Eins … zwei …

Was war denn das?

Das Geräusch, das keines war, zerrte sie mit brachialer Gewalt in die Gegenwart zurück. Es ging durch Mark und Bein, rüttelte sie wach, brachte sämtliche Nervenstränge auf einmal zum Vibrieren.

Und es bewirkte, dass sich ihre Hand von Nataschas Tokarew TT-33 löste.

Luftalarm.

Als sei dies ein Fingerzeig Gottes, kehrten Rebeccas Gedanken zu der Akte zurück, die immer noch vor ihr auf dem Bartisch lag. Auf einen Schlag war wieder alles wie früher. Das Protokoll, die unterstrichenen Textpassagen und die Worte, die einem das Blut in den Adern gefrieren ließen: *Im Zuge der praktischen Durchführung der Endlösung wird Europa von Westen nach Osten …*

»Verzeihung, Fräulein, aber wäre es nicht an der Zeit, den Keller aufzusuchen?«

Der Oberkellner, Kavalier der alten Schule, versuchte sich nichts anmerken zu lassen. Nichtsdestotrotz wirkte seine Frage wie eine Aufforderung für sie.

»Besten Dank. Ich komme gleich.« Während sich der Oberkellner entfernte, verstaute Rebecca die Akte, nahm die zurückgelassene Tasche an sich und richtete sich entschlossen auf. Ihre Niedergeschlagenheit verflog im Nu, und mit ihr der Gedanke, ihrem Leben ein Ende zu setzen.

Sie hatte eine Mission zu erfüllen.

Mehr denn je.

35

52° 31' N, 10° 47' O | *22.56 h*

»Sag mal, haben die beim Bomber Command jetzt alle den Verstand verloren?«, konnte sich der Kommandant des schweren Bombers vom Typ Avro 683 Lancaster nach Erhalt des Funkspruchs kaum beruhigen.

»Wieso?« James Dickinson, der neuseeländische Bombenschütze, ganz auf die Überprüfung der Zieloptik konzentriert, hörte nur mit halbem Ohr hin. Der bevorstehende Einsatz über Berlin war erst sein dritter, und ihm war nicht gerade wohl in seiner Haut.

»Wieso, wieso, wieso!«, schnauzte Flight Lieutenant Greg Thompson zurück. Aufgrund seiner Erfahrung, die er in gut drei Dutzend Einsätzen gesammelt hatte, galt er als alter Hase und Meister seines Fachs. Sich selbst hatte er allerdings nicht immer im Griff, wie der gegenwärtige Wutanfall bewies: »Erst heißt es ›Kurs auf Berlin‹, und dann so was! Da soll mal einer schlau daraus werden!«

»Jetzt rück schon raus damit.« Die beiden Rolls-Royce-Motoren, insgesamt mehr als 5.000 PS stark, liefen mit gewohnter Präzision. Die Propeller ebenso, weshalb sich Dickinsons Puls langsam zu stabilisieren begann. Für einen Neuling wie ihn, der noch nicht die nötige Routine hatte, war das ziemlich normal. Je dichter an Berlin, umso stärker die Flak, umso größer jedoch auch die Gefahr, vom Himmel geholt zu werden. »Was gibts denn zu meckern?«

»Na, du machst mir vielleicht Spaß, Kiwi!«

»Wozu denn die Aufregung? Lief doch bis jetzt alles wie am Schnürchen.«

»Aber nicht mehr lange.«

»Spuck es aus, Greg. Und lass dir nicht immer alles aus der Nase ziehen.« Auf dem Bauch liegend hantierte Dickinson immer noch an der Zieloptik herum. Demnächst würde es hier droben ziemlich ungemütlich werden. Schon allein deshalb konnte er sich keinen Patzer leisten.

»Wir sollen weiter Kurs halten, über Berlin-Mitte dann aber Richtung Leipzig abdrehen.«

»Wie bitte?« In seiner Eigenschaft als Bombenschütze konnte sich Dickinson den Luxus überbordender Gefühle zwar nicht leisten. Überrascht war er aber trotzdem.

»Du hast richtig gehört, Jamie-Boy. Kurs auf Berlin. Freilich ohne unsere kleine Aufmerksamkeit für den Führer auch loszuwerden. Das wird, insofern es sich diese Schlauberger beim Bomber Command nicht anders überlegen, erst über Leipzig der Fall sein.«

Pilot Officer Dickinson, der sich beharrlich gegen die Vorstellung sträubte, was gut sechs Tonnen Bomben an Bord einer viermotorigen Lancaster anrichten würden, ließ nicht locker. »Und wozu das Ganze?«, fragte er, auf einen neuerlichen Wutausbruch des cholerischen Australiers gefasst.

»Keine Ahnung!«, gab der sich ungewohnt moderat und ließ den Höhenmesser, der knapp 17.000 Fuß anzeigte, nicht aus den Augen. »Wie heißt es doch so schön? Befehl ist Befehl.«

»Und die Pfadfinder-Maschinen?«

»Das ist es ja gerade!«, antwortete Thompson und rieb sich das Kinn. »Laut Anweisung sollen sie die gewohnte Show abziehen. Zielmarkierung über dem Tiergarten. Mit allem Drum und Dran. Wenn du mich fragst: Die Jungs in High Wycombe haben wirklich nicht mehr alle Tassen im Schrank.«

»Scheint so.«

»*Ist* so.« Flight Lieutenant Thompson schüttelte resigniert den Kopf. Auf seine australischen Flüche wollte er jetzt lieber nicht zurückgreifen, obwohl er einen unwiderstehlichen Drang dazu verspürte. »Wüsste nur zu gerne, was dahintersteckt.«

»Ich auch.« Nachdem er alle nur erdenklichen Vorkehrungen getroffen hatte, bewegte Dickinson die steifen Glieder und sagte: »Weiß nicht – vielleicht hats etwas mit der Mosquito zu tun, die wir in unsere brüderliche Mitte genommen haben.«

»Meinst du?«

Der Pilot Officer gab einen zustimmenden Grunzlaut von sich. »Na klar. Irgendeine geheime Operation – was weiß ich.«

»Kann es sein, dass du zu viele Spionageromane gelesen hast?«

»War ja nur so ein Gedanke!«, gab Dickinson beleidigt zurück und wandte sich wieder seinen optischen Geräten zu. Für ihn war das Gespräch beendet, für Thompson, der sich an die Stirn tippte, offensichtlich auch.

Wenn er gewusst hätte, dass sein Bombenschütze auf der richtigen Spur war, hätte er sich die respektlose Geste mit Sicherheit verkniffen.

Immer wenn er dieses Geräusch hörte, lief es Sydow kalt den Rücken hinunter. Besonders am heutigen Tag. Sie waren spät dran, und er musste all seine Kraft aufbieten, um mit Claasen Schritt halten zu können. Trotzdem ging ihm das Brummen, das sich von Westen her dem Stadtzentrum näherte, durch Mark und Bein. Die Verdunkelung, derentwegen man die Umrisse des Reichstages nur schemenhaft erkennen konnte, war nicht das Problem. Die Gestapo-Agenten, Zivilfahndung und sämtliche Greiftrupps, die es sonst noch so gab, ebenfalls nicht. Für diesen Fall hatten Max und er vorgesorgt. Das Problem war dieses Brummen, dem niemand, egal, wo er sich gerade befand, zu entrinnen vermochte.

Zehn Minuten, vielleicht ein paar mehr. Dann würde das Inferno seinen Anfang nehmen.

Und er, Sydow, genau mittendrin.

Je näher am verabredeten Treffpunkt, umso mehr wurde Sydow von Panik erfasst, und das Brummen, aus dem ein ohrenbetäubendes Dröhnen wurde, das innerhalb der nächsten Minuten zum Crescendo anschwellen würde, wurde plötzlich zur Nebensache. Seine Wunde, die wieder aufgebrochen war, Claasen, dessen aufgesetzte Gelassenheit ihn fast in den Wahnsinn trieb, der bevorstehende Bombenangriff – all das nahm sich neben der Sorge um Rebecca geradezu harmlos aus. Auf Heydrichs Giftschrank, Ziel sämtlicher Bemühungen, verschwendete er ohnehin keinen Gedanken mehr. Sollte den Kram doch der Teufel holen.

Und die Gestapo gleich mit dazu.

Nachdem sie den Reichstag hinter sich gelassen hatten, schlugen Sydow und Claasen den Weg in Richtung Ost-West-Achse ein. Der Regen fiel in dicken Tropfen, und die Luft hatte sich kaum abgekühlt. Neben dem Unheil, das jeden Moment über die Stadt hereinbrechen würde, deuteten sämtliche Anzeichen auf ein Unwetter hin. Sydow biss die Zähne zusammen und schleppte sich mit letzter Kraft hinter Claasen her. Eines konnte man jetzt schon sagen. Es blieb ihnen wirklich nichts erspart.

Dies sollte, soweit sich Sydow erinnern konnte, sein letzter klarer Gedanke sein. Denn kaum war er ihm gekommen, öffnete die Hölle ihre Pforten.

Die Flak machte den Anfang, allen voran der Bunker am Zoo. Die 12,8 cm Zwillingsflak-Geschütze feuerten wie wild, und in die Motorengeräusche der herannahenden Bomber mischte sich das Krachen explodierender Granaten. Ein allumfassendes Dröhnen erfüllte die Luft, so laut, dass Sydow beinahe die Trommelfelle platzten. Jeden Moment würden die ersten Bomben fallen, Hunderte, höchstwahrscheinlich sogar Tausende. Das hier war das Ende, heil hier herauszukommen ein Ding der Unmöglichkeit.

Im Gegensatz zu Sydow, der die Gefahr deutlich vor Augen hatte, schien sich Claasen für das Inferno über ihren Köpfen nicht im Mindesten zu interessieren. Er bewegte sich zielsicher, gelassen, ohne erkennbare Hast. Ein Mann, der genau zu wissen schien, was er wollte. Was fehlte, war lediglich ein Spazierstock. Dann wäre der Landedelmann perfekt gewesen. Für Sydow, der spürte, wie nahe sie dem Tode waren, war das des Guten zu viel, und er warf einen Blick nach oben. Es war immer die gleiche Prozedur. Als Erstes würden die Markierungsbomben fallen, abgeworfen von sogenannten Pfadfindern. Zuerst rote, dann grüne. Dazwischen Leuchtkerzen, fünf Dutzend pro Bombe, die in etwa einem Kilometer Höhe explodieren und ein wahres Feuerwerk entfachen würden. Am Boden angelangt, würde jede Leuchtkerze zehn Minuten glühen, so lange, bis die Nachmarkierer zur Stelle waren und den Tiergarten in gespenstisches Grün tauchen würden. All das würde jedoch nur der Anfang sein. Nach mehreren Wellen von Pfadfindern, zumeist Mosquitos, würden die sogenannten ›fire raiser‹ kommen. Bomber auf Bomber, Brandsatz auf Brandsatz, eine Explosion verheerender als die andere.

Und Claasen? Der tat weiter so, als sei er zu einer Dinner-Party unterwegs, blieb hin und wieder stehen, wartete, bis Sydow ihn eingeholt hatte und spazierte seelenruhig weiter. Zwei Minuten später war es geschafft. Sie hatten die Ost-West-Achse erreicht, von wo aus es nur noch ein Katzensprung zu dem verabredeten Treffpunkt war. Schon keimte so etwas wie Hoffnung in Sydow auf.

Zu früh, denn im gleichen Moment brach über ihren Köpfen das Chaos aus.

Es kam so, wie von Sydow befürchtet. Der Himmel stürzte zusammen, und in das Dröhnen der Flugzeugmotoren mischte sich ein neues, bislang nicht aufgetretenes Geräusch. Bevor Sydow begriff, was geschah, regneten Dutzende von Leuchtbomben auf den Tiergarten herab. Wo man auch hinhörte, nichts als Pfeifen, Surren und die sich anschließende Detonation. Der Himmel über Berlin erstrahlte in grellem Rot, dem Rot des Höllenrachens, der ein Geschoss nach dem anderen ausspie. Minutenlang ging das so, und obwohl er hätte in Deckung gehen müssen, blieb Sydow stehen und schaute wie gebannt zu. Erst die Markierungsbomben, dann die Leuchtkerzen, Hunderte an der Zahl. Genau so stellte er sich den Weltuntergang vor. Schwer vorstellbar, dass dies alles mit System geschah. Und doch war dem so.

Keine fünf Minuten, und auf der Ost-West-Achse war helllichter Tag. Mittlerweile verstand man sein eigenes Wort nicht mehr, und ein Glutofen war nichts hiergegen. Beißender Kerosingeruch erfüllte die Luft, raubte ihm fast den Atem. Claasen hatte seinen Weg fortgesetzt, und als Sydow sich endlich losreißen konnte, betrug sein Vorsprung mindestens 100 Meter. Sydow, der seine letzten Reserven mobilisierte, hielt sich schützend die Hand vors Gesicht. Der Atem der Hölle fegte über die Allee. Überall Brände, fast keine Luft zum Atmen, der Sauerstoff wurde knapp. Kaum mehr Herr seiner selbst, rang Sydow nach Luft. Wenn es den Vorhof zur Hölle tatsächlich gab, dann befand er sich genau hier.

Nicht einmal mehr 100 Meter vom Ziel entfernt, drehte sich Claasen nach Sydow um. Er lächelte, auf die gleiche Weise wie während Kruppkes Exekution. Sydow verharrte regungslos, nicht mehr ganz sicher, ob dies nicht ein Albtraum und dieses gespenstische Lächeln überhaupt Wirklichkeit war.

Doch das war es. Kein Albtraum, und wäre er auch noch so schlimm, hätte ein derartiges Szenario ersinnen können. »Sputen Sie sich, Sydow!«, erhob sich die altbekannte, über das Bersten, Krachen und die ohrenbetäubenden Detonationen wie entrückt wirkende Stimme. »Oder wollen Sie etwa, dass unser Kommilitone auf uns warten muss?«

»Kommilitone?«

»Schon mal was von den ›drei Musketieren‹ gehört?«, rief ihm der Marder zu, als das Grollen, Dröhnen und Rumoren für Sekundenbruchteile aussetzte.

Sydow verstand. Und blieb stumm. Sein Gesicht sprach Bände, was Claasen mit einem weiteren Grinsen quittierte. Im Widerschein der explodierenden Leuchtkörper, von denen einige in unmittelbarer Nähe niedergingen, sah sein Gesicht wie das eines Dämons aus. »Du weißt doch, Tom –«, rief er mit gezwungener Heiterkeit aus, »einer für alle, alle für ...«

Weiter kam Max Claasen nicht mehr. Er hatte die Phosphorbombe, die ihm zum Verhängnis werden sollte, nicht kommen sehen. Ihm blieb nicht einmal mehr Zeit, seinen Satz zu vollenden, geschweige denn zu schreien.

Und er musste keine Qualen durchleiden, denn kaum war die Bombe in nächster Nähe explodiert, wurde der Marder von einem hell auflodernden, gefräßigen, alles verschlingenden Feuerball verschluckt.

| *23.48 h*

»Sie können jetzt nicht da raus, Fräulein!«, redete der Luftschutzwart Rebecca gut zu. »Da droben ist gerade die Hölle los!«

»Mag sein«, antwortete sie und warf einen Blick auf die Uhr. »Bedauerlicherweise wird mir nichts anderes übrig bleiben.«

Der Keller, in den sie sich vor knapp 20 Minuten geflüchtet hatte, lag an der Hermann-Göring-Straße, in unmittelbarer Nähe der Ecke Tiergartenstraße. Aufgrund der Zivilstreifen, Schupos und Luftwaffenhelfer, die jeden aufgegriffen hatten, der sich noch im Freien aufhielt, war ihr nichts anderes übriggeblieben. Allmählich lief ihr jedoch die Zeit davon, und das Ticken der Uhr in dem engen, hoffnungslos überfüllten Kellergewölbe brachte sie fast um den Verstand. Bekäme das Haus einen Volltreffer ab, hätte ohnehin niemand eine Chance.

Die Blicke der Hausbewohner im Rücken, die wie in einer Sardinenbüchse aneinander gedrängt waren, sah Rebecca den Luftschutzwart beschwörend an. Bezüglich der Frage, ob einer strammer Nazi war oder nicht, hatte sie ihr Instinkt bislang nur selten im Stich gelassen. Dieser Mann hier, um die 60, grauhaarig und mit leicht gerötetem Gesicht, war es jedenfalls nicht. Sonst wäre jegliche Diskussion von vornherein zwecklos gewesen.

»So nehmen Sie doch Vernunft an, Fräulein!«, beschwor sie der großväterlich wirkende Mann und hantierte nervös an seiner Gasmaske herum. »Ein Schritt vor die Tür, und es ist aus und vorbei!«

Rebecca umklammerte die Tasche, in der sich das Schriftstück befand, um dessentwillen sie das alles hier auf sich nahm. »Und selbst wenn –«, ließ sie nicht locker und reckte trotzig das Kinn, »ich muss es einfach riskieren!«

Der Luftschutzwart runzelte die Stirn. Es wäre ihm ein Leichtes gewesen, Rebecca von ihrem Vorhaben abzubringen, zumal er der weitaus Kräftigere war. Aus einem unerfindlichen Grund ließ er es darauf jedoch nicht ankommen, kratzte sich hinterm Ohr und zuckte verständnislos die Achseln. »Wer immer Sie auch sein mögen, Fräulein –«, brummte er, »Sie müssen ja etwas wirklich Dringendes zu erledigen haben.«

Rebecca lächelte schwach. »In der Tat!«, erwiderte sie,

während sie die Tasche, für deren Inhalt sie ihr Leben aufs Spiel setzte, wie ein Kleinkind in den Armen barg.

Der Luftschutzwart bedachte diese mit einem forschenden Blick, vermied es jedoch, Rebecca nach ihrem Inhalt zu fragen. Im Bilde zu sein war gut, über Dinge hinwegzusehen, derentwegen man Scherereien bekommen konnte, noch besser.

»Dann man viel Glück, Fräulein!«, rief er der mysteriösen jungen Frau noch hinterher, tippte an den Schirm seiner Mütze und seufzte tief.

Eine Antwort sollte er jedoch nicht bekommen. Die Tasche fest an die Brust gepresst, hatte Rebecca die Kellertreppe längst hinter sich gelassen.

| 23.50 h

Der Anblick, so grausam er ihm auch erschien, hatte etwas Faszinierendes an sich. Von seinen Einsätzen über dem besetzten Frankreich war er zwar einiges gewohnt. An das hier reichten seine Erfahrungen jedoch nicht heran.

McLeod, der dem gut 400 Bomber umfassenden Verband im Abstand von fünf Minuten folgte, fehlten die Worte. Schon aus einer Entfernung von 20 Kilometern war die Zielmarkierung deutlich zu erkennen, und wenn ihm die Flak jetzt keinen Strich durch die Rechnung machte, wäre der Rest so etwas wie Routine für ihn.

Na ja, jedenfalls fast.

Das Einzige, was ihm derzeit Kopfzerbrechen bereitete, war diese Unwetterwarnung, mehr als sämtliche

Flakbunker zusammen. Darüber wollte er sich jedoch nicht allzu viele Gedanken machen. Worauf es ankam, war, diesen Vogel heil runterzubringen, Claasen aufzustöbern und so schnell wie möglich wieder abzuhauen.

Das Mündungsfeuer der Flakbatterien vor Augen, deren Geschosse immer dichter neben seiner Mosquito NF Mk. XIX explodierten, ging McLeod auf 6.000 Fuß und steuerte auf das hell auflodernde Rechteck zu, in dessen Mitte sich die Ost-West-Achse befand. Die Jungs von der Pfadfinder-Schwadron hatten wirklich ganze Arbeit geleistet. Das Gebiet um den Tiergarten war leicht zu erkennen, viel besser als erhofft. Selbst ein Anfänger hätte hier landen können.

Na, das nun nicht gerade.

Wenn, ja, wenn nur die Flak nicht gewesen wäre. Trotz seiner Abgebrühtheit klebten McLeods Hände am Steuer, und die Uniform mit den schwarzblau gestreiften Ärmeln war völlig durchgeschwitzt. Ein Glück, dass die zwei Motoren reibungslos liefen. Sonst wären seine Chancen, diesem Höllenfeuer zu entrinnen, auf null gesunken.

3.500 Fuß. Die Brände waren so hell, der Verlauf der Ost-West-Achse derart gut zu erkennen, dass er das Gefühl hatte, sich im Landeanflug auf seinen Stützpunkt zu befinden. Daran, dass dem nicht so war, erinnerte ihn die dicht neben der rechten Tragfläche explodierende Granate, die dazu führte, dass einer der Motoren sofort ausfiel, der andere vorübergehend ins Stottern geriet. Mit seiner britischen Gelassenheit war es jedenfalls schlagartig vorbei, ungeachtet der Tatsache, dass er die Mosquito trotzdem auf Kurs halten konnte. Noch so ein Ding, und die da drunten würden ihn Göring zum Fraß vorwerfen.

Worauf er liebend gern verzichten würde.

3.000. Der Steuerbordmotor lief nur noch auf halber Kraft, höchste Zeit, den Showdown hinter sich zu bringen. Vor ihm ein Meer explodierender Granaten, Flugabwehrgeschosse und detonierender Geschützmunition, versuchte McLeod, seine ›Mossie‹ zu stabilisieren. Eines musste man den Jungs dort unten lassen. Sie machten ihm das Leben verdammt schwer. McLeod stöhnte innerlich auf. Zu dumm, dass ausgerechnet jetzt das Wetter nicht mitspielte. Im Osten, über dem Bezirk Friedrichshain, leuchteten bereits die ersten Blitze auf. Und genau dorthin, mitten in das sich zusammenbrauende Unwetter, würde er jetzt fliegen. Also schön brav die Arschbacken zusammengekniffen, Eier eingeklemmt und den Glauben an König und Vaterland im Blick. Und von dort drüben aus eine Schleife in Richtung Linden drehen.

Rundflug über Berlin. Hatte er sich schon immer gewünscht.

800 Fuß und ein paar Zerquetschte. Kaum hatte McLeod sein Wendemanöver beendet, schlug der Blitz in die linke Tragfläche ein. Auf einen Schlag fiel die komplette Elektronik aus, und die Maschine geriet ins Trudeln, sackte innerhalb von Sekundenbruchteilen auf 500 Fuß ab. Glück für ihn, dass der Stromausfall nur von kurzer Dauer war. Sonst hätte er sein Testament machen können.

Um dem Beschuss auszuweichen, den der zweite der drei Berliner Flaktürme ausspie, vollführte McLeod eine weitere Drehung und setzte erneut zum Landeanflug an, musste, da er zu hoch flog, seine Maschine in Höhe des Alexanderplatzes aber erneut durchsacken lassen.

Bullshit! Aus der gemütlichen Spritztour würde nichts mehr werden.

Hätte er sich eigentlich gleich denken können.

An Max Claasen, den er irgendwo dort unten auflesen sollte, verschwendete er keinen Gedanken mehr.

Vorerst jedenfalls.

Für ihn, Wing Commander Jason McLeod, ging es nämlich nur noch um eins: ums nackte Überleben.

| *23.58 h*

Zuerst die Pfadfinder. Dann der übliche Budenzauber. Und dann, ein paar Minuten später, die Bomberflotte, mehrere Hundert Mosquito, Halifax und Lancaster-Maschinen stark. Der Weltuntergang, und das höchstens einen halben Kilometer entfernt.

Der Weltuntergang, aus dem wider Erwarten nichts werden sollte.

Die Brandwache auf dem Pariser Platz, zwei Feuerwehrleute vom Typ Laurel und Hardy, kam aus dem Staunen nicht mehr heraus. Vor nicht einmal zehn Minuten war der Bezirk Mitte keinen Schuss Pulver mehr wert gewesen.

Und jetzt das.

»Kapierst du das?«, machte die Hardy-Kopie aus seiner Ratlosigkeit keinen Hehl.

»Nee.« Sein Kollege, ein Lethargiker von hohen Gnaden, wischte sich den Schweiß von der Stirn und stierte dumpf vor sich hin. »Du?«

»Denkst du vielleicht, ich kann hellsehen? Woher soll denn ausgerechnet ich wissen, weshalb die Tommies ihre Eier nicht abgeworfen haben?«

»Egal. Uns kanns jedenfalls wurscht sein.«

»Ein Gemüt wie ein Fleischwolf. So was wie dich gibts wirklich kein zweites Mal.«

»Übung macht den Meister. Wer weiß, vielleicht haben sie im letzten Moment Fracksausen gekriegt!«

Der Blick, mit dem ihn sein Kollege bedachte, sprach Bände, und der Lethargiker wandte sich beleidigt ab.

»Quatsch!«, verkündete Oliver Hardy der Zweite. »Ich sag dir eins. Da steckt was ganz anderes da …«

Vom Geräusch einer herannahenden Mosquito NF Mk. XIX irritiert, verstummte der Brandwächter auf einen Schlag. Er war völlig perplex, außerstande zu reagieren. Erst als die Maschine, welche die Quadriga auf dem Brandenburger Tor nur um Haaresbreite verfehlte, seinen Blicken entschwunden war, fand er die Sprache wieder. »Hast du die Registriernummer notiert?«, fragte er seinen Kollegen, ohne Gespür dafür, wie absurd seine Frage war. »Der Trottel verletzt die Vorschriften!«

| *23.59 h*

Drei Dinge waren es, die Tom Sydow wieder zum Leben erweckten. Zum einen die Regenschauer, die über die Ost-West-Achse peitschten und ihn in Sekundenschnelle durchnässt hatten. Zum anderen, weit ungewöhnlicher, die Geräusche eines Flugzeuges, dessen Bugräder in unmittelbarer Nähe über den Asphalt radierten. Doch weder die Regentropfen, die seine glühend heiße Stirn kühlten, noch die Propellergeräusche der zweimotorigen Mosquito wären imstande gewesen, ihn dem Abgrund seiner Ohnmacht zu entreißen.

Hätte es da nicht die Hand gegeben, die ihm behutsam über die Haare strich.

Seltsam, aber wie er so dalag, den Kopf auf etwas Weiches gebettet, verspürte er den plötzlichen Wunsch, dies möge immer so weitergehen. Doch dann, gerade eben noch dem Tode nahe, schlug Tom Sydow die Augen auf. Bis er begriff, dass das, was er im Stillen gehofft hatte, Wirklichkeit geworden war, verging einige Zeit. Sekunden, in denen sich das Inferno ringsum in Nichts auflöste. Gerade so, als sei er aus einem Albtraum erwacht.

Das konnte jedoch nicht sein. Die Frau, in deren Augen sich sein Blick versenkte, hatte mit einem Albtraum nicht das Geringste zu tun. Eher mit seinem Gegenteil.

Erleichtert, ihn wieder unter den Lebenden zu wissen, leuchtete Rebeccas Gesicht vor Freude auf. Das Lächeln, das über ihre bleichen Züge glitt, sagte mehr als Worte. Sydow hätte viel dafür gegeben, wenn dieser Augenblick von Dauer gewesen wäre. Doch da drang auf einmal wieder dieser Motorenlärm an sein Ohr. Und plötzlich, obwohl er sich dagegen sträubte, kehrte seine Erinnerung wieder zurück. Wäre Rebecca nicht gewesen, hätte er ihr vermutlich nicht standhalten können.

So aber erwiderte er ihr Lächeln, und als er sich aufrappelte, bemerkte er, dass sie eine Tasche bei sich trug. Alles, was er auf seinen fragenden Blick hin als Antwort erhielt, war ein resigniertes Nicken. Sydow verstand. Es war also alles gut gegangen. Mehr brauchte, mehr wollte er im Moment auch nicht erfahren. Was er wissen wollte, und das mit jeder Faser seines Wesens, wusste er bereits. Rebecca hatte es tatsächlich geschafft. Und das, nicht die Tatsache, dass Claasen, Klinke und er die Gestapo nach allen Regeln der Kunst ausmanövriert hatten, war für ihn das Wichtigste. Sollte Heydrich, Himmler und die ganze verkommene Sippschaft doch seinetwegen der Teufel holen. Für seinen Teil hatte er von dem Fall, der ihn beinahe das Leben gekostet hätte, genug.

Das Geräusch sich nähernder Motoren, offensichtlich die eines Kampfflugzeuges, brachte Sydow wieder in die Wirklichkeit zurück. Wäre Rebecca nicht gewesen, mit deren Hilfe er sich aufrecht hielt, hätte er den Anblick der zweimotorigen Mosquito für eine Sinnestäuschung gehalten. Dass dem nicht so war, begriff er spätestens in dem Moment, als die Maschine mit dem Hoheitszeichen der RAF die Siegessäule zu umrunden und erneut in Richtung Brandenburger Tor einzuschwenken begann.

Was dann folgte, konnte man schlecht beschreiben, und schon gar nicht die Gefühle, die Sydow überkamen. Er konnte es immer noch nicht fassen. Im Guten wie im Bösen. Zu ausgelaugt, um auch nur ein Wort über die Lippen zu bringen, starrte er den mit Tarnfarben bemalten Nachtjäger britischer Bauart wie ein Phantomgebilde an.

Mit seinem Piloten, der soeben aus der Kanzel stieg, erging es ihm ebenso. Obwohl er wusste, wen er hier antreffen würde, konnte es Sydow immer noch nicht richtig glauben und starrte seinen ehemaligen Internatsgefährten ungläubig an.

McLeod, um einiges irritierter als er, erging es nicht anders. Im Begriff, auf Sydow und Rebecca zuzueilen, blieb er wie versteinert stehen. Der Regen ergoss sich vom Himmel, und ein Gemisch aus Flugbenzin, Phosphor und verkohltem Holz lag in der Luft. McLeod wusste nicht, worüber er sich mehr freuen sollte: über die geglückte Landung, das Abklingen der Brandherde oder das unerwartete Treffen mit einem alten Freund.

Ein Zusammentreffen, mit dem er nicht gerechnet hatte. Nicht einmal in seinen kühnsten Fantasien.

Wären die Sirenen nicht gewesen, die fürs Erste Entwarnung gaben, hätte keiner der beiden Männer ein Wort gesagt. So aber drängte die Zeit. Zumal, wie eine Feuerwehrsirene ankündigte, sie nicht mehr lange unter sich sein würden. Und so rettete Wing Commander Jason McLeod in unnachahmlicher Weise die Situation: »Gestatten – McLeod!«, stellte er sich Rebecca vor. Und fügte, an Sydow gewandt, hinzu: »Thomas Randolph von Sydow, nehme ich an?«

Sekunden des Zögerns, dann ein Lächeln, und schon lagen sich die Freunde in den Armen.

»Max ist tot, Jason.« Ohne es zu wollen, wanderte Sydows Blick zu der Stelle, an der ein verkrümmter, im Zwielicht des soeben erlöschenden Brandsatzes kaum auszumachender Leichnam lag. »Wir können nichts mehr für ihn tun.«

McLeod schluckte, wandte sich jedoch gleich wieder ab.

»Mission completed, Jason. Er hat sein Bestes getan. Die Dame an meiner Seite nicht zu vergessen. Ohne sie wären wir glatt aufgeschmissen gewesen.«

Obwohl sein Deutsch nicht das Beste war, flog ein Lächeln über McLeods Gesicht und er schüttelte Rebecca die Hand.

»Dann packen Sie mal mit an, Frollein!«, radebrechte er, als die Feuerwehrsirenen bereits ganz nahe waren. »Damit wir rechtzeitig die ... wie sagt man bei Ihnen in Deutschland doch gleich?«

»Die Fliege machen!«, presste Rebecca heraus, Tränen der Erleichterung und zugleich tiefster Verzweiflung im Gesicht. Die Tasche über ihrer Schulter wog so schwer wie Blei, und sie hatte Mühe, die Fassung zu bewahren.

»Und wohin bringst du uns, Jason?«, fragte Sydow, während ihn McLeod und Rebecca zum Flugzeug eskortierten.

»Nach Hause, Tom!«, antwortete der Wing Commander knapp. »Nach Hause!«

36

London-Westminster, 10 Downing Street | *06.52 h OZ*

»Ein Sitzungsprotokoll – mehr nicht? Und deswegen schmeißen Sie mich aus den Federn raus?« Winston Churchill, Spätaufsteher aus Passion, funkelte Sir Stewart Menzies, Chef des MI6, wütend an. McLeod, die Strapazen der letzten Stunden im übernächtigten Gesicht, nahm instinktiv Haltung an. Auf die Aufforderung, sich zu setzen, hatte er vergeblich gewartet. Kein Wunder bei der schlechten Laune, die der Premierminister hatte.

»Etwas Geduld, Sir, wenn ich bitten darf.« Über das 15-seitige Protokoll gebeugt, das ihm McLeod vor zehn Minuten in die Hand gedrückt hatte, saß Menzies am Kabinettstisch und nahm von Churchills Griesgrämigkeit nur am Rande Notiz. Obwohl sein Deutsch nicht das allerbeste war, hatte er sich von seiner Arbeit nicht abbringen lassen. Sein Instinkt, auf den er sich stets hatte verlassen können, sagte ihm, dass dieses Dokument mehr wert war als sämtliche Geheimdossiers des Dritten Reiches zusammen.

»Wie wärs denn mit einem Übersetzer?«, polterte Churchill drauflos.

»Schon unterwegs, Sir!«, ließ sich Menzies nicht beirren. Je länger er über dem Dokument mit dem Vermerk ›Geheime Reichssache‹ brütete, umso mehr überkam ihn die Überzeugung, dass sich die Mühe trotz allem gelohnt zu haben schien. Claasen, dessen Tod ihn alles andere als kalt gelassen hatte, war nicht umsonst gestorben. Das stand für ihn jetzt schon fest.

»Nichts über Hitler, Goebbels und die ganze verfluchte Brut?«, wandte sich Churchill dem Wing Commander zu, der am liebsten im Boden versunken wäre.

»Nein, Sir.«

»Diese Rebecca Kahn oder wie immer sie auch heißen mag – sind Sie der Meinung, sie spielt ein doppeltes Spiel?«

»Auf keinen Fall, Sir.«

»Na ja, könnte doch sein.« Churchill zuckte die Achseln und nippte an seinem Tee. Mit dem Erfolg, dass seine Laune endgültig in den Keller sank. »Wer sagt uns, dass sie die übrigen Dokumente aus dem Schließfach nicht beiseite geschafft hat? Um gegebenenfalls Kapital daraus zu schlagen?«

»Kann ich mir nicht vorstellen, Sir.«

»Was macht Sie so sicher, McLeod?«

»Pure Menschenkenntnis, Sir.«

»Menschenkenntnis, soso.« Im Begriff, es mit einem Glas Milch zu probieren, das sich auch auf seinem Frühstückstablett befand, schnitt Churchill eine Grimasse und schob es angewidert weg.

»Und wo, wenn die Frage erlaubt ist, hält sich besagte Dame momentan auf?«

»Im Krankenhaus. Bei ihrem …«

»Wie heißt Ihr Eton-Kumpan gleich noch mal?«

»Sydow, Sir. Thomas Randolph von Sydow.«

»Vertrauenswürdig?«

»Voll und ganz, Sir.«

»Wie dem auch sei! Wir werden nicht umhinkommen, ein Auge auf ihn zu haben.«

McLeod runzelte die Stirn, zog es jedoch vor, die Stimmung nicht weiter anzuheizen.

»Besser, Sie kümmern sich jetzt um ihn, junger Mann.«

»Selbstverständlich, Sir!«, antwortete McLeod, salutierte und begab sich zur Tür.

»Ach, noch was, mein Junge!«, rief ihm Churchill hinterher, als die Hand des Walisers bereits auf der Türklinke lag.

»Sir?«

»Danke.«

McLeods Mundwinkel verzogen sich zu einem Lächeln. Dann öffnete er die Tür und verschwand.

»Und? Schlauer geworden?«, war Churchill schon wesentlich milder gestimmt, als er sich wieder Menzies zuwandte. Doch der schien seine Frage überhaupt nicht gehört zu haben. Drauf und dran, wieder loszupoltern, bemerkte Churchill jedoch im letzten Moment, dass sein Geheimdienstchef auf einmal leichenblass geworden war. Churchill stutzte. So lange er denken konnte, hatte er Menzies in keiner vergleichbaren, ans Depressive grenzenden Stimmung erlebt. »Irgendwelche neuen Erkenntnisse?«, milderte er den Tonfall seiner Frage denn auch deutlich ab.

»Kann man wohl sagen, Sir.«

»Welche?«

Das Gesicht in die Handballen gestützt, schwieg sich Menzies eine Zeit lang aus. Dann hob er den Kopf, legte die Handflächen aneinander und sagte: »Um es kurz zu machen, Sir! Wenn ich dieses Dokument richtig deute, wurde Heydrich damit beauftragt, die Vernichtung sämtlicher im Machtbereich der Nazis wohnhafter Juden in die Wege zu leiten.«

»Wie bitte?«

»Bei allem gebotenen Respekt! Sie haben richtig gehört, Sir. Sieht so aus, als gäbe es auch schon ein Wort dafür: Endlösung!«

Churchill erhob sich, fuhr mit Daumen und Zeigefinger über das unrasierte Kinn und watschelte mit bedächtigen Schritten auf Menzies zu. »Irgendwelche Erkenntnisse, die zu der Annahme berechtigen, dass der Wortlaut dieses Protokolls der Wahrheit entspricht?«

Menzies schürzte die Lippen, nickte und ließ sein Gesicht wieder zwischen den Handflächen versinken. »Wenn, dann nichts Genaues, Sir.«

»Was soll das heißen?«

»Dass, zumindest was das Reichsgebiet betrifft, derzeit umfangreiche Deportationen im Gange sind.«

»Und wohin?«

»Ins besetzte Polen. Unter anderem nach Auschwitz, Belzec und Treblinka.«

»Etwas genauer, wenns beliebt.«

Binnen Minuten um Jahre gealtert, starrte Menzies Churchill durchdringend an. »Lager, Sir, riesige Lager. Die SS ist dabei, halb Polen mit einem Netz von Lagern zu überziehen. Muss ich etwa noch deutlicher werden?«

»Nicht nötig.« Beide Hände auf das Kaminsims gestützt, starrte Churchill in die hell auflodernde Glut. Kein Laut durchbrach die Stille, bis auf das Ticken der Standuhr, die sich links neben dem Kamin befand.

Plötzlich, nach minutenlangem Schweigen, stieß

sich Churchill ab, drehte sich um und nahm das Dokument mit der Aufschrift ›Geheime Reichssache‹ in die Hand. »Wissen Sie was, Menzies?«, fragte er mit belegter Stimme.

Menzies drehte sich um und sah Churchill fragend an. »Sir?«

»Bisweilen ist es von Vorteil, nicht allzu genau über derartige Dinge im Bilde zu sein.«

»Ich fürchte, ich verstehe nicht ganz, Sir.«

Ohne auf Menzies zu achten, der jede seiner Bewegungen aufmerksam registrierte, wandte sich Churchill ab, bückte sich und hielt die Akte in die Glut.

Kaum war dies geschehen, fing sie Feuer.

37

Saint Thomas Hospital | *11.58 h*

»Bedaure, Schwester, ich habe einen dringenden Termin!«, fertigte Sydow die wandelnde Kriegserklärung, die sich Schwester nannte, kurzerhand ab.

»Na schön, dann aber auf eigene Gefahr.«

»Wissen Sie was, Schwester?«, konterte Sydow mit Blick auf die Stelle, wo sich seine frisch bandagierte Verletzung befand. »Was Gefahr angeht, kann mich wirklich nichts mehr erschüttern.« Dann setzte er sein strahlendstes Lächeln auf, schnappte sich sein Jackett und verließ die Ambulanz.

»Was? Schon fertig?«, empfing ihn Rebecca draußen auf dem Flur.

»Klar!«, erwiderte Sydow, immer noch bleich im Gesicht. »Einen wie mich haut so schnell nichts um.«

»Natürlich. Wie konnte ich das nur vergessen!«, entgegnete Rebecca mit gutmütigem Spott und hakte sich bei ihm unter.

»Aua! Ich fürchte, da tuts noch ein wenig …«

»Weh?«

»Das nun nicht gerade, aber würde es dir etwas ausmachen, wenn du …«

»So richtig?«, antwortete Rebecca, strich sich die Haare aus dem Gesicht und ergriff seine Hand.

Sydow strahlte über das ganze Gesicht. Mit Ausnahme

der Freunde, um die er trauerte, war auf einmal alles vergessen, was ihn an den gestrigen Tag erinnerte.

»Und jetzt?«, fragte Rebecca, die ebenfalls kaum wiederzuerkennen war.

»Jetzt werden wir – für den Fall, dass er genauso pünktlich wie gestern ist –, zusammen mit McLeod eine kleine Spritztour durch London machen. Und uns anschließend zum Tee bei meiner Mutter einladen. Was hältst du von der Idee?«

»Klingt nicht schlecht!«, antwortete Rebecca und fuhr durch ihr seidenweiches Haar.

»Du machst mich verlegen, weißt du das?«

»Und das bei dir – einfach nicht zu glauben!«, lachte Rebecca, verstärkte ihren Griff und zog ihn mit sich fort.

Den Stich, den sie dabei im Herzen empfand, ignorierte sie, so gut es ging. Die Erinnerung an das Vergangene würde stets präsent in ihr sein. Wohin sie auch gehen, was immer sie tun würde.

Und dennoch: Sie würde leben.

Endlich wieder leben.

»Und am 9. Juni befahl Hitler [...] das gesamte Dorf Lidice auszuradieren. SS-Leute exekutierten alle 184 Männer des Dorfes, deportierten die 198 Frauen ins KZ Ravensbrück (aus dem nur 143 heimkehrten) und verschleppten die 105 Kinder nach Lodz (nur 17 überlebten). Lidice wurde dem Erdboden gleichgemacht.«

(Mario Dederichs: Heydrich. Das Gesicht des Bösen. Piper, München 2005, S. 201)

EPILOG

Prag

(Donnerstag, 18.06.1942)

38

Prag, Kirche des Heiligen Cyrill und Methodius
| frühmorgens

Kubiš, Gabčík, Valčík und die vier anderen hatten vorgesorgt. Sie würden der SS nicht lebend in die Hände fallen.

Um keinen Preis.

Um 2 Uhr war es soweit. Die SS kam von zwei Seiten, trotz heftiger Gegenwehr. Was folgte, war eine wilde Schießerei, und das volle drei Stunden lang. Gegen 7 Uhr starb der erste, zwei andere, darunter Kubiš, exekutierten sich schwer verletzt selbst durch einen Kopfschuss. Die übrigen vier Fallschirmjäger, die sich in der Krypta verschanzt hatten, fand die SS zunächst nicht.

Noch nicht.

Doch dann, wenig später, stieß sie auf den Einstieg, der hinunter in die Krypta führte. Woraufhin die Schießerei ihren Fortgang nahm, trotz Intervention des Priesters, der seine Schützlinge vergeblich zur Aufgabe bewegen wollte.

Die vier Widerstandskämpfer, unter ihnen Gabčík und Valčík, waren entschlossen, die eigene Haut so teuer wie möglich zu verkaufen. Um die Eingeschlossenen zur Aufgabe zu zwingen, setzte die SS Tränengas und, als dies nichts nützte, Wasserschläuche ein, mit der Absicht, die Krypta der Kirche zu fluten.

Vergeblich. Die vier Fallschirmjäger hielten weiter

dagegen, schleuderten Handgranaten, schnitten die Feuerwehrschläuche durch. Als die SS Dynamit einsetzte, neigte sich der ungleiche Kampf jedoch dem Ende zu.

Den Schwur, vor der SS nicht zu kapitulieren, haben die vier Widerstandskämpfer trotzdem gehalten.

Als die SS die Krypta stürmte, waren sie alle tot. Sie hatten sich eine Kugel durch den Kopf geschossen, zwei von ihnen zusätzlich Gift genommen.

Am Exempel, das sie damit statuiert hatte, konnte sich die SS trotzdem nicht freuen, denn knapp drei Jahre später, nach dem Einmarsch der Roten Armee am 09.05.1945, war Prag endlich wieder frei.

Frei?

ENDE

Weitere Krimis finden Sie auf den folgenden Seiten und im Internet: www.gmeiner-verlag.de

UWE KLAUSNER
Bernstein-Connection

421 Seiten, Paperback.
ISBN 978-3-8392-1113-7.

GEHEIME KRIEGSBEUTE Berlin, im Juni 1953. In unmittelbarer Nähe von Schloss Bellevue wird eine männliche Wasserleiche entdeckt. Kurz darauf wird das Grab des unlängst bestatteten Geschäftsmannes Hans-Hinrich von Oertzen auf makabere Art und Weise geschändet.

Alles nur Zufall? Keineswegs. Hauptkommissar Tom Sydow findet heraus, dass die beiden Männer Mitglieder einer streng geheimen Sondereinheit der SS waren, deren Aufgabe kurz vor Kriegsende darin bestand, das legendäre Bernsteinzimmer vor der heranrückenden Roten Armee in Sicherheit zu bringen …

UWE KLAUSNER
Odessa-Komplott

278 Seiten, Paperback.
ISBN 978-3-8392-1053-6.

TÖDLICHE SEILSCHAFTEN Berlin, 31. August 1948. Die verstümmelte Leiche einer Stadtstreicherin wird in der Nähe des Lehrter Bahnhofs gefunden. Nichts Besonderes im Berlin der Nachkriegszeit und so glaubt Hauptkommissar Tom Sydow zunächst an einen Routinefall. Doch warum sammelte das Mordopfer Zeitungsausschnitte über den stadtbekannten Kriegsgewinnler, Schieber und Spekulanten Paul Mertens?

Bei seinen Ermittlungen kommt Sydow einer Organisation auf die Spur, deren Verbindungen in höchste Kreise von Justiz und Politik zu reichen scheinen …

GMEINER

Wir machen's spannend

HANS-JÜRGEN RUSCH
Neptunopfer

419 Seiten, Paperback.
ISBN 978-3-8392-1128-1.

TÖDLICHE KREUZFAHRT Bei einem Einbruch in die Bremer Kreuzfahrt-Reederei TransOzeana wird ein Wachmann lebensgefährlich verletzt. Kommissar Marc Müller vermutet, dass vertrauliche Passagierdaten gestohlen wurden. Sein Verdacht scheint sich zu bestätigen, als kurz darauf ein Erpresserbrief eintrifft. Wenige Stunden später stirbt auf dem TransOzeana-Kreuzfahrtschiff RÜGEN ein Urlauber, als er während der Neptuntaufe in den Pool springt. Was zunächst nach einem Unfall aussieht, entpuppt sich bald als kaltblütiger Mord …

ANDREAS STAMMKÖTTER
Messewalzer

275 Seiten, Paperback.
ISBN 978-3-8392-1126-7.

FLUCH DER VERGANGENHEIT Buchmesse in Leipzig. Die ganze Stadt fiebert der Präsentation des neuen Romans von Bestsellerautor Willi Lachmann entgegen. Doch die Lesung endet im Fiasko: Vor den Augen von mehr als 100 Gästen wird der Leipziger Autor kaltblütig erschossen.

Kommissar Kroll übernimmt die Ermittlungen. Der erste Verdacht fällt auf Lachmanns Verleger, zu dem der Schriftsteller offenbar nicht das beste Verhältnis hatte. Aber dann findet Kroll heraus, dass Lachmann mit Recherchen zu einem Mordfall beschäftigt war, der bereits 16 Jahre zurückliegt …

GMEINER

Wir machen's spannend

SIGRID HUNOLD-REIME
Janssenhaus

277 Seiten, Paperback.
ISBN 978-3-8392-1123-6.

FAMILIENBANDE Emma von Odenwald, 31-jährige Köchin aus Hannover und immer noch Single, fühlt sich gegenüber ihren erfolgreichen, glücklich verheirateten Eltern als Versagerin. Auch äußerlich hat sie mit ihnen keinerlei Ähnlichkeit. »Manchmal denke ich, dass ich ihnen ins Nest gelegt worden bin!«

Wie Recht Emma mit ihrer Vermutung hat, bringt kurze Zeit später ein Gentest zu Tage. Als sie ihre Eltern damit konfrontiert, nennen diese ihr widerstrebend eine Adresse in Ostfriesland und gestehen, dass es keine legale Adoption war. Emma macht sich auf die Suche nach ihrer Herkunft und stößt dabei auf ein Meer aus Lügen und Verstrickungen …

SONJA ULLRICH
Fummelbunker

370 Seiten, Paperback.
ISBN 978-3-8392-1119-9.

FALSCHES SPIEL Esther Roloff, Versicherungsdetektivin auf Probe aus Wattenscheid, wird von ihrem Bruder Olaf um Hilfe gebeten. Sein Arbeitskollege Boris Bäcker ist nach einem Besuch im neuen Lütgen-Spielcasino spurlos verschwunden. Olaf glaubt, dass die Spielbank damit zu tun hat, und auch der Schuldenberg, den der Lokalreporter hinterlässt, spricht eine deutliche Sprache. Doch bald wird Esther misstrauisch: Nicht nur, dass Bäckers Spielschulden vor seinem Verschwinden getilgt wurden. Er arbeitete außerdem an einem Dossier über einen Mann, der seiner Einschätzung nach einen Mord begangen hat …

GMEINER

Wir machen's spannend

Alle Gmeiner-Autoren und ihre Romane auf einen Blick

ANTHOLOGIEN: Zürich: Ausfahrt Mord • Mörderischer Erfindergeist • Secret Service 2011 • Tod am Starnberger See • Mords-Sachsen 4 • Sterbenslust • Tödliche Wasser • Gefährliche Nachbarn • Mords-Sachsen 3 • Tatort Ammersee • Campusmord • Mords-Sachsen 2 • Tod am Bodensee • Mords-Sachsen 1 • Grenzfälle • Spekulatius **ABE, REBECCA**: Im Labyrinth der Fugger **ARTMEIER, HILDEGUNDE**: Feuerross • Drachenfrau **BAUER, HERMANN**: Verschwörungsmelange • Karambolage • Fernwehträume **BAUM, BEATE**: Weltverloren • Ruchlos • Häuserkampf **BAUMANN, MANFRED**: Jedermanntod **BECK, SINJE**: Totenklang • Duftspur • Einzelkämpfer **BECKER, OLIVER**: Das Geheimnis der Krähentochter **BECKMANN, HERBERT**: Mark Twain unter den Linden • Die indiskreten Briefe des Giacomo Casanova **BEINSSEN, JAN**: Goldfrauen • Feuerfrauen **BLATTER, ULRIKE**: Vogelfrau **BODE-HOFFMANN, GRIT / HOFFMANN, MATTHIAS**: Infantizid **BODENMANN, MONA**: Mondmilchgubel **BÖCKER, BÄRBEL**: Mit 50 hat man noch Träume • Henkersmahl **BOENKE, MICHAEL**: Riedripp • Gott'sacker **BOMM, MANFRED**: Blutsauger • Kurzschluss • Glasklar • Notbremse • Schattennetz • Beweislast • Schusslinie • Mordloch • Trugschluss • Irrflug • Himmelsfelsen **BONN, SUSANNE**: Die Schule der Spielleute • Der Jahrmarkt zu Jakobi **BOSETZKY, HORST (-KY)**: Promijagd • Unterm Kirschbaum **BRÖMME, BETTINA**: Weißwurst für Elfen **BUEHRIG, DIETER**: Schattengold **BÜRKL, ANNI**: Ausgetanzt • Schwarztee **BUTTLER, MONIKA**: Dunkelzeit • Abendfrieden • Herzraub **CLAUSEN, ANKE**: Dinnerparty • Ostseegrab **DANZ, ELLA**: Ballaststoff • Schatz, schmeckt's dir nicht? • Rosenwahn • Kochwut • Nebelschleier • Steilufer • Osterfeuer **DETERING, MONIKA**: Puppenmann • Herzfrauen **DIECHLER, GABRIELE**: Glutnester • Glaub mir, es muss Liebe sein • Engpass **DÜNSCHEDE, SANDRA**: Todeswatt • Friesenrache • Solomord • Nordmord • Deichgrab **EMME, PIERRE**: Diamantenschmaus • Pizza Letale • Pasta Mortale • Schneenockerleklat • Florentinerpakt • Ballsaison • Tortenkomplott • Killerspiele • Würstelmassaker • Heurigenpassion • Schnitzelfarce • Pastetenlust **ENDERLE, MANFRED**: Nachtwanderer **ERFMEYER, KLAUS**: Endstadium • Tribunal • Geldmarie • Todeserklärung • Karrieresprung **ERWIN, BIRGIT / BUCHHORN, ULRICH**: Die Reliquie von Buchhorn • Die Gauklerin von Buchhorn • Die Herren von Buchhorn **FOHL, DAGMAR**: Der Duft von Bittermandel • Die Insel der Witwen • Das Mädchen und sein Henker **FRANZINGER, BERND**: Zehnkampf • Leidenstour • Kindspech • Jammerhalde • Bombenstimmung • Wolfsfalle • Dinotod • Ohnmacht • Goldrausch • Pilzsaison **GARDEIN, UWE**: Das Mysterium des Himmels • Die Stunde des Königs **GARDENER, EVA B.**: Lebenshunger **GEISLER, KURT**: Bädersterben **GERWIEN, MICHAEL**: Alpengrollen **GIBERT, MATTHIAS P.**: Rechtsdruck • Schmuddelkinder • Bullenhitze • Eiszeit • Zirkusluft • Kammerflimmern • Nervenflattern **GORA, AXEL**: Das Duell der Astronomen **GRAF, EDI**: Bombenspiel • Leopardenjagd • Elefantengold • Löwenriss • Nashornfieber **GUDE, CHRISTIAN**: Kontrollverlust • Homunculus • Binärcode • Mosquito **HAENNI, STEFAN**: Brahmsrösi • Narrentod **HAUG, GUNTER**: Gössenjagd • Hüttenzauber • Tauberschwarz • Höllenfahrt • Sturmwarnung • Riffhaie • Tiefenrausch **HEIM, UTA-MARIA**: Totenkuss • Wespennest • Das Rattenprinzip • Totschweigen • Dreckskind **HERELD, PETER**: Das Geheimnis des Goldmachers **HOHLFELD, KERSTIN**: Glückskekssommer **HUNOLD-REIME, SIGRID**: Janssenhaus • Schattenmorellen • Frühstückspension **IMBSWEILER, MARCUS**: Butenschön • Altstadtfest • Schlussakt • Bergfriedhof **KARNANI, FRITJOF**: Notlandung • Turnaround • Takeover **KAST-RIEDLINGER, ANNETTE**: Liebling, ich kann auch anders **KEISER, GABRIELE**: Engelskraut • Gartenschläfer • Apollofalter **KEISER, GABRIELE / POLIFKA, WOLFGANG**: Puppenjäger **KELLER, STEFAN**: Kölner Kreuzigung

Alle Gmeiner-Autoren und ihre Romane auf einen Blick